读客悬疑文库

认准读客读悬疑，本本都是大师级。

献祭的少女

[英] 亚历克斯·麦克利兹 著

张亦琦 译

THE
MAIDENS
ALEX MICHAELIDES

河南文艺出版社
·郑州·

THE MAIDENS

Copyright © Alex Michaelides 2021

This edition arranged with Astramare Ltd c/o Rogers, Coleridge and White Ltd.,

Through Big Apple Agency, Inc., Labuan, Malaysia

Simplified Chinese Language Edition copyright © 2022 by Dook Media Group Limited

All rights reserved.

中文版权 © 2022读客文化股份有限公司

经授权，读客文化股份有限公司拥有本书的中文（简体）版权

豫著许可备字-2022-A-0032

图书在版编目（CIP）数据

献祭的少女 / (英) 亚历克斯·麦克利兹著；张亦
琦译. —— 郑州 : 河南文艺出版社，2022.8
ISBN 978-7-5559-1369-6

Ⅰ.①献… Ⅱ.①亚… ②张… Ⅲ.①长篇小说－英
国－现代 Ⅳ.①I561.45

中国版本图书馆CIP数据核字（2022）第105192号

献祭的少女

著　　者	［英］亚历克斯·麦克利兹	
译　　者	张亦琦	
责任编辑	王　宁	
责任校对	李亚楠	
特约编辑	徐陈健　武姗姗	
策　　划	读客文化　021-33608320	
版　　权	读客文化	
封面设计	李子琪	
出版发行	河南文艺出版社	
印　　刷	河北鹏润印刷有限公司	
开　　本	890mm×1270mm 1/32	
印　　张	12.5	
字　　数	284千	
版　　次	2022年8月第1版　2022年8月第1次印刷	
定　　价	49.90元	

如有印刷、装订质量问题，请致电010-87681002（免费更换，邮寄到付）

版权所有，侵权必究

THE
MAIDENS

ALEX MICHAELIDES

献给苏菲·哈娜，是她给了我坚定信念的勇气

把你的初恋告诉我——

四月的希冀，投机的傻瓜；

直到坟墓开始移动，

直到逝者开始跳舞。

　　　　——阿尔弗雷德·丁尼生勋爵《罪的异象》①

---

① 如无特殊说明，本书外文作品引文为译者据文本新译。——编者注（如无特殊说明，本书注释均为编者注）

序　言

爱德华·福斯卡是个凶手。

这是事实。对于这一点，不仅玛丽安娜的头脑一清二楚，她的身体也明白。她的骨头、她的血液、她的每个细胞深处都能够感受到。

爱德华·福斯卡难逃罪责。

然而她现在没法证明这一点，甚至可能永远无法证明。这个男人、这个怪物、这个至少杀害了两名受害人的凶手很有可能逃脱法网。

他太得意、太志在必得了。他以为自己已经成功脱身，玛丽安娜心想，他以为自己已经赢了。

但他没有。目前还没有。

玛丽安娜下定决心要智胜他。她非得实现这个目标不可。

哪怕她要彻夜静坐不眠，回忆发生的每一件事。她坐在这里，在剑桥这间狭小、阴暗的房间里思考、琢磨。她盯着墙上的电暖器里红色的发热管，望着它在黑暗中发光、发烫，努力使自己进入一种被催眠般的状态。

她要让自己的记忆回到最初，回忆每一件事、每一个细节。

而她终将捕获他。

PART I

第一部

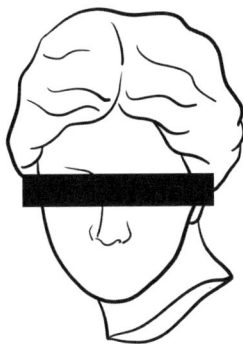

PART I

从未有人告诉我，这种悲恸犹如恐惧，二者何其相似！

——C.S.路易斯《卿卿如晤》①

① 引自《卿卿如晤》，［英］C.S.路易斯著，喻书琴译，华东师范大学出版社。

1

几天前，玛丽安娜在伦敦的家中。

她跪在地板上，身边堆满收纳箱，正再一次半心半意地试图整理塞巴斯蒂安的遗物。

进展并不顺利。去世一年后，塞巴斯蒂安的遗物大多依然散落在房子各处，或堆叠在一起，或装在半空的收纳箱里。

玛丽安娜依然爱着他——这正是问题所在。尽管她心里明白自己再也不会见到塞巴斯蒂安，尽管他已经永远离开，玛丽安娜依然爱着他，并且对这些爱感到手足无措。她的爱太多、太乱，从她体内漏出来、溢出来、掉出来，仿佛填料从破旧布娃娃散开的线缝里掉落。

要是她的爱也能装进收纳箱就好了，就像处理他的遗物那样。这场景实在可悲——一个人的一生，沦落成一堆没人想要的待售杂物。

玛丽安娜把手伸进离自己最近的箱子，掏出了一双鞋。

她端详着那双鞋——是他在沙滩上跑步时穿的那双绿色旧运动鞋。鞋子仍依稀透出湿漉漉的质感，鞋底还嵌着沙粒。

处理掉吧，她告诉自己。把它们扔进垃圾箱。去吧。

这个念头刚出现，她心里便已清楚这是不可能的。这双鞋不是他，不是塞巴斯蒂安——她曾经深爱并将永远爱着的那个男人——这不过是双旧鞋而已。尽管如此，与它们分离依然像是某种自残行为，仿佛把刀子贴在她的手臂上，切下一片皮肤。

玛丽安娜没有扔掉那双鞋，而是把它们搂在自己胸前。她紧紧地抱着它们，仿佛抱着一个孩子。她哭了起来。

她怎么会落到这般境地呢？

不过一年的时间，放在过去，这段时间会在不知不觉间溜走，而现在，这段时间在她身后延展开来，仿佛被飓风夷平的荒原——她曾经熟悉的生活被摧毁殆尽，徒留此时此地的玛丽安娜：三十六岁，在星期天的晚上醉醺醺地孤身一人，紧紧抓着一个死去的男人的鞋子不放，仿佛那是圣人的遗物——从某种角度来说，它们确实是。

美好、圣洁的东西已经死去。留下的只有他读过的书、穿过的衣服、触碰过的东西。在那些东西上面，玛丽安娜依然能嗅到他的气息，依然能在舌尖尝到他的味道。

这便是她无法割舍他遗物的原因所在——只要抓住这些东西不放，她就能留住鲜活的塞巴斯蒂安，哪怕再艰难，哪怕只有一点点。倘若放手，她便会彻底失去他。

最近，半是出于病态的好奇心，半是为了搞清楚自己究竟在与什么东西作斗争，玛丽安娜重读了弗洛伊德关于悲伤和失去的所有著作。弗洛伊德认为，在所爱之人死去之后，人们必须在心理上接纳这种失去，放下逝者，否则就会面临被病态哀悼压垮的风险，他称之为忧郁症——而我们称之为抑郁。

玛丽安娜明白这一点。她知道自己应该放下塞巴斯蒂安，但她做不到，因为她依然爱着他。尽管他已经永远离开，去往帷幕彼岸——"在帷幕之后，在帷幕之后①"——这个说法究竟是哪里来的？也许是丁尼生吧。

在帷幕之后。

正是这种感觉。自从塞巴斯蒂安死后，玛丽安娜眼中的世界变得不再充满色彩。生活变得暗哑，变得灰暗而遥远，仿佛隔着一层帷幕——一层悲伤的迷雾。

她想躲起来逃避这个世界，逃避其中的喧嚣与痛苦，在这里作茧自缚，把自己困在工作里，困在这幢黄色的小房子里。

倘若佐伊没有在那个十月的夜晚从剑桥给她打来电话，她原本是会留在那里的。

佐伊的电话是在星期一的晚间治疗结束后打过来的——一切都从那里开始。

那便是噩梦的开始。

① 引自《悼念集》，［英］丁尼生著，张定浩译，上海文艺出版社。本书中对《悼念集》的引用，均引自该版。

2

星期一晚上的治疗小组在玛丽安娜的客厅会面。

房间很宽敞。玛丽安娜和塞巴斯蒂安搬进黄色小屋之后不久，这个房间就被用作治疗室。

他们非常喜欢这幢房子。它位于伦敦西北部的樱草花山脚下，粉刷成夏季里漫山绽放的樱草花似的亮黄色。一面外墙上爬满了金银花，气味香甜的白色花朵覆盖墙壁。夏季的那几个月，花香会从敞开的窗户溜进屋子，爬上楼梯，弥漫在走廊和房间里，甜香的气息充盈其中。

那个星期一的夜晚异常温暖。尽管已是十月初，秋老虎仍然徘徊不去，仿佛参加聚会的顽固宾客，树上的枯叶频频发出离开的暗示，而它视若无睹。傍晚的阳光涌进客厅，房间浸润了金色的光芒，隐约泛出一丝红色。治疗开始前，玛丽安娜拉上窗帘，但是把窗户留了几寸，以便通风。

然后她重新调整椅子，把它们摆成了一圈。

九把椅子，治疗小组的成员每人一把，还有一把留给玛丽安娜。按理说这些椅子应该是一模一样的，但生活往往并非如此顺意。尽管有心于此，但多年下来她还是收集了一批各式各样的靠背椅，材质、形状和大小各异。她对待椅子的态度或许也能够反映她主持治疗时的典型态度——玛丽安娜的工作风格很不拘一格，甚至可以说有些另类。

　　对于玛丽安娜来说，心理治疗，特别是团体心理治疗，可谓是个颇具讽刺性的职业选择。从孩童时代起，她对于团体的态度就比较暧昧——甚至可以说不大信任。

　　她在希腊长大，就在雅典的郊外。他们一家人住在一幢破败不堪的大房子里，房子位于一座小山顶上，山上长满了黑绿色的橄榄树。玛丽安娜小时候经常坐在花园里那架生锈的秋千上望着山下的古城沉思。古城蔓延开来，与远处另一座山顶上帕特农神庙的石柱相接。它看上去那样宏大无垠，令她感到自己如此渺小、如此微不足道，眺望神庙时，她总带着些许迷信的不祥之感。

　　跟随管家到雅典市中心拥挤而混乱的市场里买东西总是让玛丽安娜感到很紧张。每次有惊无险地回到家，她总会既松了口气又有些惊讶。虽然年龄渐长，但人群依然让她心生畏惧。在学校里，她发现自己总是置身于人群之外，仿佛与同学们格格不入。这种不合群的感觉很难摆脱。多年以后，通过治疗，她才明白校园不过是家庭的宏观映射。也就是说，她的不安与此时此地的处境并没有太紧密的关联——与校园、与雅典的市场、与她置身其中的一切团体的联系都不甚紧密——而是与她成长的家庭环境、与她从小居住的那幢孤独的房子有关。

　　虽然地处阳光充足的希腊，但她家的房子里总是很冷，而且永远透着一种空洞感——这幢房子缺乏温暖，无论身体上的还是情感上的。其中的原因主要归结于玛丽安娜的父亲，他在许多方面或许可谓是人中豪杰——仪表堂堂、气场强大、头脑敏锐，但他这个人极为复杂。玛丽安娜猜测是他的童年彻底摧毁了他，如今已经无法弥补。她从没见过她父亲的父母，而他也极少提起他们。他的父亲曾是一名水手，至于他的母亲，则是越少提起越好。他曾说过她在码头工作，说话时的神情羞愧至极，玛丽安娜猜测她可能是一名妓女。

她父亲在雅典的贫民区长大，就在比雷埃夫斯港口一带。他还是个小男孩的时候就开始在船上工作，很快便做起了生意，进口咖啡、小麦以及——玛丽安娜猜测——其他一些不大光彩的东西。二十五岁时他买下了一艘船，由此开始建立自己的航运生意。他冷酷果决，不惧流血流汗，凭借这样的行事风格为自己建起了一座小小帝国。

他有点像个帝王，玛丽安娜心想，或者一位独裁者。她后来才发现父亲极其富有——从他们简朴的生活方式是绝对猜不出这一点的。假如玛丽安娜的母亲还活着——她那温和、精致的英国母亲——父亲的性格或许会变得略微柔和些。但悲哀的是玛丽安娜出生后不久母亲就死了，死的时候非常年轻。

在玛丽安娜的成长过程中，她对这次失去有着敏锐的感知。作为一名心理治疗师，她知道婴儿最初的自我意识来自父母的注视。我们从出生起就处在他人的注视之中——父母的一颦一笑，我们在他们镜子般的眼睛里看见的东西决定了我们如何看待自我。玛丽安娜失去了母亲的注视，而她的父亲——怎么说呢，父亲很难直视她。对她说话时，他的目光通常只在她肩头扫过。玛丽安娜会不断调整、再调整自己的位置，小步腾挪着挤进他的视线，期盼着被他看见，却不知怎的，总是停留在他视线的边缘。

在少有的目光相接的时刻，父亲的目光也充满了鄙夷，充满灼人的失望。他的眼睛向玛丽安娜吐露了真相：她不够好。无论多么努力，玛丽安娜总感到自己做得还不够，她总会说错话、做错事，仅凭她的存在似乎就足以惹恼父亲。无论面对什么事，父亲永远跟她唱反调，仿佛她是凯瑟丽娜，而他是彼特鲁乔①——玛丽安娜说冷，他就说热；玛丽安娜说是晴天，他就坚称在下雨。然而尽管他动辄批评，处处反驳，玛丽安娜依然爱着他。父亲是她的全部，她渴望自己能配得上他的爱。

她在童年时感受到的爱意少之又少。她有个姐姐，但是她们并不亲近。艾莉莎比她大七岁，对这个生性羞涩的妹妹毫无兴趣。因此玛丽安娜总是独自度过漫长的夏天，在管家严格的看管下一个人在花园里玩。也难怪她总觉得有些不合群，跟其他人相处时总感到不太自在。

玛丽安娜最终成了团体心理治疗师，她很清楚其中的讽刺意味。而对他人的这种矛盾心理反而给她带来了帮助。在团体心理治疗中，治疗的关注点是团体而非个人：要想成为一名成功的团体心理治疗师，就要学会在一定程度上隐身。

玛丽安娜对此十分擅长。

治疗小组会面时她总是尽量不参与其中，只有在交流中断、做出解释对交流有益处或者出现问题时她才会加以干预。

这个星期一，小组会面刚开始就产生了争论的焦点，她不得不出面干预，这种情况很少见。而问题的源头一如往常——亨利。

---

① 莎士比亚的喜剧《驯悍记》中的人物，在剧中，彼特鲁乔想尽办法驯服了他所追求的悍妇凯瑟丽娜。——译者注

3

亨利来得比其他人晚些。他满面通红、气喘吁吁，看样子脚下有些不稳。玛丽安娜不禁怀疑他是不是嗑了药。如果真是这样，她丝毫不会觉得吃惊。她怀疑亨利在滥用药物——但玛丽安娜只是他的心理治疗师，而非医生，因此她对这件事也无能为力。

亨利·布思只有三十五岁，但他的相貌显得更老些。红头发里有参差的白发，脸上细纹密布，像他身上穿的那件皱巴巴的衬衫。而且他永远皱着眉头，给人一种永远紧绷着神经的感觉，像根粗硬的弹簧。他总让玛丽安娜联想到拳击手或者格斗士，随时准备挥出一拳或者挨上一拳。

亨利嘟哝了一声，为迟到道了歉，然后坐了下来，手里拿着一只装了咖啡的纸杯。

问题就出在这杯咖啡上。

丽兹立刻开了口。丽兹七十多岁，是名退休教师。她一丝不苟地坚持——用她自己的话来说——用"恰当"的方式做事。玛丽安娜觉得她很难对付，甚至令人恼火。她其实已经猜到了丽兹要说什么。

"这样做是不被允许的，"丽兹指着亨利的咖啡说道，由于愤慨，她的手指有些颤抖，"任何外来的东西都不被允许带进来。这大家都知道。"

亨利粗声粗气地说："为什么不行？"

"因为规定就是这样的，亨利。"

"滚蛋，丽兹。"

"什么？玛丽安娜，你听见他是怎么对我说话的吗？"

丽兹随即泪如雨下，事态迅速恶化——最后以亨利和小组的其他成员陷入激烈的争执而告终，所有人都团结起来共同对抗他。

玛丽安娜密切地观察着他们，同时格外留意亨利的反应，看他对此有何感受。尽管他表面强硬，实际上内心却十分脆弱。童年时，父亲曾对亨利实施过骇人的身体虐待和性虐待，后来他被儿童福利机构带走，又在一连串的寄养家庭之间被踢皮球。虽然遭受过种种精神创伤，亨利却脑力过人——有一段时间，他的头脑似乎会成为他的出路：十八岁时他曾进入大学学习物理。但只过了几个星期，过去的经历还是追上了他，他经历了一场彻底的精神崩溃——再也没有完全康复。随之而来的是接连不断的不幸经历，自残、毒瘾、因为精神屡次崩溃而反复进出医院，直到心理医生把玛丽安娜推荐给他。

或许是因为他的人生经历实在太悲惨，玛丽安娜对亨利格外关心。即便如此，她依然不确定是否应该让他加入治疗小组。其中的原因不仅是他的精神状态明显比其他成员更糟糕：病情较重的患者往往能被小组迅速接纳并治愈——但治疗小组也有可能扰乱他们的内心，直到精神瓦解的地步。无论什么样的团体，一旦建立起来就有可能引发嫉妒与攻击。这些力量不仅来自外界，来自被排除在团体之外的人，也来自团体内部那些阴暗而危险的地方。自从亨利在几个月前加入这个治疗小组，他一直是冲突的源头。冲突总是伴随他而来。他体内蕴藏着一种潜在的攻击性，一种涌动的怒火，很多时候都难以抑制。

但玛丽安娜没有轻言放弃，只要局面还处在她掌控之中，她就决心跟亨利把治疗进行下去。她相信这个小组，相信这八个坐成一圈的人，她相信圆圈拥有治愈的力量。在她任由想象力驰骋的那些瞬间，玛丽安娜对圆形的力量有着近乎神秘的信念：圆形的太阳、月亮和地球，天幕中运转的行星，转动的车轮，教堂的穹顶——或是一枚婚戒。柏拉图曾说灵魂是一个圆，玛丽安娜觉得这很有道理。毕竟生命也是一个圆圈，不是吗？——从出生到死亡。

团体治疗进展顺利时，这个圆圈里会发生一件神奇的事——一种独立的存在会从中诞生：一种团体精神、团体思想，这种东西通常被称为"整体思维"，它往往比各个部分的总和更加博大，比治疗师和每一名个体成员更加睿智。它富有智慧，治愈人心，而且有着巨大的包容性。玛丽安娜曾经多次亲眼见证它的力量。多年以来，许多幽灵曾在她的客厅里的圆圈中被唤醒，又被永远平息。

今天被唤醒的是丽兹内心的幽灵。她揪住咖啡的事情不放。这件事在她内心激起了太多愤怒与怨恨——亨利认为自己凌驾于规则之上，可以鄙夷地破坏规则，接着丽兹意识到亨利让她想起了自己的哥哥，一个觉得全世界围着他转、欺凌他人的人。丽兹对哥哥那压抑已久的怒火开始涌现，这其实是件好事，玛丽安娜心想，丽兹的怒火早该得到发泄了。前提是亨利受得了被人当作精神沙包。

亨利当然受不了。

他突然从座位跃起，痛苦地大叫一声，把咖啡朝地上猛地一掼，杯子在圆圈中心炸开——一汪黑色的咖啡在地板上漫延开去。

其他组员立刻开始七嘴八舌地指责他，由于气愤，整个气氛多少有些歇斯底里。丽兹再次哭了起来，亨利想离开。但玛丽安娜劝他留下来，把刚刚发生的事情谈清楚。

"只不过是杯破咖啡，有什么大不了的？"亨利的语气像个愤愤不平的孩子。

"事情的根源不在于咖啡杯，"玛丽安娜说，"而是界限——这个小组的界限，我们在小组中遵守的规则。我们以前已经谈过这一点。如果没有安全感，人们就无法参与治疗。有了界限人们才会感到安全，治疗的关键就是建立界限。"

亨利茫然地望着她。玛丽安娜知道他没听懂。从心理学的角度来说，一个遭到虐待的孩子心中最先消失的就是界限感。亨利生命中的界限在他还是个小孩子的时候就被尽数撕碎了，其后果就是他无法理解这个概念。同样地，他也意识不到自己有时会让别人感到很不自在，他经常会侵犯别人的私人空间和心理空间——他跟你说话时会站得非常近，并且展现出玛丽安娜在其他患者身上前所未见的依赖性。他的依赖永不知足。若不是玛丽安娜反对，只怕他要搬来跟她同住。他们之间的界限只能靠玛丽安娜来维持：为他们的关系划定一个健康的范围。这是她作为他的治疗师的职责所在。

但亨利总在试探她、刺激她、扰乱她的心智……她感到事态变得越来越难以掌控了。

4

治疗结束，其他人离开后，亨利多待了一段时间——表面上的借口是帮玛丽安娜清理弄脏的地板，但玛丽安娜知道他还有别的心思，亨利心里永远有别的心思。他徘徊不去，沉默地观察她的举动。于是她鼓励他：

"好了，亨利。该走了……你还有别的事吗？"

亨利点了点头，但是没有回答，他把手伸进了口袋。

"给，"他说，"我给你带了样东西。"

他掏出一枚戒指，是枚俗气的红色塑料戒指，像早餐麦片盒里赠送的那种小玩意。

"送给你的。一个礼物。"

玛丽安娜摇摇头："你明知道我不能收下。"

"为什么不行？"

"你不可以再送我东西了，亨利。好吗？现在你真的应该回家了。"

然而亨利没有动。玛丽安娜思索片刻。她原本没打算这样直接跟他对质，起码不是在这个时候，但不知为什么，她觉得这样做是正确的。

　　"听我说，亨利，"她说，"有件事我们必须谈一谈。"

　　"什么事？"

　　"星期四晚上的小组治疗结束之后，我往窗外看了一眼，然后就看见了你在窗外，在马路对面，路灯底下，看着这栋房子。"

　　"老兄，那不是我。"

　　"就是你。我看见你的脸了。而且那已经不是我第一次看见你站在那儿。"

　　亨利满脸通红，躲避着她的目光。他摇了摇头。"不是我，不是——"

　　"听我说，你对我主持的其他治疗小组感到好奇，这没什么。但这些事情我们只能在这间房间、在小组里谈论，而不能付诸行动。这种暗中监视我的行为是不对的。这种行为让我感到受了侵犯、受了威胁，而且——"

　　"我没有监视！我只是站着而已。这有什么大不了的？"

　　"这么说你承认是你站在那里了？"

　　亨利向她迈出一步："为什么不能只有我们俩？为什么你不能不带他们，单独见我？"

　　"你知道这是为什么。我把你看成整个团体的一部分——我不可以单独见你。如果你需要单人治疗，我可以把你引荐给我的同事——"

　　"不，我想要你——"

亨利突然又向她迈近一步。玛丽安娜站在原地没有动。她抬起了一只手。

"不行。停下。好吗？你离得太近了。亨利——"

"等等。你看——"

没等玛丽安娜阻止，亨利掀起了身上那件厚重的黑毛衣，毛衣之下，他没有毛发的苍白躯干上是一幅骇人的景象。

剃刀在他的皮肤上深深地划下许多十字。血红的十字大小各异，刻在他的胸膛和腹部。有些伤口是湿的，还在渗血、滴血，还有的已经结痂，结成坚硬的红色血珠，仿佛是凝结的血色泪滴。

玛丽安娜的胃里翻江倒海，这景象令她恶心反胃，她想移开目光，却还是克制住了自己。诚然，这是一种求救的呼声，试图唤起她的关怀，但实际上远不止于此：这更是一种情感上的攻击，一种针对她的感官的精神攻击。亨利终于成功突破了玛丽安娜的心理防线，扰乱了她的心智，而她忍不住为此怨恨他。

"你干了什么啊，亨利？"

"我——我控制不住。我不得不这么做。而你——你必须得看看。"

"我现在看见了，你觉得我会有什么感受呢？你能想象我有多难受吗？我想帮助你，可是——"

"什么可是？"亨利笑了，"有什么事能阻止你？"

"可是我帮助你的最佳时间是在团体治疗的时候。今天晚上你明明有机会向我寻求帮助，但你没有利用这个机会。大家原本都可以帮助你，大家都愿意帮助你——"

"我不想要他们的帮助，我想要你的帮助。玛丽安娜，我需要你——"

玛丽安娜知道自己应该叫他离开。为亨利清理伤口不是她的职责所在，他需要的是外伤救治。她应该坚定自己的态度，这既是为亨利好也是为她自己好。但她实在不忍心把他赶出去，玛丽安娜的同情心再次战胜了理智。

"等——等一下。"

她走到橱柜前，拉开抽屉翻找一通，拿出了医药急救包。她正要打开，电话忽然响了。

她看了一眼号码，是佐伊。她接起了电话。

"佐伊？"

"你方便说话吗？我有重要的事。"

"稍等，我一会儿给你回电话。"玛丽安娜挂断电话转向亨利，把医药包塞进他怀里。

"亨利，这个你拿着，把伤口清理一下。如果有需要你就去看医生。好吗？我明天再给你打电话。"

"这就完了？亏你还自称是什么治疗师！"

"够了。打住。你必须得走了。"

玛丽安娜全然不理会亨利的抗议，坚定地把他带到走廊，送出了大门。她在他身后关上门，有种想把门锁上的冲动，但她克制住了。

然后她走进厨房，打开冰箱取出一瓶长相思白葡萄酒。

她感到心情烦乱，必须先镇定下来再给佐伊回电话。她不想再给这孩子增添思想负担。自从塞巴斯蒂安死后，她们之间的关系便失了衡，而玛丽安娜下定决心要纠正这种失衡的局面。她深吸一口气平复心绪，给自己倒了一大杯葡萄酒，然后拨通了电话。

电话刚响了一声佐伊便接了起来。

"玛丽安娜？"

玛丽安娜立刻听出她出了事。佐伊声音紧张，语气中带着迫切，让玛丽安娜联想到危急时刻。她听起来很害怕，玛丽安娜心想。她感到自己的心跳变快了。

"亲爱的，你——你还好吗？出什么事了？"

佐伊停顿了一秒才回答，她的声音很微弱。"把电视打开，"她说道，"看新闻。"

5

玛丽安娜伸手去拿遥控器。

她打开微波炉顶上那台饱经沧桑的老旧便携式电视机——那也是塞巴斯蒂安留下的神圣遗物之一，是他上大学时买的。过去，他常常假装帮玛丽安娜准备周末的饭菜，实际上是在看这台电视上的板球赛和橄榄球赛。电视的播放效果时好时坏，闪烁了一阵才苏醒过来。

玛丽安娜转到BBC（英国广播公司）新闻频道，一名中年男记者正在报道新闻。他站在户外，夜色渐浓，很难看清他在什么地方——可能是一片田野，也可能是一片草地。他正对着镜头讲话。

"发现的地点在剑桥，名为天堂的国家自然保护区内。我身边这位就是目击者……您能向我讲一讲事情的经过吗？"

这个问题的提问对象在画面之外，镜头猛地一转，对准了一名六十多岁、神情紧张的矮个子红脸男人。他被灯光晃得眨了眨眼，似乎睁不开眼睛，说话带着迟疑。

"是几个小时前的事……我总在四点钟出门遛狗，所以肯定是在那个时候，可能是四点一刻到四点二十。我带着狗来到河边，顺着小路……我们正要穿过天堂国家自然保护区，然后……"

他结巴了一下，那句话没说完，又说道："是狗发现的，它钻进高草丛不见了，就在沼泽边上，我叫它也不肯回来。我以为它是发现了鸟或者狐狸之类的东西，所以我就去看。我穿过树林……走到沼泽边上，就在岸边……然后那，那里有个……"

男人的眼神变得古怪起来。玛丽安娜对这种眼神再熟悉不过，他肯定看见了某些可怕的东西，玛丽安娜心想，我不想听，我不想知道他看见了什么。

那人定了定神，继续说了下去，语速也加快了，似乎不吐不快。

"那里有个女孩子，二十岁左右。她长着红色的长头发。反正我觉得是红色的。到处都是血，太多了……"他的声音弱了下去。

记者提示道："她死了吗？"

"没错，"男人点点头，"她被人捅了好多刀。而且……她的脸……天啊，太可怕了——她的眼睛——她的眼睛是睁开的……瞪着……瞪着——"

他停了下来，眼里噙满泪水。这个人受到了严重的惊吓，玛丽安娜心想，他们不应该在这个时候采访他，应该有人叫停才对。

果不其然，就在这时，记者或许意识到自己越了界，停止了采访，镜头又重新对准了他。

"剑桥突发新闻——警方正在调查发现的尸体。据悉，这场疯狂捅刺袭击的被害人是一名二十岁左右的年轻女性——"

玛丽安娜惊呆了，关掉电视，盯着电视机，一动也不动。这时她忽然想起了手中的电话，忙放在耳边。

"佐伊？你还在吗？"

"我——我觉得那是塔拉。"

"什么？"

塔拉是佐伊的密友。她们是剑桥大学圣克里斯托弗学院同年级的同学。玛丽安娜稍有迟疑，尽量克制自己的声音，不让它显得过于焦急。

"你怎么会这么说？"

"听描述像是塔拉，而且从昨天起再没人见过她——我问遍了所有人，而且我——我好害怕，我不知道该怎么办——"

"慢慢说，你最后一次见到塔拉是什么时候？"

"昨天晚上，"佐伊顿了顿，"还有，玛丽安娜，她——她很反常，我——"

"反常？什么意思？"

"她说了一些事，一些很疯狂的事。"

"疯狂？什么意思？"

电话那边停顿了一会儿，然后佐伊用耳语般的声音回答："我现在没法细说。你能过来吗？"

"当然了。不过佐伊，听我说。你跟学院说过没有？你必须得告诉他们——告诉院长。"

"我不知道该说什么。"

"就把你刚才跟我说的话告诉他们。就说你很担心她。他们会联系警方，还有塔拉的父母——"

"她父母？可要是我猜错了呢？"

"我相信你肯定猜错了，"玛丽安娜说，内心的想法远不如语气那般笃定，"我敢肯定塔拉没事，但我们必须确认她没事才行。你明白的，对吗？要我替你给他们打电话吗？"

"不用，不用，没事……我会打的。"

"好。打完电话你就上床睡觉，好吗？明天一早我就到。"

"谢谢，玛丽安娜。爱你。"

"我也爱你。"

玛丽安娜挂断了电话。先前倒的那杯白葡萄酒还放在厨房的台面上一动没动。她拿起酒杯，一饮而尽。

她伸出颤抖的手去拿瓶子，又给自己倒了一杯酒。

6

玛丽安娜上了楼，拿出一只小包开始装行李，为万一她要在剑桥住上一两个晚上做准备。

她努力不让思绪往那个方向跑，但很难做到，她感到无比焦虑。不知什么地方潜藏着一个男人——考虑到作案手段极其残忍，凶手应该是个男人——他病态又危险，并且已经用骇人的手段杀害了一个年轻姑娘……而这个年轻姑娘生活的地方离她心爱的佐伊熟睡的地方可能只有咫尺之遥。

玛丽安娜试图摆脱佐伊同样有可能成为被害人的念头，却没法完全压制住它。她感到自己由于恐惧而有些恶心，在她此前的人生中，这种感觉只出现过一次——就在塞巴斯蒂安死的那一天。一种无能为力的感觉，一种无法保护自己心爱之人的可怕的无助感。

她瞥了一眼自己的右手，手止不住颤抖。她把手攥成拳头，捏得紧紧的。她不能这样——她不能崩溃，现在还不能。她必须保持冷静，必须集中精力。

佐伊需要她——这是最最重要的一点。

要是塞巴斯蒂安在就好了，他知道该如何应对。他不会思来想去，迟疑不决，收拾过夜用的行李。放下佐伊电话的那一秒他就会立刻抓起钥匙冲出大门，那才是塞巴斯蒂安会采取的做法。她为什么不那样做呢？

因为你是个懦夫，她心想。

这是事实。若是她有塞巴斯蒂安那样的力量、那样的勇气就好了。来，亲爱的，她仿佛听见他在说，把手给我，我们一起对付那个浑蛋。

玛丽安娜爬上床，躺下，思考，渐渐入睡。失去意识之前，她最后的思绪没有停留在她的亡夫身上，一年多来，这还是第一次。

她发现自己想的是另一个男人：一个拿着刀躲在暗处、为可怜的女孩带来巨大恐惧感的身影。玛丽安娜的眼皮抖了抖，闭上了，思绪依然停留在那个人身上。她想着这个男人，想着他此刻在做什么，身在何处……

以及他在想什么。

7

10月7日

一旦你杀过人，就再也无法回到从前。

现在我明白了。我明白我已经彻底变成了另一个人。

我想这有点像重生。但不是普通的出世，而是一场蜕变。在灰烬中现身的不是凤凰，而是一种丑陋的生物：形态扭曲，无法飞翔，一只用利爪切割、撕扯的捕食者。

写下这些文字的这一刻，我感到自己处在掌控之中。此时此刻的我很平静、很清醒。

但我并非只有一面。

另一个我的现身只是时间问题，嗜血、疯狂、急于复仇。他不达目的绝不会罢休。

我是两个人，共享一个头脑。一部分的我保守着秘密——他是唯一知晓真相的人，但他被囚禁、被戴上镣铐、被迫镇定、被剥夺了声音。只有当牢房的看守暂时转移注意力，他才能寻找到出口。当我喝醉或睡着时，他会试图开口。但这并不容易。交流突如其来，伴随着惊悸——一份加了密的战俘营逃生计划。每当他即将成功之际，总会有看守截获密信。一道高墙拔地而起，黑暗充斥了我的头脑，我全力追寻的记忆蒸发消失。

但我锲而不舍。我必须如此。我总能穿越烟雾与黑暗联系上他——那个清醒的我。那个不想伤害任何人的我。他能告诉我的事情有许多。我需要弄清楚的事情有许多。我怎么会走到这一步，又为什么走到了这一步——离自己想要变成的样子如此遥远，如此满心仇恨与愤怒，如此心理扭曲……

抑或我是在欺骗自己？其实我向来如此，只是不愿意承认罢了？

不——我不相信。

每个人都有资格做自己故事里的主人公，因此我也该是我的故事的主人公，尽管我并不是。

我就是故事的反派。

8

第二天早上，玛丽安娜出门时，好像隐约看见了亨利。

他站在街对面，在一棵树背后徘徊不去。

可是她回头看时那里却没有人。一定是她想象出来的，她拿定了主意——即便不是她想象出来的，此刻的她也有更重要的事情要操心。她把亨利赶出脑海，乘地铁来到国王十字站。

在那里，她登上了开往剑桥的快车。阳光充足，天空蓝得很完美，只点缀着几缕白云。她坐在窗边向外看，火车快速驶过绿色的树篱，大片的金色麦田在微风中摇曳，像波浪起伏的黄色海面。

阳光照在脸上，玛丽安娜多少缓了口气。她在发抖，是因为焦虑，而不是寒冷。她忍不住担心发生了什么事。自昨晚之后她就没再听到佐伊的消息，今天早上她给佐伊发了短信，可是到现在她都没收到回复。

也许只是虚惊一场，也许是佐伊搞错了？

玛丽安娜真心希望如此，而这不仅仅是因为她与塔拉相识：塞巴斯蒂安去世前几个月他们曾请她来伦敦过周末。玛丽安娜担心塔拉主要是出于私心，是为了佐伊。

由于各种各样的原因，佐伊的青春期过得很不容易，但她克服了那些困难；用"克服"不够准确——塞巴斯蒂安用的词是"大获全胜"——最终被剑桥大学录取，攻读英语专业。塔拉是她在剑桥结交的第一个朋友，玛丽安娜想，失去塔拉，尤其是在这样令人难以想象的可怕状况下失去这个朋友，说不定会让佐伊彻底失控。

不知为什么，玛丽安娜总忍不住回想起那通电话。某些事情始终困扰着她。

她也说不清楚究竟是什么。

是佐伊的语气吗？玛丽安娜觉得佐伊隐瞒了一些事情。是当她问起塔拉说了什么"疯狂"的事情时，佐伊那种微妙的迟疑甚至是回避吗？

我现在没法细说。

为什么没法细说？

塔拉究竟对她说了什么？

也许什么事都没有，玛丽安娜心想，别想了，别再想这件事了。还有将近一小时的火车要坐，她不能坐在这里把自己逼疯，那样等她到达时精神早已崩溃了。她必须转移自己的注意力。

她伸手从包里取出一本杂志——《英国精神病学杂志》。她翻看着杂志，却无法集中精力阅读里面的文章。

她的思绪无可避免地反复回到塞巴斯蒂安身上。重返剑桥却少了他的陪伴，这让玛丽安娜满心恐惧。塞巴斯蒂安去世后她还没回来过。

他们过去经常一起去看望佐伊，那是玛丽安娜的美好回忆：她还记得他们陪佐伊搬进圣克里斯托弗学院，帮她拆行李安顿下来的那一天。那是他们共同度过的最快乐的日子之一，他们像两位自豪的家长，这个女孩不是他们的女儿却胜似女儿，他们实在太爱她了。

那天他们彼此道别、准备离开的时候，佐伊看上去是那样弱小，玛丽安娜看见塞巴斯蒂安望向佐伊的眼神里充满喜爱与柔情，其中又混杂着不安，仿佛他望着的是自己的亲生骨肉，而从某种意义上来说，她确实是他们的孩子。离开佐伊的宿舍后，他们不舍得就这样离开剑桥，于是他们在河畔散步，手挽着手，就像年轻时那样。他们俩也曾是这里的学生——剑桥大学以及这座城市都与他们的爱情故事紧密地交织在一起。

他们就在此地相识，当时玛丽安娜刚满十九岁。

那次相遇十分偶然。他们本无相遇的可能——他们就读于不同的学院，学习不同的专业：塞巴斯蒂安学的是经济学，玛丽安娜则是英语系的学生。每当想到他们很可能根本不会相遇，她就忍不住后怕。那会怎样呢？她的生活会是什么样？会更好还是更糟？

最近玛丽安娜总在搜寻自己的记忆——回顾过去，试图把它看得更清楚些，试图理解他们共同走过的人生历程的来龙去脉。她会努力回忆他们一同做过的小事，在头脑中重现早已遗忘的对话，想象着在每个场景下塞巴斯蒂安会说什么、做什么。但她不确定自己的回忆有多少是真实的，她越是回忆，塞巴斯蒂安就越像一个传说。现在他剩下的只有灵魂——只是故事而已。

搬到英国的时候玛丽安娜十八岁。这是个从童年时代就被她理想化了的国度。或许这是无可避免的，毕竟她的英国母亲在雅典的房子里留下了太多与这个国家有关的痕迹：每个房间里的书柜和书架，塞满英国书籍的小阅览室——小说、戏剧、诗歌——全都在玛丽安娜出生前以未知的方式被运到了那里。

她深情地想象着母亲到达雅典的场景——大大小小的箱子里装满了书，而不是衣服。在母亲缺席的日子里，这个孤独的女孩时常在母亲的书本里寻求慰藉与陪伴。夏季的漫长午后里，玛丽安娜渐渐爱上了手捧书本的感觉，爱上了纸张的气味，爱上了翻动书页的感觉。她常坐在树荫下那架锈迹斑斑的秋千上，咬一口鲜脆的青苹果或者熟透的桃子，沉浸在故事中。

通过那些故事，玛丽安娜爱上了英国的意境与风情，爱上了一个或许从未存在于书页之外的英国：那个英国有温暖的夏雨、潮湿的绿植、开花的苹果树，那里河流蜿蜒，垂柳摇曳，乡间的酒馆里壁炉燃得正旺。那个英国有少年侦探五人组、彼得·潘与温蒂、亚瑟王与卡美洛、《呼啸山庄》与简·奥斯汀、莎士比亚——以及丁尼生。

就是在这里，塞巴斯蒂安第一次闯进了玛丽安娜的故事，在她还是个小女孩的时候，他便跟所有的男主角一样，在尚未出场时就已经让人感受到了他的存在。玛丽安娜尚且不知道自己头脑中这位浪漫的男主角长什么样子，但她坚信他是真实存在的。

他就在世界的某个角落——总有一天，玛丽安娜会找到他。

就这样，多年以后，当她以学生的身份初次来到剑桥时，一切都像梦境那样美好，她感到自己一步跨进了童话世界，闯进了丁尼生的诗歌里的一座充满魅力的城市。玛丽安娜确信自己会在这里、在这个充满魔力的地方找到他。她会找到真爱的。

然而现实自然是令人失望的，剑桥并不是童话世界，它只是个地方而已，跟其他地方没什么两样。多年以后，通过心理治疗，她才明白自己之所以有这样的幻想，是因为没能放下自己。童年时代在学校里，她总是难以融入，课间休息时她在走廊里游荡，孤独而烦躁，仿佛一缕孤魂，最终不由自主地飘向图书馆，只有在那里她才能感到舒适，寻得庇护。如今她成了圣克里斯托弗学院的学生，相同的情景再次上演：玛丽安娜把大多数时间都花在了图书馆里，只结交了寥寥几个跟她同样羞涩、爱读书的朋友。同级的男生没人对她感兴趣，也没人邀她约会。

也许是她不够漂亮？她长得不太像母亲，而是更像父亲，长着他那样的黑头发和炯炯有神的黑眼睛。多年以后，塞巴斯蒂安时常向玛丽安娜倾诉她有多么美丽，可是在内心深处，她从未感受到自己的美。她甚至怀疑，就算自己真的很美，那也完全是塞巴斯蒂安的功劳：沐浴在他散发出的阳光般的温暖中，她才像花朵般绽放。但那是后话——起初，在少女时代，玛丽安娜对自己的外表很缺乏自信，更不必说她的视力不好，从十岁起就不得不戴上难看的厚眼镜。十五岁时她开始戴隐形眼镜，心想或许这样可以改变她的外表以及她看待自己的方式。她有时会站在镜子前望着自己，努力想看清自己，却怎么也看不清楚，永远不变的是她对镜中的自己总是不甚满意。早在那个年纪，玛丽安娜就已经隐约意识到，美丽与内心世界存在某种关联：关乎一种她缺乏的内在自信。

尽管如此，玛丽安娜依然跟她心爱的那些虚拟角色一样，对真爱深信不疑。尽管进入大学后的前两个学期不尽如人意，她依然不肯放弃希望。

跟灰姑娘一样，她期待着那场舞会。

圣克里斯托弗学院的舞会地点在后园，开阔的草地直抵河畔。草地上支起巨大的帐篷，里面装满食品和饮料、音乐和舞蹈。玛丽安娜原本跟几个朋友约好在那里见面，在人群中却怎么也找不到他们。她鼓足全部的勇气才决定独自来参加这场舞会，此刻她后悔了。站在河边，站在身穿晚礼服的漂亮女孩和年轻小伙子之间，她感到不自在极了——他们个个都富有修养、充满自信。玛丽安娜意识到她的感受、她的悲伤和羞涩与周围欢乐的环境格格不入。站在人群之外，从边缘旁观人生——显然这才是玛丽安娜应该在的位置，想要改变这种状况简直是大错特错。她决定放弃，回自己的宿舍去。

就在这时，她听见了响亮的水声。

她扭头望去，又是一阵水声，随之而来的还有高声说笑的声音。在河面上不远的地方，几个男生撑着划艇和平底船在嬉闹，其中一个男生失去平衡，跌进了水里。

玛丽安娜望着那个年轻人在水里扑腾一阵，然后在河面探出头来。他游到岸边上了岸，仿佛神话中的某种神奇生物那样出现在她面前，一个诞生于水中的半神人。那时他只有十九岁，外表却像个成熟男人，而不像个大孩子。他个子很高，浑身湿透，衬衫和裤子紧贴在身上，金色的头发盖在脸上挡住了他的视线。他抬手拨开头发抬眼望去——便看见了玛丽安娜。

那是个奇妙的瞬间，超脱于时间之外——他们初次看见彼此的那一刻。时间仿佛放慢了速度，静止，拉长。玛丽安娜怔住了，与他四目相对，无法移开视线。那种感觉很奇怪，有点像辨认出某个曾经与她亲密无间却不记得在何时何地失去了联系的人。

那个年轻人没理会朋友们起哄的声音。他向她走来，脸上的笑意越发舒展，还带着几分好奇。

"你好，"他说，"我叫塞巴斯蒂安。"

就是这样。

"写在命数里的。"这是希腊语里的说法。它的含义很简单，从这一刻起他们的命运已然决定。如今回想起来，玛丽安娜总会试着回忆那个命中注定的夜晚的种种细节——他们谈了什么话，跳了多长时间的舞，什么时候第一次接吻。无论她多么努力地回忆，这些琐事依然像沙子般从她指间溜走。她只记得太阳升起的那一刻他们在接吻——自那以后他们便形影不离。

他们在剑桥共同度过了第一个夏天，三个月的时间里，他们沉浸在彼此的怀抱中与世隔绝。在这个超脱于时空之外的地方，时间静止，阳光永远灿烂，白天他们或做爱，或在后园懒散地饮酒野餐，或在河上划船，经过石桥，经过柳树，经过开阔田野上放牧的奶牛。塞巴斯蒂安撑船，站在平底船尾把长篙用力插进河床，推动他们前行，微醺的玛丽安娜则把手指伸进水里，望着擦肩而过的天鹅。当时的她并不知道自己已经爱得如此之深，不再有脱身的机会。

在某种程度上，他们成了彼此——他们融为一体，就像水银。

但他们并非没有差异。与玛丽安娜优渥的成长环境不同，塞巴斯蒂安是在没钱的环境里长大的。他父母离异，而他跟双方都不亲近。他认为父母没有给他的人生开个好头，从一开始他就不得不靠自己闯荡。塞巴斯蒂安说，在很多方面他都与玛丽安娜的父亲有同感，包括老爷子对成功的渴望。塞巴斯蒂安也很重视金钱，因为他和玛丽安娜不同，从小到大都没钱，因此他认同金钱的价值，并且下定决心要在城里过上富足的生活，"这样我们才能打下坚实的基础，为我们自己，也为将来——还有我们的孩子们。"

他才二十岁就能说出这样的话，成熟得令人难以置信。他想当然地认为他们会白头偕老，又显得那样天真。那段时间他们完全沉浸在未来当中，无穷无尽地规划着未来，却从不谈及过去，不谈及他们相遇之前的那些不快乐的年月。从许多方面来说，玛丽安娜和塞巴斯蒂安的人生是在他们找到彼此以后才开始的——在河畔目光相接的那个瞬间。玛丽安娜坚信他们的爱情会天长地久，永不停止……

如今回想起来，这种想法会不会有些亵渎神灵？有些狂妄？

也许吧。

毕竟此刻她正独自坐在火车上，走过这段他们曾经在不同的人生阶段、带着不同的心情共同走过无数次的旅途——或交谈、或阅读、或打盹儿，玛丽安娜的头枕在塞巴斯蒂安肩上，大多数时候他们都很开心，有时则不是。这些乏味的瞬间平平无奇，却是她不惜一切代价想要换回的东西。

她几乎想象得出他在这里的样子——在车厢里，坐在她身边——她望向车窗，恍惚间以为塞巴斯蒂安的脸会映在车窗里，在她的脸旁边，叠映在飞驰的风景之上。

然而玛丽安娜看见的却是另一张脸。

一个男人的脸，正盯着她看。

她眨眨眼，有些不知所措，从窗边转过脸看了他一眼。那男人坐在她对面，正在吃苹果。他笑了。

9

那个男人继续盯着玛丽安娜，不过她觉得称他为男人有点夸张。

看样子他顶多二十出头：孩子气的面孔，棕色的卷发，光滑的面颊上散布着雀斑，显得更加年轻。

他又高又瘦，穿一件深色灯芯绒外套，白衬衫上带着褶皱，围了一条蓝、红、黄相间的学院式围巾。他棕色的眼睛被老式的钢丝边眼镜遮住了一部分，眼神聪颖而好奇，正饶有兴趣地望着玛丽安娜。

"最近怎么样？"他说。

玛丽安娜打量着他，有些疑惑。"我们——认识吗？"

他笑了。"现在还不认识。希望以后会认识。"

玛丽安娜没有回答，转开了脸。停顿了一会儿，那人再次搭话。

"你要一个吗？"

他拿起一只棕色的大纸袋，里面塞满了水果——葡萄、香蕉还有苹果。"拿一个吧，"他说着把袋子递给玛丽安娜，"尝尝香蕉。"

玛丽安娜客气地笑笑，心想他的声音很好听，然后摇了摇头。

"不用了，谢谢。"

"你确定吗？"

"确定。"

玛丽安娜扭头望着窗外，希望他们之间的互动就此打住。她能在车窗里看见他的影子，只见他耸耸肩，有些失望。他长手长脚，动作却显然很不灵巧——他打翻了杯子，茶水洒得到处都是，有一部分洒在桌子上，不过大部分都洒在他腿上。

"真见鬼。"

他跳起来，从口袋里掏出一张纸巾。他抹掉桌上那摊茶水，又沾了沾裤子上的水，抱歉地望着玛丽安娜。"不好意思。我没溅到你身上吧？"

"没有。"

"那就好。"

他又坐下来。玛丽安娜觉察到他在看着自己。过了一会儿，他说："你是……学生？"

玛丽安娜摇摇头："不是。"

"啊。你在剑桥工作？"

玛丽安娜摇摇头："不是。"

"那你是个……游客？"

"不是。"

"嗯……"他皱起眉，显然有些困惑。

沉默了一会儿，玛丽安娜放弃了，说道："我是来看望人的……我的外甥女。"

"哦，原来你是个姨妈。"

给玛丽安娜归了类，他看起来宽慰了些。笑了起来。

"我在读博，"见玛丽安娜并没打算问他，他主动说道，"我是搞数学的——好吧，其实是搞理论物理的。"

他顿了顿，摘下眼镜用纸巾擦了擦。他不戴眼镜的样子显得缺乏遮挡。玛丽安娜这才第一次注意到他其实很英俊，或者说将来会很英俊，等他的面容再成熟些以后。

他重新戴上眼镜，看着她。

"对了，我叫弗雷德里克，或者弗雷德。你叫什么名字？"

玛丽安娜不想把名字告诉弗雷德。或许是因为她隐约感觉到——带着些得意但也有点不安——他是想跟她搭讪。对玛丽安娜来说，他的年纪显然太小，再说她还没做好准备，永远也不可能做好准备——甚至只是想想她都觉得恶心，觉得那是一种背叛。她板着面孔回答得很客气。

"我叫……玛丽安娜。"

"啊，真是个好听的名字。"

弗雷德继续说了下去，努力地想跟她聊天，但玛丽安娜的回答变得越来越简短。她静静地数着自己还剩下多少分钟才能脱身。

到达剑桥以后，玛丽安娜想融入人群就此消失，但弗雷德在火车站外面追上了她。

"我可以陪你走到城里去吗？或者送你上公交车？"

"我宁愿走路。"

"太好了，我是骑车来的，但我可以陪你走路。还是你想坐自行车？"

他满怀期待地望着她。玛丽安娜忍不住有些同情他。但她的语气越发坚定。

"我想——自己走。如果你不介意的话。"

"当然不介意……我明白了。我理解。那或许——晚些时候喝杯咖啡？或者喝杯酒？今天晚上？"

玛丽安娜摇摇头，作势看了看手表。"我不会待那么长时间的。"

"这样啊，或许你可以把电话号码留给我？"他有些脸红，面颊上的雀斑越发醒目了，"可不可——？"

玛丽安娜摇摇头。"我觉得不——"

"不行？"

"不行，"玛丽安娜移开了目光，有些尴尬，"不好意思，我——"

"别不好意思。我不会气馁的。我们很快还会再见面的。"

不知为什么，他的语气让玛丽安娜有些心烦。"依我看不会。"

"哦，肯定会的。我能预见未来。我在这方面很有天赋，你知道的——征兆、预感什么的，这是我们家的特点。我能看出别人看不到的东西。"

弗雷德微微一笑，走上了马路。一个骑自行车的人猛转方向避开了他。

"小心。"玛丽安娜说着拉住他的胳膊。那个骑车的人离开时骂了一句。

"不好意思，"他说，"我总是有点笨手笨脚。"

"一点点而已，"玛丽安娜笑了，"再见，弗雷德。"

　　"回头见，玛丽安娜。"

　　他向成排停放的自行车走去。玛丽安娜望着他上了车，他离开时向她挥了挥手。然后弗雷德转了个弯，不见了。

　　玛丽安娜放松地叹了口气，然后向城里走去。

10

走在去往圣克里斯托弗学院的路上，玛丽安娜不禁焦虑起来，不知自己在那里会有怎样的发现。

她不知会在那里见到什么——也许会有警察或者媒体，她环顾剑桥的街巷，感到难以置信：这里没有丝毫发生过不幸事件的迹象，甚至完全看不出发生过凶杀案。

与伦敦相比，这里显得出奇的宁静祥和。几乎没有车流来往，耳畔只有鸟儿的歌声，期间偶尔穿插着清脆的自行车铃声，身穿黑色校袍的学生骑车掠过，仿佛成群结队的鸟。

有几次，玛丽安娜走在路上，隐约觉得有人在监视或者跟踪自己，她不禁怀疑是弗雷德骑着自行车绕回来跟踪她，但随即打消了这个念头，觉得是自己疑神疑鬼。

即便如此，她还是回头看了几次身后，以防万一——后面自然没有人。

离大学越来越近，每走一步，身边的景色都变得越发优美：头顶是尖顶和角楼，路边是成排的山毛榉树，掉落的金色树叶沿着人行道扫成堆。黑色的自行车锁在铸铁栅栏上，排成长排。栅栏之上，花盆里粉白相间的天竺葵为学院的红砖墙增添了一抹生机。

玛丽安娜瞥见几个学生，看样子刚上大一，正在认真研读栅栏上贴的海报，海报上印的是迎新周的活动宣传。

他们看上去真年轻啊，这些学生、这些新生——简直像婴儿一样。她和塞巴斯蒂安看上去也曾那样年轻吗？不知为什么，这似乎不可能。她难以想象那样天真、纯洁的面孔会有可怕的遭遇。而她又忍不住猜测未来有多少悲剧在等待着他们。

玛丽安娜的思绪又飘回到那个可怜的女孩身上，在沼泽边被人杀害的女孩，不知她是谁。即便她不是佐伊的朋友塔拉，那她也是某个人的朋友、某个人的女儿。这便是可怕之处。我们都暗自希望悲剧只发生在别人身上，但玛丽安娜心里清楚，迟早有一天它会落在你头上。

玛丽安娜对死亡并不陌生，从童年时代起它就常伴她左右——跟在她身后，悬在她肩头。有时她觉得自己身上仿佛带着来自希腊神话中恶毒女神的诅咒，注定要失去每一个她心爱的人。玛丽安娜还在襁褓中的时候，癌症杀死了她的母亲。多年后一场可怕的车祸又夺走了她的姐姐和姐夫，让佐伊成了孤儿。玛丽安娜的父亲则在橄榄园里心脏病发作，最后死在了一堆被压烂的黏糊橄榄上。

最后，也最具有灾难性的是塞巴斯蒂安的死。

说真的，他们共度的时间太少了。毕业以后他们搬到了伦敦，玛丽安娜绕了一些弯路，最后成了一名团体心理治疗师，与此同时，塞巴斯蒂安一直在伦敦金融城工作。但他有种固执的企业家精神，总是想自己创业。玛丽安娜便建议他跟她父亲谈一谈。

其实她早该料到结果的，但她偷偷抱着一个不甚理智的幻想，希望父亲会为塞巴斯蒂安提供庇护，让他参与家里的生意，让他继承家业，然后在将来的某一天传给他们的孩子。玛丽安娜已经想到了这么长远的事，但她心里很清楚，这些事情一句都不能跟父亲和塞巴斯蒂安提起。总之他们的初次见面就是一场灾难——塞巴斯蒂安背负着浪漫的使命飞到雅典，征求玛丽安娜父亲的许可与她结婚，而刚见面玛丽安娜的父亲就很不喜欢他。他不仅没有主动提出雇佣塞巴斯蒂安，还指责他拜金。他警告玛丽安娜，要是她跟塞巴斯蒂安结婚，他就把玛丽安娜从遗嘱里除名。

讽刺的是，到头来塞巴斯蒂安也进入了航运行业——但是跟她父亲相反，是在市场的另一端。塞巴斯蒂安没有选择商业航运，他建立的业务是向世界各地形势不稳定的欠发达地区运输急需物资，比如食品和其他生活必需品。玛丽安娜心想，在许多方面，塞巴斯蒂安可以说与她父亲完全相反。而这也是她长期以来自豪感的来源。

郁郁寡欢的老爷子去世后再次让所有人吃了一惊。他最终还是把一切都留给了玛丽安娜。一大笔财富。塞巴斯蒂安不禁感到震惊，他如此富有，却过着那样的生活——"我是说，像个穷光蛋一样。他从来没享受过自己的财富。那还有什么意义？"

玛丽安娜不得不稍加思索。"安全感，"她说，"他相信金钱能够以某种方式为自己提供保护。我想——他其实是害怕。"

"害怕……什么？"

对这个问题玛丽安娜也没有答案。她摇摇头，怅然若失。"我猜他自己也不知道。"

尽管继承了这笔钱，她和塞巴斯蒂安却只纵容自己买了一件奢侈的东西：他们买下了第一眼就爱上的那幢位于樱草花山脚下的黄色小房子。在塞巴斯蒂安的坚持下，他们把剩余的钱全部存了起来——为了未来，也为了他们的孩子。

孩子是他们唯一的心病，每隔一段时间，塞巴斯蒂安就忍不住揭开这块伤疤，要么是在他多喝了几杯之后，要么是他一反常态地沉浸在自己的思绪中时。他迫切地想要两个孩子，一男一女，以补全他憧憬的家庭场景。玛丽安娜虽然也想要孩子，但她想先等一等，等她完成培训，建起自己的心理诊疗所以后再说——这固然需要几年的时间，可是那又怎样？他们有的是时间，不是吗？

然而他们并没有那么多时间——这是玛丽安娜唯一后悔的事：她太自负、太愚蠢，把未来的来临视作理所当然。

等她三十岁出头开始备孕时，才发现自己受孕很困难。这意料之外的障碍不免让她有些焦虑，医生说这种心态对她没有帮助。

贝克医生上了年纪，有种父亲般的亲切感，让玛丽安娜感到很安心。他建议玛丽安娜和塞巴斯蒂安在正式进行生育能力测试、开始治疗之前先出去度个假，远离一切压力。

"享受生活，在海滩上放松几个星期，"贝克医生向她眨眨眼，"看看会有什么结果。适当放松一下总有奇效。"

塞巴斯蒂安不大情愿——他有很多工作要做，不想离开伦敦。玛丽安娜后来才发现那年夏天他承受着很大的经济压力，因为他的几项业务运转得都很艰难。但自尊心不允许他向玛丽安娜要钱——他从没花过她一分钱。直到他死后玛丽安娜才得知他在人生的最后几个月里竟然承受着这么多不必要的担忧，这让她甚是心痛。她之前怎么没发现呢？事实是，那年夏天她自私地沉浸在自己关于要孩子的忧虑当中。

此外，她还软磨硬泡地让塞巴斯蒂安休了两个星期的假，在八月去希腊旅行，去玛丽安娜家避暑的居所——位于纳克索斯岛的悬崖上的一幢房子。

他们乘飞机去了雅典，在码头登上了去岛上的渡轮。玛丽安娜以为那次乘船是个好兆头，天空中没有一丝云彩，海水像玻璃般安详而平静。

他们在纳克索斯港租了一辆车，沿着海岸线开到了房子的位置。那幢房子原本属于玛丽安娜的父亲，现在，从理论上来说，它属于玛丽安娜和塞巴斯蒂安——尽管他们从未在那里居住过。

房子里到处是灰，已经有些破败，但位置绝佳，坐落在悬崖顶端俯瞰蔚蓝的爱琴海。岩石雕凿成的台阶沿着崖壁向下，通往山下的海滩。在那里的海岸上，数百万年来粉红色的珊瑚碎成无尽的碎片，与沙砾混合在一起——在碧海蓝天的映衬下，沙滩呈现出粉红色。

好一派充满魅力的田园风光，玛丽安娜心想。她已经能感觉到自己放松下来，并且暗暗期盼纳克索斯岛能够如约创造一场小小的奇迹。

最初的几天他们放松身心，懒散地躺在沙滩上。塞巴斯蒂安承认，说到底他还是庆幸的——到这里来是他几个月以来第一次感到放松。他有个颇为孩子气的习惯，喜欢在沙滩上读老旧的惊悚小说。他躺在浪花间，沉浸在阿加莎·克里斯蒂的《ABC谋杀案》当中自得其乐，玛丽安娜则在沙滩上的遮阳伞下打瞌睡。

然后，在第三天，玛丽安娜建议他们开车到山里去看神庙。

玛丽安娜还记得儿时去探访神庙的经历，在废墟间穿梭游荡，开动想象力赋予它种种魔力。她想让塞巴斯蒂安也感受一下这种体验。于是他们带上野餐用品出发了。

他们走的是一条蜿蜒的古老山路，越往山上走，路就变得越狭窄，最终只剩下一条遍地是羊粪的土路。

就在那里，在平缓的山顶上——有一座破败的神庙。

那座古老的希腊神庙用纳克索斯大理石建造，曾经光彩熠熠，如今历经风雨侵蚀，只呈现出灰扑扑的白色。三千年沧桑过后，只有寥寥几根残损的柱子矗立着，映着湛蓝的天空。

这座神庙奉祀的是代表丰收与生命力的女神得墨忒耳，以及她的女儿——冥界王后普西芬尼。这两位女神经常被共同奉祀，像一枚硬币的两面——母亲与女儿，生命与死亡。在希腊语中，普西芬尼被简称为"科莱"，意思是"少女"。

这个野餐点风景优美。他们把蓝色的野餐毯铺在光影斑驳的橄榄树下，取出保冷盒里的东西——一瓶长相思白葡萄酒、一个西瓜、几块希腊的鲜奶酪。他们忘了带刀，塞巴斯蒂安只好抱着西瓜像磕脑袋一样撞在岩石上。西瓜碎成几块，他们吃掉了清甜的瓜肉，把硬西瓜籽吐到一旁。

塞巴斯蒂安给了她一个邋里邋遢、黏糊糊的吻。"我爱你，"他低声呢喃，"直到永远永远——"

"永远永远。"她说着吻了回去。

野餐之后，他们在废墟间游逛，玛丽安娜望着塞巴斯蒂安像个兴奋的孩子一样在远处的废墟间攀爬。玛丽安娜望着他，暗自向得墨忒耳和少女之神祈祷，为了塞巴斯蒂安和她自己——为他们的幸福，以及他们的爱。

就在她低声说出祈祷词的时候，一片云忽然游移过来遮住了太阳，转瞬间，塞巴斯蒂安的身影被阴影笼罩。玛丽安娜打了个冷战，不知为什么，她感到害怕极了。

那个瞬间转瞬即逝。一秒钟后太阳再次出现，玛丽安娜也忘记了这件事。

不过，后来她自然又想起了这件事。

第二天早上，塞巴斯蒂安在黎明时分起了床。他穿上绿色的旧运动鞋，轻声告诉玛丽安娜他要去沙滩上跑步，吻了她一下然后离开了。

玛丽安娜躺在床上，在半梦半醒间感受着时间的流逝，听着屋外的风声。最初的微风渐渐变强、加速，呼号着撕扯橄榄树的树枝，晃动树枝抽打窗户，仿佛焦躁的手指在敲打窗玻璃。

有一瞬间，玛丽安娜暗自琢磨海浪有多大，塞巴斯蒂安会不会和往常一样，跑步后下水游泳。但她并不担心。他是个游泳健将，一个健壮的汉子。他是不可摧毁的，她心想。

风越来越强，打着转儿从海上吹来。然而塞巴斯蒂安依然没有回家。

玛丽安娜忍不住有些担心，她极力克制着自己，离开了房子。

她沿着石阶走下山崖，下山时紧紧地扶着岩石，生怕狂风把自己从石阶上吹落。

海滩上没有塞巴斯蒂安的踪影。风卷起粉色的沙子丢在她脸上，她不得不遮挡着眼睛搜寻。她在水里也没看见他的身影——目之所及只有黑色的巨浪，翻搅着海面直到天边。

她呼唤他的名字："塞巴斯蒂安！塞巴斯蒂安！塞巴——"

但狂风把这些字句砸回她脸上。她感到自己渐渐陷入了恐慌。狂风在她耳畔呼啸，令她无法思考，狂风背后是永不止息的蝉鸣，像鬣狗的厉叫。

从更遥远的地方传来了更加微弱的声音，是笑声吗？

是女神冷酷、嘲讽的笑声吗？

不，停下，停下——她必须整理头绪，必须集中精力，必须找到他。他在哪里？他不可能去游泳，不可能在这种天气下去游泳。他不可能那么傻——

就在这时她看见了他。

那是他的鞋子。

他绿色的旧运动鞋，整齐地摆放在沙滩上……就在水边。

那个瞬间之后，一切都变得模糊不清。玛丽安娜蹚水走进海里，歇斯底里，如女妖般哭号，尖叫着，尖叫着……

然后……万物虚无。

三天后，塞巴斯蒂安的尸体被冲上了海岸。

11

塞巴斯蒂安死后，近十四个月的时间过去了，但从许多方面来说，玛丽安娜仍然留在那里，被困在纳克索斯岛的海滩上，永远无法离开。

她深陷其中无法脱身，就像曾经的得墨忒耳——哈得斯绑架了她疼爱的女儿普西芬尼，把她带到冥界做自己的新娘。得墨忒耳崩溃了，悲痛压垮了她。她一动不动，也不许别人来劝慰自己，只是坐着啜泣。自然万物都随着得墨忒耳一同哀悼：炎夏变成了寒冬，白昼变成了黑夜。大地也随她悼念，或者更确切地说，与她一同陷入哀伤。

玛丽安娜对此感同身受。而此刻，随着她离圣克里斯托弗学院越来越近，她发现自己的脚步变得越发惶恐，熟悉的街巷让她的回忆难以遏制地涌入头脑，塞巴斯蒂安的幽灵守候在每个街角。她低垂着头，不肯抬起目光，仿佛一名行走在敌军占领区的士兵，竭力不被发现。若她想要帮助佐伊，就必须振作起来。

这便是她到这里来的原因——为了佐伊。玛丽安娜打心底里永远不想再看见剑桥，而且事实证明，重返剑桥比她预想的更加艰难——但她愿意为了佐伊而回来。佐伊是她仅剩的全部。

玛丽安娜转了个弯，离开国王街，走上那条她无比熟悉的凹凸不平的石子路。她沿着石子路走到路的尽头，来到一扇古老的木头大门前，抬头望去。

圣克里斯托弗学院大门的高度至少是她身高的两倍，镶嵌在一面爬满常青藤的古老红砖墙里。她还记得自己第一次来到这扇门前的情景——她从希腊赶来参加入学面试，她刚满十七岁，感到自己是个渺小的冒牌货，那样害怕，那样孤单。

说来也怪，将近二十年过去了，她此刻的感受与当年几乎一模一样。

她推开门，走了进去。

12

眼前的圣克里斯托弗学院依然是她记忆中的模样。

玛丽安娜一直害怕再次看见它——她爱情故事的背景幕布——但幸运的是，学院的美景救了她。她的心没有破碎，而是吟唱了起来。

圣克里斯托弗学院是剑桥最古老也最美丽的学院之一，由几座直通河边的庭院和花园组成。由于几个世纪以来学院经历过多次重建与扩张，各栋建筑风格各异——哥特风格、新古典风格、文艺复兴风格都有。这是一种缺乏秩序却十分和谐的成长模式，而且在玛丽安娜看来这让它显得越发可爱。

她站在主庭院的门房办公室旁。主庭院是进门后的第一座庭院，也是最大的。整洁的绿色草坪在她眼前展开，在院子另一头与暗绿色的紫藤覆盖的墙壁相接。翠绿的花藤间点缀着白色的蔷薇，沿着砖墙向上攀缘，犹如一张精致的壁毯，一路蔓延到小教堂的外墙上。墙上的彩色玻璃窗在阳光里闪烁着或绿、或蓝、或红的光亮，教堂里传来合唱团排练的声音，和谐的歌声在空中飘荡。

一阵低语声——或许是塞巴斯蒂安的声音？——告诉玛丽安娜这里是安全的。她可以稍事休息，在这里找到她期待已久的宁静。

她的身体松弛下来，几乎发出了一声叹息。一种陌生的满足感突然袭来：这些墙壁、立柱和拱廊承载着漫长的岁月，却不被时间干扰或改变，在那一瞬间，她得以洞察自己的悲伤。她明白，这个充满魔力的地方既不属于她也不属于塞巴斯蒂安——它只属于它自己。他们的故事不过是曾经在这里发生的无数故事中的一个，并不比其他的故事重要许多。

她面带微笑环顾四周，感受着周围的活力。尽管不久前已经开学，但最后的准备工作仍在进行当中，空气中洋溢着触手可及的期待感，仿佛演出开始前的剧场。园丁正在草坪另一头割草。一名门房身穿黑色西装，头戴圆顶礼帽，系着一条绿色的大围裙，正举着顶端装有羽毛掸子的长杆打扫拱廊高处的旮旯，扫去蜘蛛网。还有几名门房正把木头长凳成排摆在草地上，大概是在为新生拍摄入学合影做准备。

玛丽安娜望着一个少年穿过庭院，他神情紧张，显然是个新生，父母提着大小包裹走在他身边，不停地拌嘴。她不禁怜爱地笑了。

这时，在庭院另一端，她看见了另一番景象——一群身穿深色制服的警察。

玛丽安娜的笑容渐渐退去。

那群警察在院长的陪同下刚刚离开院长办公室。尽管离得很远，玛丽安娜依然看得出院长满面通红，心慌意乱。

这只可能意味着一件事。最糟糕的事情已经发生了，警察已经赶到——看来佐伊是对的：塔拉确实死了，沼泽边发现的正是她的尸体。

玛丽安娜想找到佐伊。就现在。她转身快步向下一座庭院走去。

她思绪繁乱，那个男人喊了她的名字两遍她才听见。

"玛丽安娜？玛丽安娜！"

她转过身，一个男人正向她挥手。她眯起眼睛望着他，看不清那人是谁。不过看样子他认识她。

"玛丽安娜，"那人又说道，这次的语气自信多了，"等一下。"

玛丽安娜停下脚步，等着那个男人穿过石子路向她走来，脸上带着灿烂的笑容。

当然了，她心想，是朱利安。

玛丽安娜认出了他的笑容，这段时间他的笑容颇为出名。

朱利安·阿什克罗夫特和玛丽安娜是在伦敦进修精神疗法时的同学。她已经有些年没见过他了，除了在电视上——他经常在新闻节目和犯罪纪录片里露脸，夸夸其谈。他的专长是法医心理学，出版了一本有关英国连环杀手与他们的母亲的畅销书。他似乎对疯狂与死亡抱有一种不太合适的兴奋感，玛丽安娜总觉得这有些令人反感。

她看着他走近。如今的朱利安年近四十，中等身材，穿着时尚的蓝色西装夹克、挺括的白衬衫和藏蓝色的牛仔裤。他的头发乱得很有章法，浅蓝色的眼睛摄人心魄，笑容精致，露出雪白的牙齿——这是他常用的笑容。他总是隐约给人一种做作的感觉，玛丽安娜心想，或许正因如此他才格外适合上电视。

"你好，朱利安。"

"玛丽安娜，"他走近时说道，"真巧啊。我看着好像是你。你到这里来做什么？不会是跟警方一道的吧？"

"不是，不是。我的外甥女在这里上学。"

"噢——明白了。真遗憾，我还以为我们有机会合作呢，"朱利安对她粲然一笑，然后压低声音故作神秘地说，"他们叫我来的，帮他们一把。"

玛丽安娜已经猜到了他说的是什么事，但还是不可避免地感到恐惧。她不希望这件事得到证实，但她别无选择。

"是塔拉·汉普顿。是不是？"

朱利安有些吃惊地看了她一眼，点了点头："没错。刚刚确认她的身份。你是怎么知道的。"

玛丽安娜耸耸肩："她已经失踪一天多了，我的外甥女告诉我的。"

她发现自己眼中噙满泪水，连忙擦掉了眼泪。她看了一眼朱利安："有线索吗？"

"没有，"朱利安摇摇头，"目前没有，但愿很快就会有。说实话，越早越好，因为作案手段真是残忍至极。"

"你觉得她认识凶手吗？"

朱利安点点头："看样子很有可能。人们通常只会把这种程度的愤怒留给最亲近的人，你觉得呢？"

"也许吧。"玛丽安娜若有所思。

"我敢打赌是她的男朋友。"

"据我所知她没有男朋友。"

朱利安看了一眼手表："我得去跟警长见面了，但你知道的，我很乐意跟你多讨论讨论这件事……或许我们可以碰头喝一杯？"他微微一笑，"玛丽安娜，见到你我真高兴。好多年没见了，我们应该叙叙旧——"

但玛丽安娜已经走开了："不好意思，朱利安，我必须去找我的外甥女了。"

13

佐伊的宿舍在厄洛斯庭院，属于较小的庭院之一，学生宿舍环绕在长方形的草坪四周。

草坪中央立着一座已经变色的雕塑，是厄洛斯拿着弓和箭。几个世纪的风雨和锈蚀让他苍老了许多，从小天使变成了一个绿色的小老头。

庭院四周有几处楼梯，通往学生们的房间，院子的四角各矗立着一座灰色的角楼。玛丽安娜向其中一座角楼走去，抬眼望向四楼的窗口，看见佐伊正坐在那里。

佐伊没看见她，玛丽安娜立在原地看了她一会儿。拱形的窗子上镶有镂空的窗格，菱形的玻璃嵌在铅框里，小小的窗格把佐伊的身影切割成一幅菱形碎片组成的拼图——在那一瞬间，玛丽安娜用拼图拼出了另一幅画面：不是个二十岁的女子，而是个六岁的小女孩，单纯可爱，脸蛋红扑扑，梳着两根马尾辫。

玛丽安娜心中涌起对那个小女孩的无尽关切与喜爱。可怜的小佐伊，她已经有过那么多糟糕的经历，一想到自己即将告诉她这个可怕的消息，再次伤害她，玛丽安娜就心生恐惧。她摇摇头，决定不再耽搁，匆匆走进了角楼。

她沿着古旧变形的螺旋楼梯盘旋而上，来到了佐伊的房间。房门开着，她走了进去。

房间虽小却很舒适，眼下有些杂乱，衣服散落在扶手椅上，脏杯子堆在水槽里。屋里有一张写字台、一个小壁炉，飘窗前摆着靠垫，佐伊就坐在那里，书本散放在身边。

看见玛丽安娜，她惊呼一声，跳起来扑进了玛丽安娜怀里。

"你来了。我没想到你真的会来。"

"我当然要来。"

玛丽安娜想退后一步，但佐伊不肯放开她，她只好无奈地由佐伊抱着自己。她感受到了这个拥抱中蕴含的温暖与喜爱。这样的触碰让她有种陌生感。她这才意识到自己见到佐伊有多么开心。她忽然有些伤感。

除了塞巴斯蒂安，佐伊一直是玛丽安娜最喜欢的人。她在英国读寄宿学校，因此玛丽安娜和塞巴斯蒂安几乎可以说是非正式地收养了她——佐伊在黄色小屋里有自己的卧室，期中假期和节假日都会跟他们一起过。她之所以在英国上学是因为她的父亲是英国人，其实佐伊只有四分之一的希腊血统。她继承了父亲的浅肤色和蓝眼睛，因此这四分之一的希腊血统并没有显现出来。玛丽安娜过去时常琢磨它会不会在某一天突然显露出来——前提是它还没有被湿毛毯似的英国私立学校教育经历给闷死。

佐伊终于松开了玛丽安娜。接着，玛丽安娜用尽可能柔和的方式把塔拉的尸体身份得到确认的消息告诉了她。

佐伊瞪大眼睛望着她，听见这个消息，泪水顺着她的面颊止不住地往下淌，玛丽安娜把她拉进自己怀里。佐伊紧紧地抱着她，哭个不停。

"没事的，"玛丽安娜轻声说，"一切都会好起来的。"

她牵着佐伊慢慢走到床边，让她坐下。等佐伊终于止住了抽泣，玛丽安娜便去泡茶。她从小水槽里拿出两只马克杯冲洗干净，又烧了一壶水。

她泡茶的时候，佐伊怔怔地坐在床上，膝盖抵在胸前，眼神涣散，甚至懒得擦去面颊上滚落的泪水。她手里攥着自己老旧的毛绒玩具——一只带黑白条纹的破旧斑马。斑马少了一只眼睛，线缝也开了线——从襁褓时它就陪伴着佐伊，承受了许多蹂躏，也收获了许多喜爱，此刻佐伊拿着它，紧紧地抓着它，身体前后摇晃。

玛丽安娜把一杯热气腾腾的甜茶放在挤挤挨挨的茶几上，关切地看着佐伊。实际上，佐伊在青春期时曾有过严重的抑郁症，时不时便会突然痛哭，其他时间则情绪低迷、无精打采、冷淡，抑郁到连哭都哭不出。玛丽安娜觉得这种情绪比眼泪更让人难以应对。在那几年里，旁人很难触及佐伊的内心世界，但是她有这些问题也不足为怪，毕竟她在十分年幼的时候就经历了痛失双亲的精神创伤。

那年四月，佐伊正在他们家里过期中假，他们忽然接到了那个改变了她一生的电话。接电话的是塞巴斯蒂安，他不得不转告佐伊，她的父母——也就是玛丽安娜的姐姐和姐夫在车祸中丧生了。佐伊顿时崩溃，塞巴斯蒂安把她紧紧地搂在怀里。自那以后他和玛丽安娜给予了佐伊大量的爱，或许可以说有些溺爱她。但玛丽安娜也曾失去过自己的母亲，她下定决心要把自己童年时渴望的一切都给予佐伊：母爱、温暖、喜爱。当然了，这种爱是相互的，她感受得到佐伊也回赠给她同样多的爱。

终于，佐伊渐渐地战胜了悲痛，这让他们松了口气。随着年龄的增长，她抑郁的症状越来越缓和，她又能专注学业了，到了青春期结束时，她的状态已经比刚进入青春期时好多了。不过玛丽安娜和塞巴斯蒂安都不免担心佐伊难以应对大学里的社交压力，因此当她和塔拉结为好友时，他们悬着的心都放下了。后来，塞巴斯蒂安死后，玛丽安娜也很庆幸佐伊有最好的朋友可以依赖。玛丽安娜自己则没有，她刚刚失去了她最爱的塞巴斯蒂安。

然而现在，失去塔拉——以如此可怕的方式失去一名好友，这会对佐伊产生怎样的影响？现在还不得而知。

"来，佐伊，喝点茶。压压惊。"

没有回应。

"佐伊？"

佐伊仿佛突然听见了她的呼唤。她抬头望着玛丽安娜，目光凝滞，眼里噙满泪水。

"是我的错，"她低声说，"她会死都是我的错。"

"别这么说。那不是真的——"

"是真的。听我说，你不明白。"

"不明白什么？"

玛丽安娜在床边坐下，等着佐伊说下去。

"这是我的错，玛丽安娜。我本该做些什么的——那天晚上，就在我见到塔拉之后，我应该告诉别人，应该打电话报警的。如果是那样，现在她或许还活着……"

"报警？为什么？"

佐伊没有回答。玛丽安娜皱起了眉。

"塔拉对你说了什么？你说她说了一些很疯狂的事。"

佐伊的眼里又流下了泪水。她忧郁地沉默不语，身体前后摇晃。玛丽安娜知道现在最好的做法就是静静地陪着她，耐心等待佐伊按照自己的情绪放下心里的包袱。但现在时间紧迫。于是她开了口，声音低沉而坚定，令人安心。

"她对你说什么了，佐伊？"

"我不应该告诉你的。塔拉让我发过誓，对任何人都不要说起。"

"我能理解，你不想背叛她对你的信任。但恐怕现在已经太晚了。"

佐伊望着她。玛丽安娜看着她的面庞，面颊红润，眼睛瞪得溜圆，她看见的是一个孩子的眼睛：一个惊恐的小女孩，心中藏着一个难以按捺的秘密，她不愿再保守这个秘密，却由于恐惧而不敢开口。

然后，佐伊终于放弃了：

"前天晚上，塔拉到我房间来找我。她当时一团糟。她可能嗑了什么东西，我不知道是什么。她情绪非常差……然后她说她很害怕……"

"害怕？怕什么？"

"她说——有人要杀她。"

玛丽安娜盯着佐伊看了一秒钟。"你接着说。"

"她让我向她保证，不能告诉任何人，她说一旦我说出去，被那个男人发现，他肯定会杀了她的。"

"'那个男人'？她说的是谁？她说没说是谁威胁要杀她？"

佐伊点点头，但是没有回答。

玛丽安娜重复了一遍问题。"是谁啊，佐伊？"

佐伊摇摇头，不确定地说："她听起来太疯狂了——"

"不要紧，你告诉我就好。"

"她说——是这里的一位老师，一位教授。"

玛丽安娜眨眨眼，吃了一惊。"这里？圣克里斯托弗学院？"

佐伊点点头。"对。"

"我懂了。他叫什么名字？"

佐伊停顿了一会儿。她说话的声音很低。

"爱德华·福斯卡。"

14

不到一个小时后，佐伊把这件事向萨杜·桑加警长复述了一遍。

警长征用了院长的办公室。这是个宽敞的房间，俯瞰主庭院。一侧的墙边立着雕花精美的红木书架，架子上摆放着皮面书。其他几面墙上挂着历任院长的肖像，带着毫不掩饰的怀疑望着警员们。

桑加警长坐在宽大的写字台背后。他打开随身携带的保温壶给自己倒了杯茶。他年纪五十出头，眼睛乌黑，花白的络腮胡修剪得很短，衣着利落，穿一件灰色的西装外套，打着领带。由于他是锡克教徒，所以头上缠着一块头巾，颜色是显眼的宝蓝色。他举止庄严，不怒自威，却隐约透着一种紧张感，神情不安而急切，不是在抖脚就是在敲手指。

在玛丽安娜看来，警长有些恼火。她感觉他并没有认真听佐伊说话，看样子似乎并不感兴趣。他没把佐伊说的话当回事，玛丽安娜心想。

但她猜错了。他其实听得很认真。他放下茶杯，黑色的大眼睛紧盯着佐伊。

"她告诉你这些事的时候，你是怎么想的呢？"他说，"你相信她吗？"

"我也不知道……"佐伊说，"她的状态很差，你知道的，她吸了东西。但她总是嗑这样那样的药，所以……"佐伊耸耸肩，略作思索又说道，"我的意思是，她说的话太反常了……"

"她说没说福斯卡教授为什么威胁要杀掉她？"

佐伊的神情有些不自在："她说他们上过床，后来吵架了之类的……塔拉威胁他说要告诉学院，让他丢饭碗。于是他就说，要是她敢说出去……"

"他就要杀掉塔拉？"

佐伊点点头，吐露了这个秘密她似乎也松了口气。"没错。"

警长沉默了一会儿，若有所思，然后他突然站起身。

"我得去跟福斯卡教授谈谈。你在这里等一会儿，好吗？还有，佐伊，我需要你配合做一份笔录。"

他离开了房间，他不在的时候，佐伊向一名职级较低的警员重复了自己说过的话，警员做了记录。玛丽安娜不安地等待着，不知道发生了什么。

漫长的一小时过去了，桑加警长终于回来了。他重新坐下来。

"福斯卡教授非常配合，"他说，"我也记录了他的陈述。而他说在塔拉遇害的时间——晚上十点，他正在自己的房间里上课，上课时间是晚上八点到十点，有六名学生参加。他把学生的名字告诉了我，我们目前已经与其中两名学生谈过话，两个人都证实了他的说法，"警长意味深长地看了佐伊一眼，"因此，我不会指控教授犯了罪，而且我相信，尽管塔拉说过那样的话，但他与塔拉的死没有关系。"

"知道了。"佐伊低声说。

佐伊垂下目光盯着自己的腿。玛丽安娜觉得她看上去满心忧虑。

"我想问你，你对康拉德·埃利斯都有哪些了解？"警长说，"据我所知，他不是这里的学生，而是住在城里。他是塔拉的男朋友吗？"

佐伊摇摇头："他不是她男朋友。他们有来往，仅此而已。"

"好的，"警长看了看自己的笔记，"看样子他有两次犯罪记录——一次是贩毒，还有一次是恶意伤害……"他看了佐伊一眼，"另外他的邻居曾听见他们有过几次激烈的争吵。"

佐伊耸耸肩："他的日子过得一团糟，塔拉也是……但如果你是在怀疑他的话，他绝对不会伤害塔拉的。他不是那种人，他是个好人。"

"嗯……一听就是个好小伙。"警长的神情并不信服。他喝光茶水，重新拧上了壶盖。

到此为止，玛丽安娜心想。

"你知道吗，警长，"她为佐伊感到不平，说道，"我认为你应该重视她的意见。"

"不好意思，"桑加警长眨眨眼，玛丽安娜忽然开口，似乎让他很惊讶，"我忘了，"他说，"你是哪位？"

"我是佐伊的姨妈，也是她的监护人。而且——如果有需要的话——我是她的代言人。"

桑加警长似乎觉得她的话有些好笑。"依我看，你的外甥女完全可以自己发言。"

"是这样的，佐伊看人很准。她一向如此。既然她了解康拉德，而且认为他是清白的，那你就应该重视她的意见。"

警长脸上的笑容退去了："如果你不介意的话，等我跟他谈过话，我自会做出判断的。我必须澄清一下，这个案件由我负责，而我不喜欢别人对我发号施令——"

"我没有对你发号施令——"

"也不喜欢别人打断我说话。因此我强烈建议你不要妨碍我的行动，也不要妨碍我进行调查。明白吗？"

玛丽安娜正要争辩——但她克制住了自己，勉强挤出一个微笑。

"完全明白。"她说。

15

离开院长办公室之后，佐伊和玛丽安娜走过庭院另一头的柱廊——十二根大理石立柱支撑起楼上的图书馆。柱子非常古老，已经变了颜色，表面的裂纹仿佛一条条血管。它们在地上投下长长的影子，两个女人在其间漫步，不时被投上阴影。

玛丽安娜伸手揽住佐伊，说道："亲爱的，你没事吧？"

佐伊耸耸肩。"我——我也不知道。"

"你说，塔拉有没有可能对你说了谎？"

佐伊的表情很痛苦。"我也不知道。我——"

佐伊突然浑身僵住，不肯再往前走。不知从什么地方冒出来一个男人，他从柱子背后走出，来到她们面前。

他在她们面前站定，挡住了她们的去路，定定地看着佐伊。

"你好，佐伊。"

"福斯卡教授。"佐伊说着，微微倒吸了一口气。

"你还好吗？没事吧？真不敢相信发生了这种事。我还没缓过神来。"

玛丽安娜注意到他讲话带着美国口音，语气轻快，抑扬顿挫，字词的边角略带一点英国化的发音方式。

"真难为你了，"他说，"我真同情你，佐伊。你肯定非常难过——"

他语气热忱，看上去是发自内心地同情她。他向佐伊伸出手，而她下意识地略微后退了一步。玛丽安娜注意到了佐伊的动作，教授也注意到了，略带尴尬地看了佐伊一眼。

"听我说，"他说道，"我想把我对警长说的话原原本本地告诉你，你应该亲耳听我说——就现在。"

福斯卡完全没有理会玛丽安娜，径自对着佐伊说话。他讲话时，玛丽安娜打量着他。他比她预想的要年轻，而且英俊得多。他四十出头，个子很高，身材健美，面容有棱有角，一双黑眼睛炯炯有神。他的一切都是黑色的——黑眼睛、黑色络腮胡、黑色的衣服，黑色的长发在脑后扎成凌乱的一团。他身穿黑色的学院式长风衣，衬衫没有掖进裤腰，颈间松松地系着一条领带，整个人透着一种拜伦式的叛逆而浪漫的魅力。

"真实情况是，"他说道，"这件事是我处理得不够恰当。佐伊，塔拉很难完成她的学业——我敢说你也同意我的这种看法。尽管我反复督促她出勤、完成课业，但她其实还是有着挂科的风险。她根本不给我帮助她的余地。我跟她开诚布公地谈过一次，我说我不清楚这其中是否有毒品的因素，还是与情感问题有关，总之她今年的表现实在不够让她升入下一学年。我让她申请重修去年的课程。要么她主动申请重修，要么就得留级。"

他摇摇头，似乎身心俱疲："我告诉塔拉这些话的时候，她变得很歇斯底里。她说她父亲要是知道，肯定会杀了她。她哀求我改主意，我告诉她这是不可能的，于是她就转变了态度。她变得言辞非常激烈，开始威胁我，说要毁掉我的事业，让学校炒掉我，"他叹了口气，"看来这就是她做出的尝试。她对你说的一切——有关男女关系的指控——显然是在试图抹黑我的名声。"

他压低声音继续说道："我决不会跟我的任何一名学生发生关系——学生给予了我信任，这是最令人作呕的背叛行为，也是对权威的滥用。你知道的，我非常喜欢塔拉这孩子，正因如此，她说出这样的话才叫我格外伤心。"

尽管不愿相信，玛丽安娜还是发现福斯卡说的话极其令人信服。他的行为举止没有丝毫撒谎的迹象，说的每一句话听起来都符合情理。塔拉谈及自己的父亲时总是很忐忑，佐伊去塔拉家位于苏格兰的庄园做客之后也曾说过塔拉的父亲是位不苟言笑的东道主——甚至可以用严苛来形容。玛丽安娜完全想象得出他对于塔拉留级的反应，她也能想象把这件事告诉父亲足以使塔拉陷入歇斯底里的状态，甚至不惜闹个鱼死网破。

玛丽安娜瞥了佐伊一眼，想观察她的反应。她的神情令她难以揣测。佐伊显然很紧张，盯着石板地面，神色有些不自在。

"希望我的解释能够澄清误会，"福斯卡说，"现在最重要的是我们要协助警方抓到凶手。我建议他们调查一下康拉德·埃利斯，就是那个跟塔拉有来往的男人。无论怎么看，那家伙都不像好人。"

佐伊没有回答。福斯卡盯着她。

"佐伊？我们和好了对吗？说实话，现在我们要处理的事情已经够多了——你怀疑我做这种事实在是在给我添乱。"

佐伊抬起头看着他，慢慢地点了点头。

"没事了。"她说。

"那就好，"但是看样子他似乎并不完全放心，"我该走了。回头见。照顾好自己，好吗？"

福斯卡这时才第一次看向玛丽安娜，他向她点点头致意，然后转身走开，消失在了柱子背后。

沉默一阵后，佐伊转向玛丽安娜，神情有些忧虑。

"那，"她轻轻地叹了口气，说道，"现在怎么办呢？"

玛丽安娜稍加思索："我去跟康拉德谈谈。"

"怎么谈？你也听见警长说的话了。"

玛丽安娜没有回答。她看见朱利安·阿什克罗夫特从院长办公室出来，望着他穿过庭院。

她点点头，自言自语道："我有一个主意。"

16

那天下午晚些时候，玛丽安娜设法在警察局见到了康拉德·埃利斯。

"你好，康拉德，"她说，"我叫玛丽安娜。"

与桑加警长谈话后，康拉德立即被拘捕了。尽管既没有直接证据也没有间接证据，但警方确信康拉德就是他们要找的人。

塔拉最后一次被人看见是在晚上八点，门房主管莫里斯先生看见她走正门离开了学院。康拉德则说他一直在自己的公寓里等着塔拉，但她迟迟没来——不过康拉德口说无凭，他整个晚上都没有不在场证明。

经过一番彻底的搜查，警方依然没能在他的公寓里找到作案工具。他的衣服和私人物品都被送到法医处进行检验，警方希望通过这些东西找到康拉德与这场谋杀之间的联系。

玛丽安娜没想到朱利安居然很乐意带她跟康拉德见面。

"我可以用我的通行证带你进去，"朱利安说，"我正好要去做精神评估，你愿意的话可以旁听，"他说着对她使了个眼色，"只要我们不被桑加发现就好。"

"谢谢，我欠你一个人情。"

朱利安似乎很是为自己的小花招而得意。他们走进警察局，他要求把康拉德·埃利斯从拘留室带出来，又向玛丽安娜使了个眼色。

几分钟后，他们跟康拉德一同坐在了讯问室里。这个房间阴冷，没有窗户，密不透风，待在里面叫人浑身难受——不过这或许正是这个房间的用意所在。

"康拉德，我是一名心理治疗师，"玛丽安娜说，"我也是佐伊的姨妈。你认识佐伊的，对吗？在圣克里斯托弗学院？"

康拉德有瞬间的困惑，眼里有种黯淡的神采，他无精打采地点点头。"佐伊——塔拉的朋友？"

"没错。她想告诉你她非常抱歉——关于塔拉的事。"

"她这人不错，佐伊……我挺喜欢她的。她跟那些人不一样。"

"那些人？"

"塔拉的朋友，"康拉德拉长了脸，"我叫她们巫婆。"

"真的吗？你不喜欢她的朋友们？"

"是她们不喜欢我。"

"这是为什么？"

康拉德耸耸肩，脸上没有表情。玛丽安娜本以为能够从他口中得到一些情绪化的反馈，好帮助她更好地解读他这个人——却什么都没得到。她不由得想起自己的患者亨利，他也有着跟康拉德同样的迷蒙神情，那是多年来不断地喝酒、吸毒造成的后果。

康拉德的外表对他很不利——这正是一部分问题所在。他行动迟缓、身形高大、皮肤上布满文身。但佐伊说得对，他身上带有一种亲善感，一种温和的气质。他说话时语速很慢，语气有些困惑，看上去似乎并不清楚自己面对的处境。

"我不明白，他们为什么觉得是我伤害了她？我没有伤害她。我——我爱她。"

玛丽安娜瞥了朱利安一眼，想看看他对此有何反应。看样子他丝毫不为所动，继续追问康拉德各种唐突的问题，关于他的生活、他的成长环境——时间越长，这次谈话就变得越折磨人，康拉德的前景也越发不乐观。

尽管如此，玛丽安娜却越来越相信他是无辜的。他没有撒谎，这是个心碎的男人。谈话过程中他一度被朱利安的问题耗得筋疲力尽，情绪崩溃，双手撑着头无声地啜泣起来。

谈话结束后，玛丽安娜又开口了。

"你认识福斯卡教授吗？"她问，"塔拉的导师？"

"认识。"

"你是怎么认识他的？通过塔拉吗？"

他点点头："我给他弄过几次东西。"

玛丽安娜眨眨眼睛。她看了朱利安一眼："你是说毒品吗？"

"哪种毒品？"朱利安问。

他耸耸肩："看他想要哪种。"

"这么说你经常跟他见面了？跟福斯卡教授？"

"你怎么看待他和塔拉的关系？你觉得有什么异常吗？"

"这个嘛，"康拉德说着耸耸肩膀，"我是说，他暗恋她，不是吗？"

玛丽安娜跟朱利安交换了一个眼色。

"是吗？"

玛丽安娜本想继续追问下去，但朱利安突然结束了谈话。他说收集到的信息足够他完成报告了。

"希望这些对你有帮助，"离开警察局时朱利安说，"他怪会表演的，是不是？"

玛丽安娜诧异地望着他："他不是装的，那样的情绪不可能是装出来的。"

"相信我，玛丽安娜，他的眼泪都是在做戏而已，不然就是在自怜。这些招数我全都见过。等你做这一行的时间跟我一样长，你就会发现所有案件都非常相似，几乎令人沮丧。"

玛丽安娜望着他："他卖毒品给福斯卡教授，你不认为这件事值得关注吗？"

朱利安不以为然地耸耸肩："偶尔买点大麻并不代表他就是杀人凶手。"

"那康拉德说福斯卡暗恋塔拉呢？"

"那又怎么了？说实话她确实很漂亮。你认识她，不是吗？她为什么要跟那个白痴纠缠不清呢？"

玛丽安娜伤感地摇摇头："我猜她只是把康拉德当作了一种寻求了结的方式。"

"你是说毒品？"

玛丽安娜叹了口气，点点头。

朱利安看了她一眼。

"走吧。我开车送你回去——还是你想喝一杯再走？"

"我没时间，我得赶回学校去。六点钟他们要为塔拉做一次特殊的礼拜。"

"好吧，那就改天晚上？"他说着挤挤眼，"你还欠我一个人情，别忘了。那就明晚？"

"恐怕到时候我已经不在这里了——我明天就走。"

"好吧，那我们改日再约。实在不行我总可以追到伦敦去找你。"

朱利安笑了——但玛丽安娜注意到他的眼睛没有笑。他的眼神依然冷漠、坚硬、不近人情。说不清为什么，他打量玛丽安娜的眼神让她很不自在。

他们回到圣克里斯托弗学院。玛丽安娜终于得以脱身，她这才松了口气。

17

六点钟，悼念塔拉的礼拜在小教堂举办。

学院的小教堂建于1612年，用石头和木头建成，有乌黑的大理石地面，蓝、红、绿相间的彩绘玻璃窗色彩鲜艳，描绘了圣人克里斯托弗的生平事迹。高挑的模制天花板上装饰着带纹章的盾牌和用金粉描绘的拉丁语箴言。

长椅上坐满了教职工和学生，玛丽安娜和佐伊坐在靠前的位置，塔拉的父母与院长和校长坐在一起。

塔拉的父母——汉普顿勋爵夫妇从苏格兰飞过来辨认了尸体。玛丽安娜忍不住想象他们一路上的心情会多么痛苦，从遥远的乡间庄园开许久的汽车来到爱丁堡机场，再飞到斯坦斯特德机场，漫长的旅途给了他们充足的思考时间——希冀、恐惧与担忧——通往剑桥太平间的最后一段旅程残酷地解开了他们心中的悬念：他们终于得以与女儿团聚，也得知了她的遭遇。

汉普顿勋爵夫妇僵硬地坐着，一动不动，脸色苍白，表情扭曲。

玛丽安娜专注地望着他们——她还记得那种感觉：仿佛被投进了冰柜，冰冷、被震惊到麻木。那种感觉不会持续太久，而与随后的感受相比，这个阶段可谓幸福，等到冰霜溶解、震惊消退以后，他们才会对这场巨大的失去有切身的体会。

玛丽安娜看见福斯卡教授走进教堂。他沿着过道往前走，身后跟着六个很显眼的年轻女子——之所以显眼，是因为她们个个美貌出众，而且统一穿着白色长裙。她们走路的姿态透着自信与自知，显然很清楚大家都在盯着自己。其他学生都望着她们走过。

这些人就是塔拉的朋友吗，玛丽安娜暗自琢磨，康拉德讨厌的那些人？那些"巫婆"？

礼拜开始，庄严的沉寂笼罩了参加悼念活动的人们。伴着管风琴的乐声，男童合唱团手捧蜡烛，唱着拉丁语的圣歌列队走来，他们身穿红色长袍，颈间围着白色的蕾丝褶领，天使般的歌声在幽暗的教堂里盘旋。

这场礼拜并不是葬礼，真正的下葬仪式将在苏格兰举办。遗体没有放在这里供人们哀悼。玛丽安娜想到了那个可怜的女孩，肢体破碎，独自躺在太平间里。

她忍不住回想起自己所爱之人被送回她身边的场景，在纳克索斯岛一家医院里的混凝土停尸台上。玛丽安娜见到塞巴斯蒂安的尸体时，他还是湿漉漉的，水滴在地上。他的头发和眼睛上沾着沙子。他的皮肤上有洞，是被鱼吃掉的小块皮肉。他少了一个指尖，被海洋夺去了。

见到那具毫无生机、蜡像般的尸体的那一刻，玛丽安娜立刻知道那不是塞巴斯蒂安。那只是一具躯壳而已。塞巴斯蒂安已经走了——可是他去哪儿了呢？

在他死后的许多天里，玛丽安娜是麻木的。她长时间地处在一种震惊的状态里，无法接受，或者说不敢相信发生的事情。她永远也不会再见到他、听见他的声音、感受到他的触碰，这似乎是不可能的。

他在哪儿？她不断地思考。他去了哪里？

接着，现实开始逐渐渗入她的头脑，她经历了迟来的崩溃——泪水仿佛决了堤，奔涌着落下，一道悲伤的瀑布，冲走了她的生活以及她对自我的认知。

再后来——愤怒来了。

熊熊燃烧的怒火、盲目的狂怒几乎要吞噬她和她周围的所有人。玛丽安娜有生以来第一次主动寻求肉体上的痛苦——她想猛烈地攻击人、伤害人，大多数情况下，她攻击的对象是她自己。

她怪自己——当然了，是她非要到纳克索斯岛去。假如他们按照塞巴斯蒂安的想法留在伦敦，他现在还活着。

她也怪塞巴斯蒂安。他怎么能如此莽撞，竟敢在那样的天气里下海游泳，置自己的生命于不顾——置她的生命于不顾？

玛丽安娜白天过得很糟糕，夜晚则更甚。起初噩梦反复出现，其中充斥着沉船、火车事故、洪水之类的灾难，但只要吞下足够多的酒和安眠药，她就能通过药物得到暂时的庇护。她会梦见无穷无尽的旅途——她长途穿越北极荒凉的各种地貌，在冰冷的风雪中艰难跋涉，永不停止地寻找着塞巴斯蒂安，却永远无法找到他。

后来药片不再起作用，她醒着躺到早上三四点钟——躺着想他，没有任何东西能抑制住她的渴望，黑暗之中唯有回忆为她提供了一层保护：一幅幅画面在她眼前闪现，他们共同度过的白天、黑夜、冬天和夏日。最后，她被悲痛和睡眠不足折磨得近乎疯狂，她重新向医生寻求帮助。而她显然在滥用安眠药，贝克医生拒绝再为她开处方，而是建议她换个环境。

"你很富有，"他说道，又无情地补上一句，"而且没有孩子需要抚养。你为什么不出国呢？去旅行？看看世界？"

考虑到贝克医生上次建议玛丽安娜去旅行以她丈夫的死而告终，这一次她选择了不听从他的意见，而是躲进了想象世界。

她会闭上眼睛，想象纳克索斯岛的那座破败的神庙，肮脏的白色石柱映衬着蓝天，她会想起自己对少女之神的低声祈祷——为他们的幸福、他们的爱。

她错在哪里？是她不经意间冒犯了女神吗？难道是普西芬尼嫉妒？抑或她对那个英俊的男人一见钟情，于是把他据为己有，像她自己曾经被掳走那样把他带去了冥界？

不知为什么，她感到这样更容易接受些——把塞巴斯蒂安的死归结于超自然现象，归结于女神的任性举动。与之相对的另一种可能——塞巴斯蒂安的死毫无意义、完全随机、没有任何深意——这让她无法接受。

停下，她心想，打住，停下。她感到悲哀，自怜的泪水涌了出来，她擦掉了眼泪。她不想失态，起码不能在这里。她必须出去，离开教堂。

"我去透透气。"她低声对佐伊说。

佐伊点点头，简短地、鼓励似的捏了捏她。玛丽安娜站起身，匆匆走出了教堂。

离开幽暗而拥挤的教堂，来到空旷的庭院里，她立刻感到轻松多了。

四周无人，主庭院沉默而平静。天色已暗，只有庭院里散布的路灯柱发出的光圈映亮了幽暗的夜色。浓重的雾气在河面腾起，渐渐弥漫在学院里。

玛丽安娜擦去泪水，抬头望着夜空。那么多星星，在伦敦难觅踪影，在这里却如此闪亮——无尽的黑暗中散布着数十亿颗闪耀的钻石。

他一定就在其间的某个地方。

"塞巴斯蒂安？"她轻声呢喃，"你在哪里？"

她侧耳细听，望着夜空，期待着某种征兆——一颗流星、一片遮蔽月亮的流云——某种迹象，任何迹象都行。

然而什么也没有。

只有黑暗。

18

礼拜结束后，人们在院子里徘徊不去，三三两两地闲谈。玛丽安娜和佐伊站在人群之外，玛丽安娜简短地把她和康拉德见面的事告诉了佐伊，佐伊也同意她的看法。

"看见没？"佐伊说，"康拉德确实是无辜的。不是他干的。我们得想办法帮助他。"

"我不知道我们还能做什么。"玛丽安娜说。

"我们必须采取行动。我敢肯定除了康拉德，塔拉还在跟别人上床。她暗示过几次……或许她的手机里会有线索？或是电脑？我们去她的宿舍试试看——"

玛丽安娜摇摇头："我们不能那么做，佐伊。"

"为什么不行？"

"我认为我们应该把这些事交给警方去做。"

"可是你也听见警长说的话了。他们不会调查的——他们已经拿定主意。我们必须采取行动，"她重重地叹了口气，"要是塞巴斯蒂安还在就好了，他会知道该怎么做的。"

玛丽安娜接受了这句当中蕴含的委婉指责。"我也希望他在，"她顿了顿，"我在想，你跟我回伦敦住几天怎么样？"

话刚出口她就知道自己说错了话。佐伊惊异地看着她。

"什么？"

"离开这里说不定会有帮助。"

"我不能就这样逃避，这样一点儿用也没有。你觉得塞巴斯蒂安会说这样的话吗？"

"不会，"玛丽安娜突然烦躁起来，"但我不是塞巴斯蒂安。"

"不是，"佐伊也跟着烦躁起来，"你确实不是。塞巴斯蒂安会希望你留下来，那才是他会说的话。"

玛丽安娜沉默了一会儿。然后她决定问佐伊一件事——一件自从她们昨晚通完电话后就一直困扰着她的事。

"佐伊，你确定……你把一切都告诉我了吗？"

"关于什么的一切？"

"我也不知道，关于这件事，关于塔拉。我总是在想——我总觉得你有事情瞒着我。"

佐伊摇摇头："没有，什么都没有。"

她移开了目光。玛丽安娜依然心存疑虑，还是放心不下。

"佐伊，你信任我吗？"

"这种问题就不用问了。"

"那你听我说，这很重要。你有事情瞒着我，我看得出来，我感觉得到，所以请你相信我。拜托——"

佐伊犹豫了一会儿，动摇了："玛丽安娜，听我说——"

然而就在这时，佐伊向玛丽安娜身后望去，不知看见了什么东西——这让她立刻止住了话头。在那个瞬间，佐伊的眼睛里闪过一种古怪、充满恐惧的眼神，转瞬即逝。她把视线移回玛丽安娜身上，摇了摇头。"什么事——也没有。真的。"

玛丽安娜转过头想看佐伊究竟看见了什么，站在教堂门口的正是福斯卡教授和他的随行人员——那几个身着白色长裙的漂亮女生，他们压低声音沉浸在彼此的交谈中。

福斯卡正在点烟，他的目光穿过烟雾遇见了玛丽安娜的目光——有一瞬的工夫，他们彼此目光相接。

接着，教授离开交谈的小圈子，面带微笑地向她们走来。他越走越近，玛丽安娜听见佐伊轻声叹了口气。

"你好，"来到她们身边，他说道，"我还没正式做过自我介绍呢。我叫爱德华·福斯卡。"

"我叫玛丽安娜——安德罗斯，"她并非故意要用自己的娘家姓氏，不知怎么便脱口而出了，"我是佐伊的姨妈。"

"我知道你是谁，佐伊跟我说过你的事。对于你丈夫的事我很抱歉。"

"噢，"玛丽安娜有些意外，"谢谢你。"

"我也为佐伊感到心痛，"他说着看了佐伊一眼，"失去了她的姨夫，现在又要因为塔拉而经历同样的痛苦。"

佐伊没有回答，只是耸了耸肩，躲避着福斯卡的眼神。

这其中有些事情佐伊没说出口——她在回避某些事情。玛丽安娜忽然意识到佐伊害怕这个人。这是为什么呢？

玛丽安娜完全不觉得福斯卡是个危险人物。在她看来，他极其真诚，富有同情心。他深情地看了她一眼。"我为所有的学生感到心痛，"他说，"这会让整个年级——甚至整个学院的学生都深感悲痛。"

佐伊突然转头对玛丽安娜说道："我得走了——我答应跟几个朋友见面喝杯酒。你想一起来吗？"

玛丽安娜摇摇头："我答应过去看望克拉丽莎，我一会儿去找你。"

佐伊点点头，走开了。

玛丽安娜回头看了一眼福斯卡——令她吃惊的是，他已经离开了，正迈着大步穿过庭院。

只有他先前站着的地方还残留着一丝若有似无的香烟味，在空中缠绕、盘旋，最终彻底消失。

19

"跟我说说福斯卡教授吧。"玛丽安娜说。

克拉丽莎好奇地瞥了她一眼，把琥珀色的茶水从银茶壶里倒进两只精致的陶瓷茶杯。她把杯子和茶碟递给了玛丽安娜。

"福斯卡教授？你怎么会问起他呢？"

玛丽安娜决定还是不要说得太详细的好。"没什么，"她说，"佐伊提到过他。"

克拉丽莎耸耸肩："我跟他不算太熟——他来这里才几年的工夫。头脑一流，美国人，博士是在哈佛跟着罗伯逊读的。"

她走到玛丽安娜对面，在窗边那把褪了色的柠檬绿色扶手椅上坐下来，慈爱地对她笑笑。克拉丽莎·米勒教授已年近八十，蓬乱的银发遮蔽着一张看不出年纪的面孔。她身穿白色丝绸衬衫、粗花呢短裙和一件针脚织得很松的绿色开衫——这件衣服很可能比她大多数学生的年纪都要大。

克拉丽莎是玛丽安娜上学时的辅导老师。圣克里斯托弗学院的教学大多是导师和学生一对一的形式，上课地点通常在导师的房间。只要过了中午，甚至更早，讲师就可以自行决定是否提供酒水。克拉丽莎总会从学院地下那座迷宫似的酒窖里取出一瓶上好的博若莱葡萄酒，在传授文学知识的同时也传授品酒知识。

这就意味着辅导课里掺进了一丝人情味，导师和学生之间的界线渐渐模糊——师生会彼此倾吐心声，关系也随之变得亲密。这个失去了母亲的孤独希腊女孩让克拉丽莎深受触动，或者说令她感到好奇。玛丽安娜就读于圣克里斯托弗学院的日子里，克拉丽莎总像母亲般关怀她。站在玛丽安娜的角度来说，克拉丽莎激励着她——不仅仅因为这位教授在男性占主导地位的领域里取得了杰出的学术成就，更是因为她的学识以及她对于传授知识的热情。克拉丽莎的耐心与善意——以及偶尔发的脾气——也意味着玛丽安娜对她的印象比其他任何导师都更深刻。

玛丽安娜毕业后，她们依然保持着联系，偶尔互寄信件和明信片，直到有一天克拉丽莎忽然出人意料地发来一封电子邮件，一反常态地宣布自己加入了互联网时代。塞巴斯蒂安死后她曾给玛丽安娜发来一封真挚而动人的邮件，玛丽安娜深受感动，把那封邮件存了档，反复阅读了好几遍。

"我听说福斯卡教授也带塔拉？"玛丽安娜说。

克拉丽莎点点头："没错，他确实带她。可怜的姑娘……我知道他很关心她。"

"是吗？"

"没错，他说塔拉的成绩很难支持她完成学业，还说她有不少麻烦，"她叹了口气，摇摇头，"这件事太可怕了。太可怕了。"

"是啊，是啊，确实。"

玛丽安娜呷了一口茶，望着克拉丽莎往烟斗里装烟草。那把烟斗十分精美，是用深色樱桃木雕成的。

抽烟斗是克拉丽莎跟着她的亡夫养成的习惯。她的房间里总弥漫着烟雾和烟草那种辛辣、刺鼻的气息。多年来，这种气味已经浸入墙壁，浸透了书本的纸张，浸入了克拉丽莎体内。有时候这味道很冲，而且据玛丽安娜所知，过去曾有学生反对克拉丽莎在上辅导课的时候抽烟斗——最后克拉丽莎不得不与时俱进，遵照新的健康与安全标准行事，不再把自己的习惯强加在学生身上了。

不过玛丽安娜并不介意，实际上，直到此刻坐在这里，她才意识到自己有多么怀念这种气味。当她在校园以外的世界偶然碰见别人抽烟斗时，总会立刻感到安心，那刺鼻、幽暗、滚滚升腾的烟雾让她联想到智慧与学识——以及善意。

克拉丽莎拿起烟斗抽了几口，隐没在烟雾背后。"这件事太令人费解了，"她说，"我非常茫然，你知道吗？这件事提醒了我，我们在这座象牙塔里的生活多么与世隔绝——幼稚，或许可以说我们对大千世界中的种种恐怖抱有一种任性的无知。"

玛丽安娜心底里是同意这种看法的。阅读生活并不能让你为真正的生活做好准备，这个道理是她通过一种极为残酷的方式学会的。但她没有这样说，只是点了点头。

"这样的暴力行径太骇人了，实在令人费解。"

克拉丽莎用烟斗指着玛丽安娜。她经常把烟斗当成教具，烟草四散飞落，燃烧的烟灰落在地毯上，烧出一个个黑洞。"你知道吗，希腊语里曾经有个专门的词来形容这种愤怒。"

玛丽安娜顿时好奇起来："是吗？"

"Menis，英文没有能够与之准确对应的词。你还记得吗，荷马在《伊利亚特》的开篇写道'μῆνιν ἄειδε θεὰ Πηληϊάδεω Ἀχιλῆος'——'歌唱吧，女神！歌唱裴琉斯之子阿基琉斯的愤怒（menis）'[①]。"

"啊，这个词究竟是什么意思呢？"

克拉丽莎稍作沉思："依我看，最接近原意的解释是一种无法抑制的愤怒——可怕的暴怒，一种疯狂的状态。"

玛丽安娜点点头："一种疯狂的状态，没错……确实很疯狂。"

克拉丽莎把烟斗放在一只银质小烟灰缸里，对玛丽安娜微微一笑："亲爱的，你能来我太高兴了。你肯定能帮上大忙。"

"我只住一晚，我只是来看看佐伊。"

克拉丽莎看上去有些失落："仅此而已？"

"是这样的，我必须回伦敦去，我还有患者——"

"这是自然，可是……"克拉丽莎耸耸肩，"你不考虑多待几天吗？就当是为了学院？"

"我不知道怎么能帮得上忙。我是个心理治疗师，不是侦探。"

"这我知道，但你是个专注于团体治疗的心理治疗师……这件事不正是整个团体的心病吗？"

"没错，可是——"

"你还曾是圣克里斯托弗学院的学生——这使得你拥有警察所不具备的洞察力和理解力，无论他们多么用心良苦。"

---

① 引自《荷马史诗伊利亚特·奥德赛（套装合卷本）》，［古希腊］荷马著，陈中梅译，上海译文出版社。

玛丽安娜摇摇头，被推到这个位置上，她不免感到心烦："我不是犯罪学家。这真的不是我的研究范围。"

克拉丽莎显得很失落，但她没有发表意见。她盯着玛丽安娜看了一会儿，再次开口时语气变得更加柔和了。

"对不起，亲爱的。我刚刚想起，我还没问过你的感受。"

"什么感受？"

"回到这里——却没有塞巴斯蒂安的陪伴。"

这是克拉丽莎第一次提起他。玛丽安娜不免心慌意乱，不知该如何回答。

"我也不清楚自己的感受。"

"一定很别扭吧？"

玛丽安娜点点头："'别扭'这个词很恰当。"

"蒂米①死后，我也感到很别扭。他总是在我身边——然后，突然间，他不在了。我总以为他会从某个柱子背后蹦出来吓我一跳……直到现在我还会这么想。"

克拉丽莎和蒂莫西·米勒教授的婚姻持续了三十年。他们是剑桥出名的古怪伉俪，总是大步流星地并肩走在镇上，热切地交谈，胳膊底下夹着书本，头发乱蓬蓬的没有梳理，有时连袜子也凑不成对。直到十年前蒂米去世，他们都是玛丽安娜见过的最幸福的夫妻。

"会好起来的。"克拉丽莎说。

"真的吗？"

"最重要的是保持向前看。千万不要总是回顾过去，看着身

---

① 蒂莫西·米勒的昵称。

后。多想想未来。"

玛丽安娜摇摇头："说实话，我实在看不见未来……我看见的东西很有限，全都……"她搜刮着词句，忽然想起来了，"在帷幕之后。这个说法是哪里来的？'在帷幕之后，在帷幕之后——'"

"丁尼生，"克拉丽莎不假思索地说，"《悼念集》——第五十六节，如果我没记错的话。"

玛丽安娜不禁莞尔。大多数讲师的头脑都像是百科全书，而克拉丽莎的头脑则是一整座图书馆。教授闭上眼睛，背诵起诗歌来。

"生命如灯芯草篓般微不足道！／唉，但愿有你安慰和祝福的声音！／答案或补救的希望何在？／在帷幕之后，在帷幕之后。"

玛丽安娜悲伤地点点头："没错……没错，就是这句。"

"可惜近些年他被低估了，丁尼生，"克拉丽莎微笑着说道，然后看了一眼手表，"既然你今晚要住在这里，那我们得给你安排个房间才行。我来给门房打电话。"

"谢谢你。"

"等一下。"

老妇人费力地站起身，走到书架前。她的手指抚过一道道书脊，终于找到了那本书。她从书架上取下书，放在玛丽安娜手里。

"拿着，蒂米死后我在这本书里得到了许多慰藉。"

那是一本薄薄的皮面书。封面上写着："悼念集，阿尔弗雷德·丁尼生著"，压凸的金色字母已经褪色。

克拉丽莎目光坚定地望着玛丽安娜："读一读吧。"

20

门房主管莫里斯先生为玛丽安娜找了个房间。

玛丽安娜在门房办公室见到他时颇为惊讶。以前那位莫里斯先生给她留下的印象很深刻：一位慈爱的老人，在学院里人缘很好，对本科生是出了名的宽容。

然而这位莫里斯先生却很年轻，不到三十岁，身材高大健硕，下颌线条明朗，长着一头深棕色的头发，系一条蓝绿相间的学院领带，头戴黑色圆顶礼帽。

见到玛丽安娜惊讶的神情，他微微一笑。

"看样子你没想到见到的会是我，女士。"

玛丽安娜点点头，有些不好意思："我，其实——莫里斯先生——"

"他是我爷爷，他在几年前去世了。"

"哦，我明白了，抱歉——"

"没关系。我经常遇见这种事——我比不上他，其他门房时常提醒我不要忘记这一点，"他说着对她眨眨眼，扶了一下礼帽，"这边请，女士。跟我来。"

他行为举止既有教养又有条理，仿佛是来自另一个时代的人，玛丽安娜心想，或许那才是更好的时代吧。

尽管玛丽安娜谢绝，他还是坚持要帮她提行李。"在这里，我们向来这样处事。你知道的。在圣克里斯托弗学院，时光止步不前。"

他对玛丽安娜微微一笑，全然是怡然自得的样子，举手投足透露着自信，显然是自己这一方天地的主人——所有的学院门房都是如此，而在玛丽安娜看来，他们也有权如此：若没有他们维持学院的日常运作，一切很快就会垮台散架。

玛丽安娜跟着莫里斯去往位于加百列庭院的房间。这座庭院是她在学生时代最后一年里居住的地方。走过时，她瞥了一眼熟悉的楼梯——她曾经和塞巴斯蒂安上上下下跑过几百万次那些石阶。

她跟着莫里斯走到庭院的角落，来到一座用饱经风霜、污迹斑斑的大块花岗岩建成的八角形角楼跟前，角楼里有一座楼梯，通往学院访客的房间。他们走进角楼，沿着螺旋橡木台阶拾级而上，来到了三楼。

莫里斯开了锁，打开房门，把钥匙递给了玛丽安娜。

"就是这里了，女士。"

"谢谢。"

她走进房间环顾四周，房间不算大——一扇飘窗、一座壁炉、橡木四柱床的四角立着麻花形的床柱。床上悬挂着厚重的印花棉布床篷，四周垂挂着床帷。看上去叫人有些透不过气，她心想。

"这是我们这里条件比较好的房间之一,为校友准备的,"莫里斯说,"房间也许有点小,"他把玛丽安娜的包放在床边的地板上,"希望你在这里住得舒适。"

"谢谢,你太客气了。"

他们没有谈及凶杀案,但玛丽安娜感觉自己有必要提一句——或许是因为这件事一直在她头脑中挥之不去吧。

"最近发生的事情太可怕了。"

莫里斯点点头:"是啊。"

"学院里的人肯定都为这件事感到非常难过。"

"确实如此。幸好我爷爷没有活到这一天,不然他肯定会伤心得要命的。"

"你认识她吗?"

"塔拉?"莫里斯摇摇头,"只是有所耳闻。她很……这么说吧,出名。她和她的朋友们都是。"

"她的朋友?"

"没错。她们实在是一群……特立独行的姑娘。"

"'特立独行'?这个词用得很有意思。"

"是吗,女士?"

他的言辞有意地回避,玛丽安娜不禁纳闷为什么。

"你用这个词是什么意思呢?"

莫里斯笑笑:"只是说她们有点儿……闹腾而已,你明白我的意思。我们总得留意着她们,还有她们办的聚会。有几次,因为各种各样的原因,我不得不关停聚会。"

"我明白。"

玛丽安娜读不懂他的神情，她不禁琢磨，莫里斯彬彬有礼的举止和友善的风度之下究竟隐藏着什么？他实际的想法又是什么呢？

莫里斯笑笑。"如果你对塔拉好奇的话，建议你去跟她的铺床员谈谈。她们对学院里发生的事情似乎总是一清二楚，什么闲言碎语都知道。"

"我记着了，谢谢。"

"没有其他事情的话我就不打扰你了，女士。晚安。"

莫里斯走到门口悄无声息地出了门，在身后轻轻关上了门。

经历了漫长而疲惫的一天之后，玛丽安娜终于又得以独处。她坐在床上，只觉得筋疲力尽。

她看了一眼手表，九点钟。她应该直接上床睡觉，但她知道自己不可能睡得着。她太焦虑、太苦恼了。

接着，在整理过夜的行李的时候，她发现了克拉丽莎送给她的那本薄薄的诗集。

《悼念集》。

她坐在床上翻开了书。岁月让纸页失去了水分，纸张变形，变得僵硬，呈现出水纹、波浪的样子。她翻开嘎吱作响的书本，用指尖抚摸着粗糙的书页。

克拉丽莎说什么来着？现在玛丽安娜会对它有全新的认识。为什么？因为塞巴斯蒂安吗？

玛丽安娜还记得学生时代读到这首诗的感受。她跟许多人一样，都被它惊人的长度所震慑。这首诗有三千多行，仅仅是通读一遍已经足以让她获得巨大的成就感。当时她对这首诗没有太深的感触，但当时的她还年轻，正沉浸在爱情当中，她的生活中不需要悲伤的诗歌。

通过阅读某个老学究写的导读，玛丽安娜得知，阿尔弗雷德·丁尼生的童年过得很不快乐。丁尼生家族的"黑暗血统"广为人知。他父亲酗酒、吸毒，而且有暴力虐待行为，丁尼生的兄弟姐妹全都遭受着抑郁和精神疾病的折磨，不是被送进精神病院就是自杀。丁尼生十八岁时逃离了原生家庭。跟玛丽安娜一样，他也跌跌撞撞地闯进了一个充满自由与美的世界——剑桥。他也遇见了自己的爱情。无论亚瑟·亨利·哈勒姆和丁尼生的关系是否涉及性关系，其深刻与浪漫都显而易见：自相遇的那天起，直到他们共度的第一年结束，他们在醒着的每一刻都形影不离，人们经常见到他们牵着手并肩而行——直到几年后的1833年，哈勒姆突然死于脑溢血。

据说丁尼生终生未能走出失去哈勒姆的阴影。丁尼生深陷抑郁，衣冠不整，不梳不洗，彻底被悲痛击垮，精神崩溃。接下来的十七年里，他不断地哀悼，只留下零星的诗作——几行、几节诗歌，几段悼文——无一不与哈勒姆有关。最终这些诗节被收集起来，集结成一首篇幅惊人的组诗。这首组诗以《悼念集》的题目出版，很快便被公认为最了不起的英语诗歌之一。

玛丽安娜坐在床边读起了诗。她很快便意识到诗人的声音多么真实而熟悉，又多么令人痛苦——她忽然有种灵魂脱壳般的怪异感受，仿佛说话的是她自己，而不是丁尼生，仿佛他只是在替她表达难以言说的感受："将自我感受的哀痛付诸文字／我有时以为这仿佛是一种罪愆／因为语言，犹如自然，半是呈现／半是将那内在的灵魂藏匿。"跟玛丽安娜一样，在哈勒姆去世一年后，丁尼生也曾重返剑桥。他走过曾经与哈勒姆并肩走过的街巷，发现它们给人的感受"一切重现，又有所不同"——他在哈勒姆曾经的房间外驻足，看见"另一个名字在门上"。

这时，玛丽安娜撞见了那几行诗，这诗句如此著名，以至融入了英语这语言本身——在众多其他诗句的掩映下，它们在此处与她偶遇，诗句重新获得了直击内心的能力，趁她不备，令她屏息语塞：

> 我坚持这一点，无论发生什么；
> 越是悲痛，我对此感受越深；
> 宁可爱过又失去
> 也不愿从未爱过。

玛丽安娜眼里涌起泪水。她放下书本向窗外望去，但天色已暗，窗子映出自己的脸，回望着她。她望着泪水止不住地顺着面颊往下流。

现在呢？她想，现在你要去哪里？

你在做什么？

佐伊说得对——她确实是在逃避。可是逃到哪里去呢？逃回伦敦吗？逃回樱草花山那座回忆萦绕不散的房子里去吗？那里已不再是个家——仅仅是一个供她逃避的洞穴而已。

而佐伊这里需要玛丽安娜，无论她承不承认这一点，玛丽安娜不会弃她于不顾——那是不可能的。

她忽然想起了佐伊在教堂外面说过的话——塞巴斯蒂安会劝玛丽安娜留下来。佐伊说的没错。

塞巴斯蒂安会希望玛丽安娜坚定信念，奋起抗争。

既然如此，该怎么办呢？

她的思绪飘向了福斯卡教授在庭院里的表现，或许"表演"这个词才更贴切。他说的那番话是否有些过于流畅，甚至有演练过的痕迹？即便如此，他依然拥有不在场证明，除非他说服学生们替他撒谎，而这看上去不太现实，他一定是无辜的……

然而——？

有些事不对劲。有些事说不通。

塔拉说福斯卡威胁要杀死她。接着……几个小时之后，塔拉就死了。

在剑桥暂住几天，打听一下塔拉和教授的关系也无妨。福斯卡教授这个人显然值得调查。

即便警方不会追查他，出于对佐伊的好友的道义，玛丽安娜也应该倾听并且认真对待这个年轻姑娘的故事。

因为除了她，没有人愿意倾听。

PART II

第二部

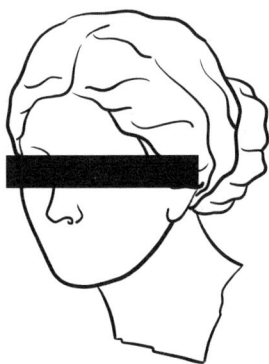

PART II

我并不赞同一个许多精神分析秉承的观念，那就是痛苦被视为一种错误，是软弱的象征，甚至是疾病的表现。实际上，我们所知道的最伟大的真理可能就源自痛苦。

——阿瑟·米勒

　　莱斯特律戈涅斯巨人，独眼巨人，

　　愤怒的波塞冬海神——你将不会跟他们遭遇

　　除非你将他们带进你的灵魂，

　　除非你的灵魂将他们耸立在你面前。

——卡瓦菲斯《伊萨卡岛》①

---

① 引自《当你起航前往伊萨卡：卡瓦菲斯诗集》，［希腊］C. P. 卡瓦菲斯著，黄灿然译，上海人民出版社。

1

今夜我又无法入眠。太激动，太执着。过于兴奋，我母亲会这样说。

我索性不再尝试，出门散步。

漫步在城里空无一人的街巷，我遇见了一只狐狸。它没听见我走近，抬头望着我，很是吃惊。

这是我距离狐狸最近的一次。多么华丽的生物啊！——那皮毛、那尾巴、那深邃的眼睛直直地回望着我。

我与它四目相接……看见了什么？

难以描述——我看见了世界上、宇宙中的一切奇观，在那一秒，它们尽在那只动物的眼眸里。那体验犹如直视上帝。然后——在某个瞬间——我有种怪异的感受，仿佛感受到某种事物的存在。上帝仿佛也在那里，在那条街上，在我身边，握着我的手。

突然间，我感到安全。我感到平静、安宁，仿佛狂热的高烧退去，极度的兴奋消耗掉了精力。我感到自己的一部分——善的那一部分，正随着朝阳一同升起……

然而就在这时，狐狸消失了。它消失在阴影里，太阳升起……上帝离开了。我孤身一人，一分为二。

我不愿分裂为两个人。我想做一个人，一个完整的人。但是看样子我别无选择。

太阳升起，我站在街上，有种似曾相识的恐怖感——回忆起多年前的另一个黎明。另一个清晨——就像现在这样。

相同的黄色晨曦。相同的一分为二的感觉。

可那是在哪里呢？

在什么时候？

我知道，只要努力回忆我便能够回想起来。可我真的想那样做吗？我隐约觉得那是自己努力想要遗忘的事情。我究竟在害怕什么？父亲吗？莫非我还相信他会像滑稽剧中的反派那样，突然从活板门里钻出来将我击倒？

抑或是警方？我害怕的是被人突然拍拍肩膀，逮捕，处罚——为我犯下的罪行赎罪吗？

我为什么如此恐惧？

答案一定隐藏在某个地方。

而我知道应该去哪里寻找。

2

第二天一早，玛丽安娜去找佐伊。

佐伊刚睡醒，昏昏沉沉的，一只手抓着斑马，另一只手正推开脸上的眼罩。

她眨眨眼，看着玛丽安娜拉开窗帘让阳光照进房间。佐伊的状态看上去很不好——眼睛充血，一副筋疲力尽的样子。

"不好意思，我没睡好。一直在做噩梦。"

玛丽安娜递给佐伊一杯咖啡："关于塔拉的梦吗？我好像也做梦了。"

佐伊点点头，喝了口咖啡："这整件事都像是一场噩梦。我无法相信她真的——不在了。"

"我明白。"

佐伊眼里泛起了泪光，玛丽安娜一时不知该安慰她还是该转移话题。她决定选择后者。她拿起桌上的那堆书，看了看标题——《马尔菲公爵夫人》《复仇者的悲剧》《西班牙悲剧》。

"让我来猜猜看，这学期修的是悲剧？"

"复仇悲剧，"佐伊的语气里带着抱怨，"太蠢了。"

"你不喜欢？"

"《马尔菲公爵夫人》还行……有点儿意思——我是说这个故事挺疯狂的。"

"我记得，涂有毒药的《圣经》还有狼人。但不知为什么总体效果很不错，不是吗？"

"他们这个学期要在ADC剧院演出这部剧。你来看吧。"

"我会来的。这部剧很不错，你怎么没参加试演呢？"

"我参加了，没选上，"佐伊叹了口气，"我这辈子总是这样。"

玛丽安娜笑了。接着，假装一切如常的假象破灭了。佐伊望着她，眉头蹙得越来越紧。

"你要走了吗？你是来道别的吗？"

"不，我不走。我决定留下来，至少先待几天打听打听，看看我能不能帮得上忙。"

"真的吗？"佐伊眼睛一亮，皱着的眉头也舒展开了，"太好了，谢谢你，"她稍作犹豫又说，"听我说，昨天我说的那些话——希望塞巴斯蒂安在这里之类的——对不起。"

玛丽安娜摇摇头。她能理解。佐伊和塞巴斯蒂安的情感纽带一向深厚。佐伊小时候，每当她擦破膝盖、切到手指或者需要人安慰时，她永远会跑向塞巴斯蒂安。玛丽安娜并不介意——她知道拥有一位父亲的重要性，而自从佐伊的父母去世后，对她来说，塞巴斯蒂安是最接近父亲的人。她微微一笑。

"你不用道歉，塞巴斯蒂安确实比我更擅长应对危机。"

"过去他总是把我们照顾得很好，而现在……"佐伊耸耸肩。

玛丽安娜鼓励地笑笑："现在我们要照顾彼此，好吗？"

"好的，"佐伊点点头，接着她又振作精神，坚定地说，"给我二十分钟时间，冲个澡收拾一下，我们可以订个计划——"

"你这话是什么意思？你今天没有课吗？"

"有，可是——"

"没什么可是，"玛丽安娜严肃地说，"去听你的讲座，上你的课。我午饭时跟你碰头，到时候我们再谈。"

"噢，玛丽安娜——"

"不行，我是认真的。在这个时候你尤其要保持生活充实——集中精力学习。好吗？"

佐伊重重地叹了口气，但是没再反对："好吧。"

"很好，"玛丽安娜说着在她脸蛋上亲了一口，"一会儿见。"

玛丽安娜离开佐伊的房间，下楼来到河边。

她走过学院的船库——属于圣克里斯托弗学院的那排平底船泊在岸边，用绳子拴在河岸上，在水中微微摇荡。

玛丽安娜一边走，一边给患者们打电话取消了这个星期的治疗。

她没有告诉患者们发生了什么事，只是说家里出了急事。大多数人都表示理解——唯独亨利是个例外。玛丽安娜本来也没指望他会欣然接受，他的反应果然很差。

玛丽安娜想向他解释自己有急事，但他并不感兴趣。亨利就像个孩子，只看得到自己的需求没有得到满足，他现在只想让她心里难受。

"你在乎我吗？你他妈的在乎过一丁点儿吗？"

"亨利，这件事不是我能控制——"

"那我呢？我需要你，玛丽安娜。这也不是我能控制的。这边要出事了，我——我快不行了——"

"怎么了？出什么事了？"

"我不能在电话里说。我需要你……你为什么不在家？"

玛丽安娜怔住了。亨利怎么会知道她不在家？他一定又去监视她的房子了。

她头脑中顿时警铃大作——她和亨利的这种状态不应该出现。她不禁恼火自己竟然任由事态发展到了如今的地步。她必须想办法应对这个局面——应对亨利。但现在不是时候，今天不是时候。

"我得走了。"她说。

"我知道你在哪儿，玛丽安娜。你不知道，是不是？我看着你呢。我能看见你……"

玛丽安娜挂断了电话，心里有点儿发毛。她环顾河岸，又看看两岸的步道，却没见到亨利的身影。

她当然不会看见他——亨利不过是想吓唬她而已。她不禁有些懊恼，自己竟然上钩了。

她摇摇头，继续往前走。

3

这是个美好的早晨。在河流沿岸，流转的阳光穿过柳树，玛丽安娜头顶的树叶绿得发光。在她脚下，步道旁长着成簇的野生仙客来，宛若小巧的粉色蝴蝶。眼前的美景很难与她此刻出现在这里的原因联系在一起，也很难与她围绕着谋杀与死亡的思绪联系起来。

我到底在这里干什么呢？她心想，这太疯狂了。

她很难不沉浸在负面的想法里，沉浸在一切不为她所知的事物中。她对于如何抓捕凶手一无所知。她不是犯罪学家，也不是朱利安那样的法医心理学家。她有的只是对人类本性与行为的直觉认识，来自多年来的心理治疗工作。这应该就够了，她必须摆脱这种自我怀疑，不然这种心态定然会妨碍她。她必须相信自己的直觉。她思索片刻。

该从哪里开始呢？

这个嘛，首先——这也是最重要的一点——她必须了解塔拉：她是个什么样的人，她喜爱什么人，厌恶什么人，又害怕什么人。玛丽安娜隐约觉得朱利安说得对：塔拉认识凶手，因此玛丽安娜必须发掘她的秘密。这应该不会太难，学院是个封闭的小团体，在这样的环境中，流言蜚语传播得很快，人们对彼此的私生活了解得很是详尽。比方说，如果塔拉所说的她与福斯卡的情感纠葛不是空穴来风，那么一定会有相关的传言，通过学院里其他人的谈论肯定能了解到许多信息。玛丽安娜打算就用这种方式开始——从提问开始。

还有更重要的一点，那就是倾听。

她来到了河边较为热闹的一带，在米尔巷附近，前面不远处便是散步、跑步、骑车的人们。玛丽安娜望着他们，凶手可能是他们当中的任何一个，此时此刻他或许就站在这里。

他可能正在看着她。

她怎么才能认出他呢？其实最简单的答案是她不可能认出他。虽然朱利安宣称自己是这方面的专家，但他也不可能认出凶手。玛丽安娜知道，若你询问朱利安有关精神病态的问题，他会谈起大脑的额叶或颞叶受到的损伤，或者引用一堆无意义的标签式描述——反社会型人格障碍、恶性自恋症——并且口若悬河地描述各种特征，比如高智商、外在魅力、浮夸自大、病态说谎、蔑视道德……这些说法能给出的解释十分有限。它们无法解释一个人怎么会，或者说为什么会变成这样：变成一个毫无慈悲之心的怪兽，将其他人当作残破的玩具，可以肆无忌惮地砸碎。

在很久以前，精神病态被简单地称为"邪恶"。邪恶的人便是那些以伤害、杀害他人为乐的人，关于他们的记载古已有之，早在美狄亚对自己的孩子挥起斧头的时候，甚至在更早的时候，这种人就已经存在。"精神病态的"这个词是一位德国精神病学家在1888

年——也就是开膛手杰克的恐怖阴影笼罩伦敦的那一年创造的，德语里写作psychopathisch，词根的原意是"饱受折磨的灵魂"。在玛丽安娜看来，这正是线索所在——折磨——这些怪兽也承受着痛苦。把他们视为受害者能让她更理性、更有同情心地看待这件事。精神病态和施虐狂不是凭空冒出来的，这不是病毒，人们不会偶然地染上它，而是在童年时代便早早地埋下了伏笔。

玛丽安娜认为童年是一种被动的经历，也就是说，要想同情另一个人，我们必须先见识过他人如何表露出同情——家长也好，其他看护者也罢。杀死塔拉的那个人也曾是个小男孩——一个从未体验过同情与善意的小男孩。他曾遭受痛苦的折磨——可怕的痛苦。

不过，在糟糕的虐待环境中成长起来的孩子有很多，可他们并没有全部成为杀人凶手。这是为什么呢？对此玛丽安娜曾经的督导老师会说："挽救一个人的童年并不难。"一点善意、一些理解或者认同：只要有一个人愿意承认、认同孩子所处的真实情况，就足以挽救他的心智。

在这个案件中，玛丽安娜猜测没有这样一个人存在——没有慈祥的祖母，没有宠溺的叔叔，也没有善良的邻居或老师看见他的痛苦，为他指出并承认这种痛苦的真实性。唯一真实的是虐待他的人以及这个孩子感受到的耻辱、恐惧和愤怒。让他独自消解这些感受过于危险——他不知道该怎么做——于是他索性不去消解这些感受，不去体会它们。他祭出了真正的自己，所有未感受到的痛苦与愤怒都被他送去了冥界，送去了昏暗的无意识世界。

他与真正的自己断开了联系。那个把塔拉引诱到荒凉地带的男人在他自己眼中与别人眼中的他同样陌生。他一定是个绝佳的表演者：

礼数周到无可挑剔，个性欢乐，充满魅力。然而塔拉不知怎么激怒了他——内心深处那个充满恐惧的小孩子肆无忌惮地展开反击，把手伸向了刀。

可究竟是什么事情刺激了他呢？

这就是问题的症结所在。要是玛丽安娜能深入他的头脑，读懂他的想法就好了——无论他是谁。

"你好啊。"

背后传来的声音把玛丽安娜吓了一跳。她连忙转过身。

"对不起，"那人说，"我不是故意要吓唬你的。"

是弗雷德，她在火车上遇见的那个年轻人。他推着一辆自行车，胳膊底下夹着一沓纸，正在吃苹果。他咧嘴一笑。

"还记得我吗？"

"没错，我记得。"

"我说我们还会再见面的，对不对？我预测得没错。早就跟你说过了，在这方面我有点特异功能。"

玛丽安娜微微一笑："剑桥这地方本来就不大。巧合罢了。"

"相信我，在物理学家看来世上并没有巧合这种事。我这篇还没写完的论文就是在证明这一点。"

弗雷德对夹着的那沓纸一点头，纸从他胳膊底下滑落了——写满数学方程的纸页倾斜而下，落满了小路。

"糟糕。"

他把自行车往地上一扔，跑过去捡纸，玛丽安娜也跪下来帮忙。

"谢谢。"他们收好最后几张纸，年轻人说道。

他的脸离她只有几寸，望着她的眼睛。他们对视了一秒钟，玛丽安娜心想，他的眼睛很漂亮，接着便驱散了这个念头。她站起身。

"你还在这里，我很开心，"他说，"你要多留一段时间吗？"

玛丽安娜耸耸肩："我也不知道。我是为了我外甥女来的——她——她得知了一些坏消息。"

"你是说那场凶杀案？你的外甥女在圣克里斯托弗学院，对吗？"

玛丽安娜眨眨眼，有些困惑："我——不记得跟你说过这个。"

"哦——你说过，"弗雷德语速很快地继续说道，"所有人都在谈论这件事——最近发生的事。我也在琢磨这件事。我有几个想法。"

"什么样的想法？"

"关于康拉德的想法，"弗雷德看了一眼手表，"我现在得走了，你想不想喝一杯？比如——今天晚上？我们可以谈谈，"他充满期待地望着她，"我的意思是，如果你想去的话——这是自然，你不要有压力，没什么的……"

他越描越黑，玛丽安娜忍不住想替他把话说完，又说不清是什么东西阻止了她。他知道哪些有关康拉德的事？或许玛丽安娜可以跟他打听打听，说不定他知道一些有用的东西。总归值得一试。

"好。"她说。

弗雷德显得既惊讶又激动："真的吗？太好了。九点钟怎么样？在老鹰酒馆？我把我的电话号码给你。"

"我不需要你的电话号码，我会去的。"

"好的，"他笑着说，"一次约会。"

"这不是约会。"

"不是，当然不是。我也不知道我为什么要说这种话。好……那回头见。"

他跨上了自行车。

玛丽安娜望着弗雷德沿着河边的小路骑车离开，转身向学院的方向走去。

是时候开始了。是时候挽起袖子行动起来了。

4

　　玛丽安娜脚步匆匆地穿过主庭院，朝一群中年女人走去，她们都捧着热气腾腾的杯子正在喝茶，交换饼干和闲言碎语。她们是正在茶歇的铺床员。

　　"铺床员"是这所大学特有的一个词，称得上是学校的习俗——数百年来，成群结队的当地女性受雇于大学，负责铺床、倒垃圾、打扫房间——不过必须要说明的一点是铺床员每天都要跟学生们打交道，这就意味着她们的作用不仅限于家政服务，有时也要提供关怀教导。有段时间，玛丽安娜每天唯一与之说话的人就是她的铺床员，直到后来她遇见了塞巴斯蒂安，这种情况才有所改变。

　　铺床员是个不容小觑的群体，玛丽安娜向她们走去时甚至有些许的胆怯。她不禁琢磨——这不是她第一次琢磨这件事——这些铺床员究竟如何看待学生们。这些养尊处优、经常被宠坏的年轻人所拥有的优势是这些工薪阶层女性所不具备的。

　　或许她们其实恨所有的学生，玛丽安娜突然想到。即便真是这样，玛丽安娜也不怪她们。

"女士们，早上好。"她说。

交谈声渐弱，她们安静下来。那些女人打量着玛丽安娜，眼神中带着好奇和些许怀疑。玛丽安娜对她们笑笑。

"不知你们能不能帮我一个忙？我在找塔拉·汉普顿的铺床员。"

几个脑袋转向一个站在后面正在点烟的女人。

那女人六十多岁，或许还要更老些，身穿蓝色的工作服，提着一只水桶，里面装着各种各样的清洁用品和一只羽毛掸子。她身材不胖，神情冷漠，长着圆脸盘。她的头发染成红色，发根处已经长出了白色，眉毛是画上去的，今天画成了在额头上高高挑起的样子，使她看上去有些吃惊。她被单独拎出来，显得有些恼火，很勉强地对玛丽安娜笑了一下。

"是我，亲爱的。我叫埃尔茜。什么事？"

"我叫玛丽安娜。我曾经是这里的学生。我……"她灵机一动继续说道，"我是一名心理治疗师。院长让我跟学院人员谈一谈，了解一下塔拉的死给大家带来的冲击。我在想，我们能不能……简单地聊两句。"

这段话结束得很潦草，她没抱什么希望，埃尔茜不会上钩的。她猜得没错。

埃尔茜抿起了嘴唇："我不需要心理咨询，亲爱的。我的头脑没问题，多谢了。"

"我不是这个意思，这其实是为了我自己。其实——是我在做调查。"

"这个嘛，我实在没时间——"

"花不了多长时间的。也许我可以请你喝杯茶？吃块蛋糕？"

提到蛋糕，埃尔茜的眼睛一亮。她的态度缓和下来，耸耸肩，长长地吸了一口香烟。

"好吧。那我们得动作快点儿。午饭之前我还有一座楼道要打扫呢。"

埃尔茜踩灭了石子路上的烟头，扯下身上的围裙塞给另一名铺床员，那人没吭声，接过了围裙。

然后她走到玛丽安娜身边。

"跟我来，亲爱的，"她说，"我知道哪家店最好。"

埃尔茜大步往前走。玛丽安娜连忙跟上去，转身的那一刻，她听见留下的那些女人立刻激烈地交头接耳起来。

5

玛丽安娜跟着埃尔茜走过国王街。她们穿过集市广场，广场上架着绿、白色的帐篷，摊位上卖的是鲜花、书本和衣服；又走过评议会大楼，白得发光的大楼矗立在亮闪闪的黑色栅栏背后。她们走过软糖店——糖果和热巧克力软糖的香味从敞开的店门溢出，香气扑鼻。

埃尔茜在铜茶壶茶馆红白相间的凉棚底下停下了脚步。"这里我常来。"她说。

玛丽安娜点点头，她对学生时代的这家茶馆也有印象。"你先请。"

她跟着埃尔茜进了屋。店里熙熙攘攘，有学生也有游客，全都操着各种各样的语言。

埃尔茜径直走到摆着蛋糕的玻璃柜台前，仔细打量着里面的布朗尼、巧克力蛋糕、椰蓉蛋糕、苹果派和柠檬蛋白派。"其实我不该吃的，"她说道，"好吧……只吃一块应该不要紧。"

她转头对柜台后面的那位上了年纪的白发女店员说："一块巧

克力蛋糕，再来一壶英国早餐茶，"她朝玛丽安娜一点头，"她付钱。"

玛丽安娜点了茶，她们在靠窗的桌边坐了下来。

沉默了一会儿，玛丽安娜笑了笑，说道："不知你认不认识我的外甥女，佐伊？她是塔拉的朋友。"

埃尔茜哼了一声，看上去很不以为然："哦，原来她是你的外甥女啊？对，我照顾她。那可真是个少奶奶啊。"

"佐伊吗？这话是什么意思？"

"她对我很没礼貌——有好几次了。"

"噢——真抱歉。这实在不像她的处事风格，我会跟她谈谈的。"

"你是该跟她谈谈了，亲爱的。"

气氛有些尴尬。

服务员的出现打破了尴尬的气氛——那是位年轻漂亮的东欧姑娘，手里端着茶和蛋糕。埃尔茜的脸色顿时晴朗多了。

"保利娜，最近怎么样？"

"很好，埃尔茜。你呢？"

"你没听说吗？"她瞪大了眼睛，声音发抖，带着虚伪的情感，"埃尔茜照看的小家伙当中有一个被人杀了——大卸八块扔在河边。"

"是，是，我听说了。真为你难过。"

"你可要照顾好自己。外面不安全，像你这样的漂亮姑娘夜里出门千万要小心。"

"我会小心的。"

"那就好。"埃尔茜笑笑，望着服务员走开。然后她把注意力转回了蛋糕，起劲地吃了起来。"真不赖，"她说道，紧接着又吃下一口，嘴角还有残余的巧克力，"要尝尝吗？"

玛丽安娜摇摇头："不用了，谢谢。"

蛋糕成功哄好了埃尔茜，她一边嚼着蛋糕一边若有所思地打量着玛丽安娜。"好了，亲爱的，"她说，"我知道你没指望我会相信那套心理治疗的瞎话，做调查倒是真的。"

"你很有观察力，埃尔茜。"

埃尔茜呵呵笑了几声，往茶里放了一块方糖："什么都瞒不过埃尔茜。"

埃尔茜喜欢用第三人称指代自己，这个习惯叫人不太适应。她目光敏锐地看了玛丽安娜一眼。"说说吧——你究竟要干什么？"

"我只是想问你几个有关塔拉的问题……"她换上颇为神秘的语气，"你跟她很亲近，是不是？"

埃尔茜有些警惕地看了她一眼："谁告诉你的？佐伊吗？"

"没有，是我猜的。你是她的铺床员，肯定经常见到她。我就非常喜欢我的铺床员。"

"是吗，亲爱的？那可真不错。"

"没错，你们其实承担了一份很重要的职责……在我看来，人们经常认识不到铺床员的价值。"

埃尔茜热切地点点头："你算是说对了。人们总觉得铺床员的工作只不过是擦擦灰，偶尔倒倒垃圾，但这些小家伙都是第一次离开家，不能就这样对他们放任不管，得有人照顾他们才行，"她甜甜地一笑，"照顾他们的正是埃尔茜。是埃尔茜每天去看望他们，每天早上叫他们起床，或者发现他们的尸体——如果前一天夜里他们上吊了的话。"

玛丽安娜吃了一惊，犹豫着问："你最后一次见到她是什么时候？"

"就是她死的那天，当然了……我永远也忘不了。我是亲眼看着那个可怜的女孩去赴死的。"

"这话是什么意思？"

"这个嘛，我在院子里等另外几名铺床员——我们总是一起坐公交车回家。我看见塔拉离开了房间，看上去心情非常不好。我对她挥挥手，叫她的名字，但是不知为什么她没听见。我看着她走开，然后她就再也没回来……"

"当时是几点钟？你还记得吗？"

"七点四十五分。我记得很清楚，因为我正在看表——我们快要错过公交车了，"埃尔茜咂咂嘴，"不过公交车从来不准点。"

玛丽安娜拿起茶壶给埃尔茜倒了些茶。

"你知道吗，我对她的朋友们有点好奇。你对她们的印象怎么样？"

埃尔茜挑起一边的眉毛："哦，你是说那伙人，是不是？"

"'那伙人'？"

埃尔茜笑笑，没有回话。玛丽安娜试探着继续说了下去。

"我跟康拉德谈话的时候，他管她们叫'巫婆'。"

"是吗？"埃尔茜呵呵笑起来，"亲爱的，叫'贱人'才更合适。"

"你不喜欢她们？"

埃尔茜耸耸肩。"她们不是她的朋友,起码不是真正的朋友。塔拉讨厌她们,你外甥女才是唯一对她好的人。"

"那其他人呢?"

"噢,她们欺负她,可怜的小家伙。她有时会趴在我肩头哭诉:'你是我唯一的朋友,埃尔茜,'她总这么说,'我太喜欢你了,埃尔茜。'"

埃尔茜擦去一滴根本不存在的眼泪。玛丽安娜忍不住有点儿反胃:这番表演跟埃尔茜刚刚吃掉的那块巧克力蛋糕一样甜得发腻,而玛丽安娜一个字也不相信。埃尔茜要么是个异想天开的人,要么就是个老派的撒谎精。无论是哪种情况,玛丽安娜与她相处都感到越来越不舒服。尽管如此,她还是继续问道:

"她们为什么要欺负塔拉?我不理解。"

"她们嫉妒她,不是吗?因为她太漂亮了。"

"我明白了……我在想其中会不会还有别的原因……"

"这个嘛——你最好去问佐伊,不是吗?"

"佐伊?"玛丽安娜大吃一惊,"你这话是什么意思?佐伊跟这有什么关系?"

作为回答,埃尔茜对她神秘一笑:"问题就在这儿,是不是,亲爱的?"

她没再说下去。玛丽安娜不禁有些恼火:"那福斯卡教授呢?"

"他怎么了?"

"康拉德说他暗恋塔拉。"

埃尔茜的神情既不在意也不惊讶:"教授也是个男人,不是吗?——跟其他人没什么两样。"

"这是什么意思？"

埃尔茜吸吸鼻子，没有答话。玛丽安娜感到谈话即将走到尽头，继续追问下去只会被她冷冰冰地回绝。于是她换上尽可能轻松随意的语气，装作不经意地提出了自己把埃尔茜带到这里，又用花言巧语和蛋糕哄劝她的真正目的。

"埃尔茜，你说……我可以去看看塔拉的房间吗？"

"她的房间？"看埃尔茜的样子好像打算拒绝，但她耸耸肩，"依我看不会有什么坏处。警察已经彻底搜查过了，我原本打算明天彻底打扫一番的……这样吧，我先把这杯茶喝完，然后我们可以一起走过去。"

玛丽安娜满意地笑了："谢谢你，埃尔茜。"

6

埃尔茜打开塔拉的房门，走进房间开了灯，玛丽安娜跟在她身后。

这个房间跟其他十几岁年轻人的房间没什么不同，算是比较凌乱的。警察的搜查完全没留下痕迹——这个房间给人的感受像是塔拉临时出去了一会儿，随时都有可能回来。空气中还残留着一丝她的香水味，家具隐约透出大麻的麝香味。

玛丽安娜也不知自己要找什么。她在搜寻警察遗落的某种线索——可究竟是什么呢？佐伊寄希望于发现线索的那些电子设备已被警察全部带走——塔拉的电脑、手机、iPad 都不见了。她的衣服还在，挂在衣柜里，扔在椅子上，堆在地上——昂贵的服饰被当作破布一样对待。书本也遭到了相似的冷遇，读到一半便扔下了，摊放在地上，书脊被折裂。

"她总是这么邋遢吗？"

"哦，没错，亲爱的，"埃尔茜咂咂舌头，宠溺地笑笑，"真拿她没办法。要是没有我的照顾，真不知她该怎么办。"

埃尔茜在床上坐下来。她显然已经不把玛丽安娜当外人，说话也不再心存戒备，反而唠叨起来。

"她父母今天就要把她的东西打包了，"她说，"我主动提出替他们收拾，免得给他们添麻烦，不知为什么他们不肯让我做。有的人就是不领情。我其实不惊讶，我知道塔拉是怎么看待他们的，她跟我说过。那位汉普顿勋爵太太是个彻头彻尾的贱人——跟你直说吧，她可算不上什么名门太太。至于她那位丈夫……"

玛丽安娜半信半疑地听着，盼着埃尔茜快点离开，好让她集中精力。她来到小梳妆台前看了看上面的东西，桌上有一面镜子，镜框上别着几张照片，其中一张是塔拉和她的父母。塔拉美得令人难以置信，几乎散发着光芒。她留着红色的长发，五官精致——那是一张希腊女神的脸。

玛丽安娜打量着梳妆台上的其他东西。几只香水瓶、一些化妆品、一把梳子。她看了看梳子。一缕红色的长发缠在梳子上。

"她的头发很漂亮，"埃尔茜看着玛丽安娜说，"我以前经常帮她梳头发。她喜欢我这么做。"

玛丽安娜客气地笑笑。她拾起一只小小的毛绒玩具——一只毛茸茸的兔子，立在镜子旁边。与佐伊那只饱经岁月蹂躏的旧斑马不同的是，这只毛绒玩具新得有些异常——几乎没被人碰过。

埃尔茜很快解开了谜团。

"那是我给她买的。她刚到这里的时候太孤独了，需要一点软乎乎的东西搂在怀里，于是我就给她买了那只小兔子。"

"你心地真好。"

"埃尔茜这个人没别的特点，就是心地善良。我还给她买了个热水袋。到了晚上这里特别冷，学院发的那条毯子没用的——薄得像纸板一样，"她打了个哈欠，看上去有些无聊，"你还要在这里待很长时间吗，亲爱的？我或许该走了，我还有座楼道要打扫。"

"我不想占用你的时间。或许……或许我可以过几分钟自己出去？"

埃尔茜认真思考片刻："好吧，我出去抽根烟，然后就回去工作。你走的时候把门关上。"

"谢谢。"

埃尔茜离开房间，在身后关上了门。玛丽安娜舒了一口气，谢天谢地。她环顾四周，无论她要找的究竟是什么，到目前为止她依然还没找到，她希望当自己看见要找的东西时能够辨认出来。某种线索——通往塔拉内心世界的渠道。某种能帮助玛丽安娜理解她的东西——可那究竟是什么呢？

她来到抽屉柜前，挨个拉开抽屉查看里面的物品。这个过程令人消沉而沮丧，有种动手术似的感觉，仿佛她正在划开塔拉的身体，翻看她的内脏。玛丽安娜查看着塔拉最私密的物品——她的内裤、化妆品、护发用品、护照、驾照、信用卡、孩提时代的照片、襁褓中的快照、她写给自己用来提醒的小纸条、旧的购物小票、单支的卫生棉条、装可卡因的小空药瓶、散落的烟草和残留的大麻碎屑。

这实在怪异。塔拉不见了，跟塞巴斯蒂安一样——只留下她的全部私人物品。我们死后，玛丽安娜心想，留下的关于我们的一切都是个谜，至于我们的私人物品，自然会被陌生人把玩、挑拣。

她决定放弃，无论她要找的是什么都不会出现在这里，或许她要找的东西根本不曾存在过。她关上最后一个抽屉，准备离开房间。

她伸手去开门，就在这时，她忽然停下来……转过身，再次环顾整个房间。

她的目光落在那块悬挂在写字台墙面上的软木板上，上面用别针别着通知、宣传单、明信片。

玛丽安娜认识其中一张明信片上的画：那是提香的画作《塔昆与卢克丽霞》。玛丽安娜停下来，更加仔细地查看那张明信片。

卢克丽霞在她的卧室里，赤身裸体躺在床上，无法反抗。塔昆站在她面前，举起一把寒光闪闪的匕首，正要刺向她。那画面很美，却让人感到深深的不安。

玛丽安娜从软木板上取下明信片，翻了过来。

明信片的背面有一段用黑色墨水手写的引文，是四行古希腊语：

ἐν δὲ πᾶσι γνῶμα ταὐτὸν ἐμπρέπει:
σφάξαι κελεύουσίν με παρθένον κόρη
Δήμητρος, ἥτις ἐστὶ πατρὸς εὐγενοῦς,
τροπαῖά τ᾽ἐχθρῶν καὶ πόλει σωτήριαν.

玛丽安娜盯着那段文字，困惑不解。

7

　　玛丽安娜找到克拉丽莎时，她正坐在窗边的扶手椅上，手里拿着烟斗，身边烟雾缭绕，正在批改一沓放在膝头的论文。

　　"我能跟你说句话吗？"玛丽安娜在门口说。

　　"噢，玛丽安娜？你还在啊？请进，请进，"克拉丽莎招手示意她进屋，"坐吧。"

　　"不会打扰你吗？"

　　"只要能打断我给本科生批改论文，什么样的打扰我都欢迎。"克拉丽莎笑着放下手里的论文。她略带疑惑地看着玛丽安娜在沙发上坐下。"你决定留下了？"

　　"只待几天。佐伊需要我。"

　　"好，非常好，我很欣慰，"克拉丽莎重新点燃烟斗吸了一口，"那么，我能为你做些什么呢？"

　　玛丽安娜把手伸进口袋，取出那张明信片递给克拉丽莎："我在塔拉的房间里找到了这个。不知你怎么看？"

克拉丽莎盯着图片看了一会儿，然后翻到背面。她挑起一边的眉毛，出声地读出了那段引文。"ἐν δὲ πᾶσι γνῶμα ταὐτὸν ἐμπρέπει: / σφάξαι κελεύουσίν με παρθένον κόρῃ / Δήμητρος, ἥτις ἐστὶ πατρὸς εὐγενοῦς, / τροπαῖά τ᾽ ἐχθρῶν καὶ πόλει σωτήριαν."

"这是什么内容？"玛丽安娜问，"你认得出吗？"

"我觉得……是欧里庇得斯。如果我没记错的话，这是《赫剌克勒斯的儿女》。你熟悉这部剧作吗？"

玛丽安娜心中闪过一丝羞愧，她连听都没听说过这部剧，更不要说读过了："我不了解，你说说看？"

"故事的背景是在雅典，"克拉丽莎说着伸手去拿烟斗，"国王得摩丰正在备战，保护自己的城邦不受迈锡尼人的侵袭，"她把烟斗稳稳地叼在嘴角，划着一根火柴，重新点燃烟斗，一边吞云吐雾一边继续说道，"得摩丰去请示神谕……想询问自己的胜算……这段引文就出自这一部分。"

"我明白了。"

"对你有帮助吗？"

"不太有。"

"没有吗？"克拉丽莎挥挥手拨开烟雾，"问题出在哪儿？"

玛丽安娜听见她问话，不禁笑了。克拉丽莎的才华有时反而让她显得有点愚钝。"恐怕我的古希腊语有点生疏了。"

"啊……对，当然了，抱歉——"克拉丽莎看着明信片，翻译出了上面的文字，"简单地说，上面写的是……神谕认为：为了击退敌人，挽救城邦……必须献祭一名少女——一名贵族出身的少女——"

玛丽安娜惊讶地眨眨眼："贵族出身？果真是这么说的？"

克拉丽莎点点头。"名叫πατρὸς εὐγενοῦς的贵族的女儿……必须被献祭给κόρη Δήμητρος……"

"'Δήμητρος'？"

"就是得墨忒耳女神。当然了，还有'κόρη'，意思是——"

"女儿。"

"没错，"克拉丽莎点点头，"必须献祭一名贵族出身的少女给得墨忒耳的女儿，也就是普西芬尼。"

玛丽安娜的心跳得很快。这只是个巧合罢了，她心想，并不能代表什么。

克拉丽莎把明信片还给她，微笑着说："普西芬尼是个睚眦必报的女神，我相信你知道这一点。"

玛丽安娜没敢出声，点了点头。

克拉丽莎看了看她："你没事吧，亲爱的？你看起来有点儿——"

"我没事……只是——"

有一瞬间，她在考虑要不要向克拉丽莎解释自己的感受。但她能说些什么呢？说她有种迷信的猜测，认为这位睚眦必报的女神与她丈夫的死有关？若她说出这样的话，怎么可能不被人当作彻底的疯子？因此她只是耸耸肩，说道："只是觉得有点讽刺而已。"

"怎么了？哦，你是说塔拉的贵族身份——而且她也可以说是被献祭了？确实，确实是种让人揪心的讽刺。"

"你不认为这背后另有深意吗？"

"什么意思？"

"我也不确定，只是……它为什么会出现在那里？在她的房间里？这张明信片究竟是哪里来的？"

克拉丽莎不以为意地挥挥手里的烟斗。"哦，这个很容易解释……塔拉这个学期在写有关希腊悲剧的论文。抄写一段剧本的引文算不上什么不寻常的事情，不是吗？"

"不算……我猜不算。"

"这不太像她的办事风格，我承认……我相信福斯卡教授也能证实这一点。"

玛丽安娜眨眨眼："福斯卡教授？"

"他教塔拉希腊悲剧。"

"是吗，"玛丽安娜竭力保持着轻松随意的语气，"原来如此。"

"哦，没错，毕竟他是这方面的专家。他很有才华。你既然要留下，不如去听听他的课，非常有感染力。你知道吗，他的课是学院里最受欢迎的课程，学生们为了听他的课，经常排队排到下一层楼，有时座位不够用，大家就坐在地上。谁听说过这样的事啊？"克拉丽莎笑了，又紧接着说道，"诚然，我自己的课程出勤率也不错，在这方面我很幸运。但我必须承认我的课远不及他的课那么受欢迎……我说，既然你对福斯卡这么好奇，那你更应该跟佐伊好好谈一谈了。她最了解他了。"

"佐伊？"玛丽安娜吃了一惊，"真的吗？为什么？"

"这个，因为他毕竟是佐伊的导师嘛。"

"哦——原来如此。"玛丽安娜若有所思地点点头，"没错，我确实应该跟她谈谈。"

8

玛丽安娜带佐伊出去吃午饭，去的是附近新开的一家法式小餐馆，这家店颇受饥肠辘辘的大学生和来看望学生的亲友的欢迎。

这家餐馆比玛丽安娜学生时代常去的那些饭店光鲜得多，店里生意很好，交谈声、笑声和餐具碰撞的声音彼此交织。大蒜、葡萄酒和滋滋作响的肉散发出诱人的香气，弥漫在店里。一名穿着马甲系着领带、仪态优雅的服务员引着玛丽安娜和佐伊来到角落里的一个卡座，桌上铺着雪白的桌布，座位是黑色的皮椅。

玛丽安娜点了半瓶桃红香槟，略显铺张。这不像她的风格，佐伊也挑起了一边的眉毛。

"怎么，为什么不行？"玛丽安娜耸耸肩说道，"我们也该振作起来了。"

"我没意见。"佐伊说。

香槟送来了，酒里冒着粉红色的泡泡，在厚实的水晶玻璃杯里滋滋作响，闪着光亮，让她们俩的心情都改善了许多。她们起初没有谈论塔拉和凶杀案，而是从一个话题跳到另一个话题，拉着家常。她们谈到了佐伊在圣克里斯托弗学院的学业，谈到了她对于即将升入第三学年的感受，还有她对自己不甚明朗的未来的展望，以及随之而来的失落感。

接着她们谈到了爱情。玛丽安娜问佐伊有没有跟人约会。

"当然没有，这里的男生都太幼稚了，"她摇摇头，"我跟自己作伴开心得很。我永远也不会爱上别人。"

玛丽安娜忍俊不禁。她这样说话，显得太年轻莽撞了，她心想，静水流深。她猜测佐伊虽然嘴上这样说，等她真的爱上某个人，她的爱必定是热烈而深沉的。

"总有一天，"玛丽安娜说，"你会明白的。会有那么一天的。"

"不用了，"佐伊摇摇头，"谢谢你，但是大可不必。依我看，爱情带来的只有悲伤。"

玛丽安娜忍不住笑出了声："你这话说得有点悲观啊。"

"是现实才对吧？"

"算不上。"

"那你和塞巴斯蒂安又怎么算？"

玛丽安娜没有料到这一击，这句漫不经心抛出的话结结实实地击中了她的痛处。她缓了一秒钟才开口。

"塞巴斯蒂安给我带来的远远不止悲伤。"

佐伊立刻显得十分惭愧："对不起，我不是有意惹你不高兴的……我……"

"我没有不高兴。没事的。"

然而她并不是没事。身处此时此地，在这家漂亮的餐厅里喝着香槟，让她们得以逃避片刻——抛却凶杀案与种种令人不快的事物，沉浸在此时此刻的欢乐的气泡之中。但佐伊戳破了气泡，玛丽安娜感到自己全部的悲伤、担忧、恐惧尽数涌了回来。

她们沉默地吃了一会儿东西。接着玛丽安娜低声开了口：

"佐伊，你还好吗……关于塔拉的事？"

佐伊有一会儿没回答。她只是耸耸肩，没有抬头。

"还行吧，不太好。我总忍不住在想——她死亡的方式。我没法把这个念头从头脑里赶出去。"

佐伊望着玛丽安娜。玛丽安娜感到一种失落与同情引发的心痛，她想让一切恢复原状，想要带走佐伊的痛苦，就像佐伊童年时那样——给伤口贴上创可贴再亲一下就不痛了——但她知道自己做不到。她把手伸过桌子，用力捏了捏佐伊的手。

"我知道这听起来很难以置信——但是慢慢会好起来的。"

"真的吗？"佐伊耸耸肩，"塞巴斯蒂安去世已经一年多了——并没有好起来，还是让人难过。"

"我明白。"玛丽安娜点点头，不忍心反驳佐伊。何况她说得没错，本来就不需要反驳。"我们能做的，"她说道，"就是尽我们所能，不要辜负他们。"

佐伊与她目光相接，点了点头。"好吧。"

玛丽安娜继续说道："而不辜负塔拉的最佳方式……"

"就是抓住那个人？"

"没错，我们一定能抓住他的。"

这个念头似乎给佐伊带来了一丝安慰，她点了点头："这么说，你那边有进展吗？"

"说实话，确实有进展，"玛丽安娜微微一笑，"我跟塔拉的铺床员埃尔茜谈过了，她说——"

"噢，老天啊，"佐伊翻了个白眼，"你还不知道吧，埃尔茜那家伙有毛病，塔拉烦死她了。"

"哦，真的吗？埃尔茜说她们的关系很亲近……埃尔茜还说你对她的态度很粗鲁。"

"因为她就是个精神病，就是因为这个，她总叫我瘆得慌。"

玛丽安娜倒不会用"精神病"这个词，但她并不完全否认佐伊对埃尔茜的印象。"就算真的是这样，待人粗鲁也不像你为人处世的风格，"她犹豫了一下，"埃尔茜还暗示你知道一些事情，没有告诉我。"

她仔细观察着佐伊的反应，但佐伊只是满不在乎地耸耸肩。

"随她怎么说。她有没有告诉你塔拉禁止她进入自己的房间？因为埃尔茜总是不敲门就闯进来，想撞见她刚洗完澡的样子。她差不多是个跟踪狂。"

"我明白了，"玛丽安娜思索了一阵，把手伸进了口袋，"这个你怎么看？"

她取出在塔拉房间里找到的那张明信片，翻译了上面的引文，询问佐伊的看法。"依你看，这有没有可能是塔拉写下的？"

佐伊摇摇头："我看不像。"

"你怎么知道？"

"这个嘛，说实话，塔拉才不管什么希腊悲剧呢。"

玛丽安娜忍不住笑了："那你能不能想到什么人有可能寄出这张

明信片？"

"想不出来。这种做法太蹊跷了，引用的句子也瘆人。"

"福斯卡教授呢？"

"他怎么了？"

"你觉得有可能是他吗？"

佐伊耸耸肩，看样子并不信服："我是说，有这种可能——但他为什么要用古希腊语呢？又为什么非得是这段话呢？"

"确实，为什么呢？"玛丽安娜点点头，她打量了佐伊一下，"给我讲讲这个人吧，这位教授。"

"讲他什么？"

"就是——他是个什么样的人？"

佐伊耸耸肩，微微皱起了眉头。"你知道吗，玛丽安娜，其实我跟你说起过他，就在他刚刚开始教我的时候，我告诉过你和塞巴斯蒂安。"

"是吗？"玛丽安娜也想起来了，点点头，"哦，没错——那位美国教授。确实有这么回事，我想起来了。"

"真的吗？"

"没错，不知为什么，这件事我一直记着。我还记得塞巴斯蒂安猜测过你是不是暗恋他。"

佐伊做了个鬼脸："他猜错了。我没暗恋过他。"

佐伊的语气惊人地坚决，颇有为自己辩护的意味，玛丽安娜不禁怀疑佐伊会不会真的暗恋过他——若真是这样呢？学生暗恋导师并不少见——特别是当导师像爱德华·福斯卡一样充满魅力、相貌英俊的时候。

不过也有可能是她理解错了佐伊的意思……或许她关注的方向完全是错的。

她决定暂时不理会这件事。

9

吃完午饭，她们沿着河边往学院走。

佐伊买了一支巧克力冰激凌，全神贯注地吃着。她们走了一会儿，没有人说话，但是气氛很融洽。

一路上，玛丽安娜的头脑里始终有两幅画面——眼前的场景之上叠加了一幅更浅淡的画面：那是她记忆中的佐伊，她还是个小女孩，走在眼前这条破败碎裂的石子路上，也吃着冰激凌。当时玛丽安娜还在上学，小佐伊来拜访她时第一次见到了塞巴斯蒂安。她还记得佐伊非常害羞，而塞巴斯蒂安变了个小魔术，从佐伊耳后变出了一枚一英镑的硬币，用这个办法哄好了她。在那之后的许多年里，这个魔术屡试不爽，总是能逗她开心。

而此刻塞巴斯蒂安自然也与她们在一起，眼前的场景又叠加上了一个幽灵般的画面。

人们记在心底的那些事真的说不清楚。玛丽安娜走过一张饱经风霜的木质旧长椅，瞥了它一眼。他们曾经坐在那里，她和塞巴斯蒂安——就在那张长椅上——喝着气泡酒和黑醋栗甜酒，抽着塞巴斯蒂安前一晚从聚会上偷拿的蓝色包装的高卢牌香烟，庆祝玛丽安娜期末考试结束。她还记得自己吻了他，他的吻何其香甜，微弱的甜酒味与他唇上的烟草味混合在一起。

佐伊瞥了她一眼："你很安静。你没事吧？"

玛丽安娜点点头。"我们能坐一会儿吗？"接着又快速补上一句，"不在这儿，"她指指远处的另一张长椅，"在那里。"

她们走到长椅前坐了下来。

这里安静祥和，长椅就安放在水畔，被柳树斑驳的树影笼罩。微风拂动柳树的枝条，树梢懒散地在水中漂荡。玛丽安娜望着一艘平底船从桥下驶过。

一只天鹅随即游过，玛丽安娜的目光追随着它。

天鹅长着橘黄色的喙，眼睛周围有黑色的印记。它的样子不甚光鲜，曾经光洁闪亮的羽毛有些脏，脖子附近的羽毛也变了颜色，被河水染得发绿。即便如此，它依然十分优雅——羽毛蓬乱但举止泰然自若，气度颇为傲慢。它转过长脖子，望向玛丽安娜的方向。

是她的想象吗——还是天鹅真的直勾勾地盯着她？

有一瞬间的工夫，天鹅与她四目相对，黑眼睛似乎在打量她，眼神中带着冷酷的睿智。

接着，对视结束。天鹅转过头去，不再理会玛丽安娜——遗忘了她。她望着天鹅消失在桥下。

"跟我说说，"她看了佐伊一眼，"你讨厌他，是不是？"

"福斯卡教授？我可没说过。"

"这只是我的印象而已。所以说你讨厌他吗？"

佐伊耸耸肩。"我也不知道……教授——我觉得他有点儿晃眼睛。"

玛丽安娜很惊讶，不太明白她的意思："而你不喜欢晃眼睛的人？"

"当然不喜欢了，"佐伊摇摇头，"我想看清自己要往哪里去。他身上有种特质——我不知该怎么形容——他像是在表演——我觉得他实际上并不是外人看见的那个人，他似乎不想让人看清自己究竟是个什么样的人。不过也许是我看错了……所有人都觉得他棒极了。"

"是啊，克拉丽莎说他非常受欢迎。"

"你都不知道，简直像邪教一样，尤其是女生。"

玛丽安娜忽然想起塔拉的悼念会上那几个穿着白裙子围在福斯卡身边的女生。"你是说塔拉的朋友？那几个女生？她们难道不也是你的朋友吗？"

佐伊用力摇了摇头："没门儿。我躲她们还来不及呢。"

"原来如此。看来她们不太受欢迎。"

佐伊意味深长地看了她一眼："这要看你说的是哪方面了。"

"什么意思？"

"这个嘛，她们是福斯卡教授最喜欢的学生……他的崇拜者小组。"

"崇拜者小组，这话是什么意思？"

佐伊耸耸肩。"她们都在他的私人授课小组里，一个秘密社团。"

"为什么是秘密社团？"

"因为这个小组只对她们几个开放——他的'特殊'学生，"佐伊翻了个白眼，"他管她们叫'少女学社'，你听过比这更蠢的名字吗？"

"少女学社？"玛丽安娜皱起眉头，"只有女生吗？"

"嗯哼。"

"我明白了。"

玛丽安娜确实明白了——或者说，至少开始对事情的走向以及佐伊不愿谈及此事的原因有了一丝预感。

"塔拉也是少女学社的成员之一吗？"

"对，"佐伊点点头，"她也是。"

"我明白了。其他人呢？我能见见她们吗？"

佐伊做了个鬼脸："你真的想见她们吗？她们可不是特别友好。"

"她们现在在哪里呢？"

"现在？"佐伊看了一眼手表，"哦，过半小时福斯卡教授有课，所有人都会去听的。"

玛丽安娜点点头："那我们也去。"

10

　　玛丽安娜和佐伊来到英语系的时候，离上课只剩下几分钟的时间了。

　　她们去查看报告厅所在的教学楼外的告示牌，看到了当天的课程安排。福斯卡教授下午的课程安排在楼上最大的报告厅，她们于是上了楼。

　　报告厅宽敞、明亮，成排的深色木桌向下延伸到报告厅底部，那里立着一座立式讲台和一只话筒。

　　有关福斯卡课程的风靡程度，克拉丽莎说得没错——听众席上坐满了人。她们俩在大厅后排找到了几个空位。听众翘首以待，玛丽安娜暗想，与其说他们是在等待一堂希腊悲剧课开始，不如说更像是在等待音乐会或者剧院的演出开始。

　　这时，福斯卡教授入场了。

　　他穿一套时尚的黑色西装，头发梳到脑后挽成紧紧的发髻。他手里拿着一本文件夹，穿过舞台，走到讲台跟前，调整了话筒的位置，环视整个房间，然后低下了头。

听众席上漾起一阵激动的涟漪，谈话声渐渐转成了交头接耳的低语声。玛丽安娜不禁心存怀疑——团体心理治疗理论的背景使得她心里清楚，总的来说，她不能对任何一个迷恋导师的团体掉以轻心，这种情况往往不会有好的结局。在玛丽安娜看来福斯卡不像一名讲师，倒更像一位正在沉思的流行歌手，她几乎相信他会突然唱起歌来。然而他抬起头后并没有放声高歌，令玛丽安娜惊讶的是，他的眼里噙满了泪水。

"今天，"福斯卡说，"我想谈一谈塔拉。"

玛丽安娜听见四周传来窃窃私语声，看见学生们纷纷转头，彼此交换眼神——这正是他们所期待的话题。玛丽安娜甚至看见几名学生哭了起来。

福斯卡自己的眼泪也夺眶而出，顺着脸颊倾斜而下，他没有擦掉泪水。他拒绝对泪水做出任何反应，声音也保持着平稳镇定。他的声音传得很远，玛丽安娜心想，他其实并不需要用话筒的。

佐伊说什么来着？他总好像是在表演？若果真如此，这番表演未免也太高超，玛丽安娜跟其他听众一样，忍不住受到他的感染。

"相信你们当中许多人都知道，"福斯卡说，"塔拉是我的学生之一。此刻我站在这里，完全处于心碎的状态——我几乎差一点就用了'绝望'这个词。我本想取消今天的课程，但是塔拉身上最令我欣赏的一点就是她的意志力、她的无畏——而她肯定不希望我们屈服于绝望的情绪，被仇恨所征服。我们必须继续前行。面对邪恶，这是我们唯一的防御措施……也是我们纪念朋友的最佳方式。今天我站在这里，是为了塔拉。你们也一样。"

听众席上响起了雷鸣般的掌声，其中夹杂着喝彩声。福斯卡微微颔首表示领受了听众的反馈，他归拢了笔记，重新抬起目光。"现在，女士们先生们——言归正传。"

福斯卡教授可谓是个杰出的演讲者。他很少看笔记，给人的感受仿佛整场讲座都是有感而发。他充满活力、引人入胜、诙谐幽默、慷慨激昂——最重要的是富有参与感，他仿佛能够与每一位听众直接进行交流。

"今天，"他说道，"除谈到的事物以外，我认为也很适合探讨希腊悲剧中的阈限这个概念。它是什么意思呢？这个嘛，请大家想一想安提戈涅，被迫面对死亡与耻辱的抉择；或者伊菲革涅亚，为了挽救希腊慨然赴死；或者俄狄浦斯，痛下决心刺瞎双目，踏上流亡的旅途。阈限介于两个世界——处在生而为人的意义的边沿——剥离你生命中的一切，超越眼前的人生，让你获得超脱于人生的体验。而好的悲剧能让我们对这种感受略见一斑。"

接着福斯卡把一张幻灯片投放在他身后的大屏幕上。画面上是一幅浮雕，两个女人分别站在一个身体赤裸的年轻男子两侧，各自向他伸出右手。

"有人认识这两位女士吗？"

台下的人海纷纷摇头。玛丽安娜对这两个人的身份隐约有种预感，又无比希望自己的猜测是错的。

"这两位女神，"他说道，"即将邀请一名年轻男子参加一场厄琉息斯秘仪。而她们的身份当然就是得墨忒耳和她的女儿，普西芬尼。"

玛丽安娜倒吸了一口气。她尽可能不受干扰，保持注意力集中。

"这就是厄琉息斯密教，"福斯卡说道，"厄琉息斯秘仪能让人精准地感受到这种介于生死的阈限，获得超越死亡的体验。这是个怎样的教派呢？发生在厄琉息斯的故事主角就是普西芬尼，也就是人们熟知的'少女之神'——死亡女神、冥界的王后……"

　　福斯卡讲话时与玛丽安娜有过片刻的目光相接。他微微一笑，笑容令人难以察觉。

　　他知道，玛丽安娜心想，他知道塞巴斯蒂安的事，他之所以这么做，就是因为这个。为了折磨我。

　　但这怎么可能呢？他怎么可能知道？他不可能知道。这不可能。她从没对任何人说起过，就连佐伊也不知道。这只是个巧合——仅此而已，并没有特殊含义。她努力让自己平静下来，把注意力集中在福斯卡讲话的内容上。

　　"在厄琉息斯失去了女儿之后，得墨忒耳令世界陷入了黑暗的寒冬，后来宙斯不得不出面调停。他准许普西芬尼从冥界返回，每年六个月，这便构成了我们的春天和夏天。而她居住在冥界的那六个月里，我们便会经历秋天和冬天。光明与黑暗——生命与死亡。普西芬尼的经历——从生到死再复生——孕育了厄琉息斯秘仪。而在厄琉息斯当地，在冥界的入口，你也有机会参与这种秘密宗教仪式，它将使你体验与女神相同的经历。"

　　他压低了声音，玛丽安娜看见听讲者纷纷向前探头，伸长脖子聆听他说的每一个字。听众的注意力被他牢牢地捏在手心里。

　　"厄琉息斯秘仪的具体流程是个流传了数千年的秘密，"他说道，"这套仪式、这套秘仪是'无法言说'的——因为它们会试着向我们传授某种超脱于言语的东西，一旦经历过这种仪式，人们便再也无法回到从前，世间流传着关于幻象、鬼魂现身以及游历死后世界的传说。任何人都可以参与秘仪——男人、女人、奴隶甚至是孩子——参与者甚至不必是希腊人，唯一的要求是必须能够听懂希腊语，以便明白自己听见的内容。在准备过程中，参与者要喝下一种大麦制成的、名叫凯肯（kykeon）的饮料。制作这种饮料的专用大麦上长有一种黑色的真菌，叫作麦角菌，有着致幻的功效，数千年以后，致幻毒品就是由它制成的。我们不清楚古希腊人是否知道这种物质能够致幻，总之他们喝下饮料后都有些神魂颠倒，这也足以解释他们看到的一些幻象。"

说到这里，福斯卡使了个眼色，听众不禁笑了起来。他等笑声平息下来，然后用更严肃的语气继续说道：

"请大家想象一下，只要片刻的工夫就够了，想象自己置身其中——想象着你感受到的激动与忐忑。许许多多的人在午夜聚集在死亡神谕周围，在祭司的带领下步入石殿，进入其中的洞穴。唯一的光亮来自祭司手中的火炬。那将会是怎样一片幽暗、烟雾缭绕的景象啊。寒冷、潮湿的石头，逐渐步入地下宽敞的密室——冥界边缘的阈限空间。秘仪的举办地泰勒斯台里昂神庙异常开阔——四十二根参天大理石立柱宛若石头丛林，足以容纳上千名秘仪参与者，甚至容纳得下另一座神庙——也就是'宫殿（Anaktoron）'，那里保存着少女之神的遗迹，只有祭司本人才能进入其中。"

福斯卡讲话时乌黑的眼睛闪闪发亮。那个场景仿佛伴随着他的词句浮现在他眼前，犹如魔咒。

"在秘仪的举办地究竟发生过什么，我们永远不得而知——归根结底，厄琉息斯秘仪终究是场神秘的仪式。不过，在黎明时分，经历了死亡与重生过程的参与者们走出石殿，沐浴着晨光，此刻的他们对生而为人的意义、对人生在世的意义都会有新的理解。"

他停顿片刻，注视着台下的听众。再次开口时他换上了一种全然不同的语气——轻柔而热切，情感充沛。

"我要告诉你们一件事——而这正是古希腊戏剧想要传递给人们的信息。生而为人的意义。人生在世的意义。若你在阅读时没有领会到这一点，若你看到的只是一堆死去的字眼，那你就错过了重点。我说的不仅仅是戏剧，也包括你们的生活，包括此时此刻。如果你们没有意识到这种超越的存在，如果你们没有觉醒过来，意识到自己置身于生与死的神秘体验当中是多么幸运，如果这种认识没有让你心中充满喜悦，没有让你感到醍醐灌顶……那你实在枉活了这一生。这就是悲剧想要传递的信息。参与到奇妙的体验之中去，为了你们自己，为了塔拉——去体验生活。"

报告厅之安静，甚至听得见一根针掉在地上的声音。就在这时——听众席上突然爆发出了响亮而激动的掌声。

那掌声经久不息。

11

佐伊和玛丽安娜站在台阶上排着队离开报告厅。

"怎么样？"佐伊带着好奇看了看玛丽安娜，说道，"你有什么想法？"

玛丽安娜笑了："你知道吗，'晃眼睛'这个词用得很妙。"

佐伊微微一笑："早就跟你说过吧。"

她们来到阳光明媚的室外，玛丽安娜观察着成群结队徘徊不去的学生："她们也来了吗？少女学社？"

佐伊点点头："在那边。"

她指指围坐在一张长椅边交谈的六位年轻姑娘。四个站着，两个坐着，其中有几个在抽烟。

这几位姑娘全然不像在教学楼周围徘徊的其他大学生那样不修边幅、衣着古怪。她们穿着考究，服饰看上去价格不菲。她们打扮得很雅致，妆容精致，发型得体，还做了指甲。最特别的要数她们的举止仪态：举手投足流露出明显的自信，甚至有些盛气凌人。

玛丽安娜仔细观察了她们一阵："她们看起来确实不太友善，你说得没错。"

"何止是不友善，她们就是一群势利鬼，自认为是'重要人物'。可以说她们确实算得上重要人物，可即便如此……"

"你为什么会这么说？她们为什么会是重要人物？"

佐伊耸耸肩。"这个嘛……"她指指那个坐在长椅扶手上的高个子金发女生，"比方说她叫卡拉·克拉克，她父亲是卡西安·克拉克。"

"谁？"

"唉，玛丽安娜。他是个演员，非常出名。"

玛丽安娜笑笑："我明白了，好吧。那其他人呢？"

佐伊又悄悄指了指那群女生里的另一个："看见左边那个女生没有，深色短发，长得很漂亮的那个？她叫娜塔莎，是俄罗斯人。她爸爸好像是个商业大亨，半个俄罗斯都归他所有……迪雅是个印度公主，去年她拿到了全校最高的成绩，可以说是个天才。跟她说话的是维罗妮卡，她爸爸是名参议员，听说他要参与总统竞选呢——"佐伊瞥了玛丽安娜一眼，"明白我的意思了吗？"

"明白了。你是说她们全都头脑聪慧，而且来自上流社会，养尊处优。"

佐伊点点头："听她们谈论自己的假期简直叫人反胃。不是游艇就是私人海岛，要么就是滑雪别墅……"

玛丽安娜笑了："我能想象。"

"怪不得人人都讨厌她们。"

玛丽安娜看了她一眼："人人都讨厌她们吗？"

佐伊耸耸肩："这个嘛，至少人人都嫉妒她们。"

玛丽安娜思索片刻："那好，我们去试试看。"

"什么意思？"

"我们去跟她们谈谈——关于塔拉，还有福斯卡。"

"现在？"佐伊摇摇头，"不可能的。这招肯定不管用。"

"为什么不管用？"

"她们不认识你，肯定会把嘴闭得比蚌壳还紧——或者去告你的状——尤其是你提到福斯卡教授的话。相信我，别这么做。"

"听你的意思，你好像害怕她们。"

佐伊点点头："确实，我非常怕她们。"

玛丽安娜还没答话，便看见福斯卡教授走出了报告厅大楼。他来到那几名女生身边，她们立刻围拢在他身边，亲密地低声交谈起来。

"走吧。"玛丽安娜说。

"什么？不行，玛丽安娜，别过去——"

但玛丽安娜并未理会佐伊，而是大步流星地向福斯卡和那几名学生走了过去。

玛丽安娜走近时，福斯卡抬头看见了她。他微微一笑。

"下午好，玛丽安娜，"福斯卡说，"刚才在报告厅里我好像看见你了。"

"没错。"

"我希望你会喜欢这堂课。"

玛丽安娜斟酌着合适的字句："这堂课的……信息量很充足。非常打动人。"

"谢谢。"

玛丽安娜看了看围拢在教授身边的年轻女生："这几位都是你的学生吗？"

　　福斯卡瞥了一眼那几个年轻女生，微微一笑："有些是，比较有趣的那几个是。"

　　玛丽安娜对女生们笑笑。她们表情漠然地看着她，就像看一堵空白的石墙。

　　"我叫玛丽安娜，"她说道，"我是佐伊的姨妈。"

　　她转身回望，但佐伊并没有跟过来，而且已经不知去向。玛丽安娜转身又对面前的女生笑笑。

　　"你们知道吗，在塔拉的悼念礼拜上我就注意到了你们。你们身穿白衣，非常出众，"她又对她们笑笑，"我忍不住好奇这是为什么。"

　　对方略有迟疑，接着名叫迪雅的那个女生瞥了福斯卡一眼，然后说道："是我的主意。在印度，我们参加葬礼时总是穿白色的衣服。而白色是塔拉最喜欢的颜色，所以……"

　　她耸耸肩，另一个女生接着替她把话说完了。

　　"所以我们就穿上白衣服来纪念她。"

　　"她最讨厌黑色了。"另一个女生说。

　　"我明白了，"玛丽安娜点点头，"真有意思。"

　　她对几个女生笑笑。她们没有对她还以笑容。

　　谈话稍作停顿，玛丽安娜看了一眼福斯卡："教授，我有个不情之请。"

　　"你说。"

　　"是这样的，院长希望我以精神治疗师的身份跟学生们做几次非正式的谈话，看看他们对这件事的反应如何，"她看了那几个女生一眼，"我能跟你的学生谈一谈吗？"

玛丽安娜说话时尽量装出一副并无其他用意的样子，但此刻她望着那几名女生，能够感受到福斯卡的目光犹如一束激光，落在她身上，打量着她。她想象得到他正在思考，好奇她说的究竟是真话还是想暗中调查自己。福斯卡看了一眼手表。

"我们马上就要上课了，"他说，"但我应该可以让其中几个跟你走，"他对其中两个女生点点头，"维罗妮卡？塞丽娜？可以吗？"

两个年轻女生瞥了玛丽安娜一眼。玛丽安娜看不透她们的心思。

"没问题，"维罗妮卡说着一耸肩，她说话带有美国口音，"我是说，我已经有心理医生了……不过只要她出钱，我倒不介意喝一杯。"

塞丽娜点点头："我也是。"

"好啊，那我们就喝一杯，"玛丽安娜对福斯卡笑笑，"谢谢。"

福斯卡的黑眼睛紧盯着玛丽安娜的脸，对她笑了笑。

"很乐意帮忙，玛丽安娜。我真心希望你得到自己需要的所有信息。"

12

玛丽安娜离开英文系，发现佐伊在入口处徘徊，似乎在躲着谁。她问佐伊要不要一起来，听闻她们打算去喝一杯，佐伊慎重地接受了邀请。圣克里斯托弗学院的酒吧位于主庭院的一角，她们向那里走去。

学院酒吧完全由木头建成——古旧的地板已经变形、虬结，墙上镶着橡木墙板，房间里有一座巨大的实木吧台。玛丽安娜跟三个年轻姑娘在窗边的大橡木桌旁坐下，窗外是一面爬满常春藤的墙壁。玛丽安娜坐在佐伊身边，与维罗妮卡和塞丽娜面对面。

玛丽安娜认出维罗妮卡就是在塔拉的悼念活动上声情并茂地朗诵《圣经》的那个女生。她的全名是维罗妮卡·德雷克，来自一个富有的美国政界家庭——她的父亲是华盛顿的一位参议员。

维罗妮卡美得惊人，而她对此心知肚明。她留着一头长长的金发，说话时总会习惯性地撩动、拨弄头发。她脸上的妆很重，着重突出嘴巴和蓝色的大眼睛。她身材凹凸有致，穿的紧身牛仔裤似乎也有意想要展示身材。她举手投足都带着自信，坦然地流露出从出生起就处处高人一等的那种人特有的优越感。

维罗妮卡点了一杯健力士啤酒，喝得很快。她话很多，谈吐中略带一丝刻意的感觉，玛丽安娜不禁怀疑她是不是上过演讲技巧课。维罗妮卡提到自己毕业后打算做一名演员，玛丽安娜并不感到惊讶。她知道，在精致的妆容、自信的举止和流利的谈吐之下隐藏着一个全然不同的人，但她并不知道那究竟是怎样一个人，她猜测或许连维罗妮卡自己也不清楚。

再过一个星期就是维罗妮卡的二十岁生日。尽管眼下学院里的气氛令人沮丧，她还是想办一场聚会。

"生活总要继续，不是吗？我相信塔拉也希望这样。总之我打算在伦敦的格劳乔俱乐部包个私人房间。佐伊，你一定要来哟。"她假模假样地补上一句。

佐伊哼了一声，盯着面前的酒杯。

玛丽安娜瞥了一眼另一个女生——塞丽娜·刘易斯小口呷着白葡萄酒，一言未发。塞丽娜身材瘦弱娇小，坐着的姿态让玛丽安娜联想到落在枝头的小鸟，将一切看在眼里，却没有只言片语。

塞丽娜与维罗妮卡不同，她未施粉黛——她本就不需要。她的皮肤光洁无瑕，长长的黑发紧紧地绑成一根辫子，身穿一件淡粉色的衬衫和过膝的半身裙。

塞丽娜是新加坡人，却在一所接一所的英国寄宿学校里长大。她声音柔弱，说话时带有明显的英国上流社会口音。维罗妮卡有多健谈，塞丽娜就有多寡言。她反复查看手机，仿佛那是一块磁铁，吸引着她的手。

"跟我说说福斯卡教授吧。"玛丽安娜说。

"说他什么？"

"我听说他和塔拉很亲近。"

"我不知道你是从哪里听说的。他们一点儿也不亲近，"维罗妮卡转头问塞丽娜，"他们亲近吗？"

听见她问话，塞丽娜放下手里的手机，抬起头看了一眼，摇了摇头。"一点儿也不亲近。教授对塔拉很宽和——但塔拉只是在利用他。"

"利用？"玛丽安娜说，"她怎么利用他的？"

"塞丽娜不是那个意思，"维罗妮卡连忙打断了谈话，"她的意思是塔拉浪费了教授的时间和精力。你知道的，福斯卡教授往我们身上倾注了很多心血，他绝对是你见过的最好的导师。"

塞丽娜点点头："他是全世界最优秀、最有才华的老师，而且——"

玛丽安娜打断了她的溢美之词："我对案发的那天晚上很好奇。"

维罗妮卡耸耸肩："我们整个晚上都跟福斯卡教授在一起，他在他的房间给我们上私人辅导课。塔拉本来也应该去的，但她一直没出现。"

"这是几点钟的事？"

维罗妮卡看了塞丽娜一眼："八点开始上课，对吧？然后我们一直上到了几点，十点钟？"

"对，我记得是。十点或者刚过十点。"

"福斯卡教授从始至终都跟你们在一起吗？"

两个女生同时做出了回答。

"对。"维罗妮卡说。

"没有。"塞丽娜说。

维罗妮卡眼神里闪过一丝气恼，她埋怨地瞥了塞丽娜一眼："你在说什么啊？"

塞丽娜的神情有些慌张。"哦，我——没什么，我是说，他只离开过几分钟，仅此而已。只是到外面抽根烟而已。"

维罗妮卡也改了口："对，他确实出去了，我忘了。他只离开了几分钟。"

塞丽娜点点头："我在场的时候他从不在室内抽烟，因为我有哮喘。他真的很体贴。"

她的手机突然滴滴作响，收到了一条信息。她立刻扑向手机，读消息时，她的神情变得明朗起来。

"我得走了，"塞丽娜说，"我约了人见面。"

"哦，什么？"维罗妮卡翻了个白眼，"是那个神秘男人吗？"

塞丽娜瞪了她一眼："别说了。"

维罗妮卡哈哈大笑，拖着长声唱歌似的说："塞丽娜有个秘密男朋友。"

"他不是我男朋友。"

"但他确实是个秘密——她无论如何都不肯告诉我们那个人是谁。就连我都不告诉，"她意味深长地挤挤眼睛，"我在想……他会不会已经结婚了？"

"没有，他没结婚，"塞丽娜说着脸红了，"他什么也不是——只是个朋友而已。我得走了。"

"说实话，我也该走了，"维罗妮卡说，"我得去排练了，"

她对佐伊甜蜜地一笑，"你没能入选《马尔菲公爵夫人》真是太遗憾了。这部剧肯定会一鸣惊人。导演尼克斯是个天才，他将来肯定会变得非常出名，"维罗妮卡趾高气扬地看了玛丽安娜一眼，"我就是公爵夫人的扮演者。"

"原来如此。那好吧，谢谢你跟我谈话，维罗妮卡。"

"没什么。"

维罗妮卡丢给玛丽安娜一个狡黠的眼神，离开了酒吧，塞丽娜也跟着她离开了。

"呃……"佐伊推开面前的空酒杯，长长地叹了口气，"早就跟你说了这帮人有毒。"

玛丽安娜没有反驳。她也不大喜欢她们。

更重要的是，多年来与患者进行治疗的磨炼让玛丽安娜隐约感觉到维罗妮卡和塞丽娜都对她撒了谎。

但她们撒了什么谎，又为什么要撒谎呢？

13

多年来，我甚至不敢打开存放它的那个橱柜。

然而今天，我发现自己站在椅子上，伸手拿到了那个小小的柳条盒子——里面装着我想要忘却的事物。

我坐在灯下打开了它，逐一检视里面的东西：悲伤而孤独的情书——我曾写给几个女孩，却从未寄出，几篇有关农场生活的童年故事，几首我早已遗忘的蹩脚诗歌。

潘多拉之盒里的最后一件物品令我记忆犹新。是我十二岁那年夏天写的那本带有棕色皮封面的日记——我就是在那年夏天失去了我的母亲。

我翻开日记，翻看那些纸页——用孩子稚嫩的笔迹写下的长长的日记。其中的内容何其琐碎。然而倘若这些纸页上记录的一切没有发生，我的人生将截然不同。

日记上的字迹有时难以辨认，凌乱而潦草，特别是临近结尾的部分，似乎写得很匆忙，处于某种癫狂或者丧失了理智的状态。我坐在灯下，仿佛正渐渐拨开迷雾。

雾中浮现出一条小径，通往那年的夏天，通往我的少年时代。

那是一段熟悉的旅途。我在梦中常常走过，在蜿蜒的土路上转个弯，向农场走去。

我不愿回到那里。

我不愿想起……

然而我不得不想起。因为这不仅仅是一篇自白。这是我对失去的事物的追寻，对所有消散的愿望与忘却的疑问的追寻。我要寻找的是一个解释，对于那个孩子的日记里暗藏的可怕秘密的解释。此刻我在其中细细查阅，宛若一位凝视着水晶球的预言家。

只是我寻找的不是未来。

我在寻找过去。

14

九点钟，玛丽安娜去老鹰酒馆跟弗雷德见面。

老鹰酒馆是剑桥历史最悠久的酒馆，在今天的流行程度依然与十七世纪不相上下。酒馆由几个彼此相连的小房间组成，墙上嵌着木墙板，酒馆里用蜡烛照明，充斥着烤羊肉、迷迭香和啤酒的香气。

酒馆的主房间被称作皇家空军酒吧。几根立柱架起不甚平整的天花板，上面满是第二次世界大战时留下的涂鸦。玛丽安娜在吧台等待时忽然意识到，自己头顶的留言来自一群已经死去的人。英国和美国飞行员们用笔、蜡烛、打火机在天花板上留下自己的名字和部队番号，还画了许多图画——比如涂口红的裸体女人漫画。

玛丽安娜引起了酒保的注意，他长着一张娃娃脸，身穿黑绿相间的格子衬衫，正从洗碗机里取出一托盘热气腾腾的玻璃杯。他对她笑笑，说道："亲爱的，你要点什么？"

"一杯长相思，谢谢。"

"马上就来。"

他为她倒了一杯白葡萄酒。玛丽安娜付了钱，四下寻找座位。

目之所及尽是年轻的情侣，拉着手，沉浸在甜蜜的对话中。她竭力不让自己的目光投向角落里那张桌子，过去她和塞巴斯蒂安总是坐在那里。

她看了一眼手表。九点十分。

弗雷德迟到了——或许他根本不会来。想到这里，她忽然看到了希望。她打算再等十分钟，然后就走。

她坐在桌旁，手指抚摸着木头桌面上的裂纹，跟从前一样。坐在这里喝着清凉的葡萄酒，闭上眼睛，聆听周围那超脱于时间的交谈声与欢笑声，想象着自己穿越时间回到过去——只要她闭着眼睛，她就在那里，十九岁，等待着塞巴斯蒂安出现，身上穿着白色T恤和膝盖上方划开一道口子的褪色牛仔裤。

"你好啊。"他说。

然而声音不对——那不是塞巴斯蒂安的声音——睁开眼睛前，玛丽安娜感到瞬间的困惑。魔咒被打破了。

说话的是弗雷德，他手里拿着一杯健力士啤酒，正笑眯眯地望着她。他眼睛明亮，面颊红扑扑的。

"真抱歉，我迟到了。导师拖堂了，我用最快的速度骑车过来，结果撞上了路灯柱。"

"你没事吧？"

"没事，那根路灯柱伤得比我还重呢。我可以坐下吗？"

玛丽安娜点点头，他便坐下了——就坐在塞巴斯蒂安的椅子上。有片刻的工夫，玛丽安娜想要换一张桌子坐。但她控制住了自己。克拉丽莎是怎么说的来着？不要总是回顾过去、看着身后。她应该把注意力集中在当下。

弗雷德对她咧嘴一笑，从口袋里掏出一小包坚果。他把坚果递给玛丽安娜，她摇了摇头。

弗雷德往嘴里丢了几颗腰果，嚼得嘎嘣响，目光依然盯着玛丽安娜。他们尴尬地沉默了一会儿，玛丽安娜等着他说话。她对自己有些恼火。她跟这个热忱的年轻小伙子到这里来究竟是在干什么？这个主意真是太愚蠢了。她一反常态，决定对他开诚布公。毕竟她已经没有时间可以浪费了。

"听我说，"她说，"我们之间什么事也不会发生。你明白吗？永远不会。"

弗雷德被坚果呛到，咳嗽了起来。他大口喝了几口啤酒，这才平复了呼吸。"不好意思，"他看上去有些尴尬，"我——我没想到你会这么说。收到。这很明显，我配不上你。"

"别说傻话，"玛丽安娜摇摇头，"跟这个没关系。"

"那是为什么？"

她耸耸肩，显得不大自在："原因太多了。"

"你说一个。"

"跟我比起来，你年纪太小了。"

"什么？"弗雷德的脸顿时红了，看上去既不服气，又有些难为情，"这太荒唐了。"

"你多大？"

"没那么小——我马上就二十九岁了。"

玛丽安娜笑了："这太荒唐了。"

"为什么？你多大？"

"反正我不需要把自己的年龄往大了说。我三十六岁。"

"那又怎么了？"弗雷德耸耸肩，"年龄不是问题，只要你感觉——感觉是对的，"他瞥了她一眼，"你知道吗，我在火车上第一次看见你的时候，就有一种强烈的预感，总有一天我会向你求婚，而你会答应我。"

"那你就错了。"

"怎么了？难道你……已经结婚了？"

"对——不对，我是说——"

"别告诉我他把你甩了。他真是个傻瓜。"

"没错，我总这么想，"玛丽安娜叹了口气，然后语速飞快地说完了那些非说出口不可的话，"他——死了。大约一年前。这事很难——开口谈论。"

"真抱歉，"弗雷德垂头丧气，好一阵没有说话，"现在我觉得自己真傻。"

"别这样，这不怪你。"

玛丽安娜感到无比疲惫，她突然对自己感到很厌烦。她饮尽了杯里的残酒，说道："我该走了。"

"不，先别走。我还没跟你说过我对那场谋杀的看法呢，关于康拉德。你就是因为这个才来的，不是吗？"

"怎么了？"

弗雷德斜着眼睛狡黠地看了她一眼："我认为他们抓错了人。"

"是吗？你怎么会这么说？"

"我认识康拉德，我了解他。他不是那种会杀人的人。"

玛丽安娜点点头："佐伊也认为不是他，但警察却是这么想的。"

"这个嘛，我一直在思考这件事。我有点想自己破案，我很喜欢解谜游戏。我的头脑适合做这个，"弗雷德对她笑笑，"怎么样？"

"什么怎么样？"

"你和我，"弗雷德咧嘴一笑，说道，"联手？一起破案？"

玛丽安娜思索片刻。她很可能用得上弗雷德的帮助，她有些动摇——但她知道自己会后悔的。她摇了摇头。

"我觉得这样不合适，不过还是谢谢你。"

"如果你改主意了就告诉我，"他从口袋里掏出一支笔，在杯垫背面潦草地写下了自己的电话号码，然后递给玛丽安娜，"拿着，如果你有事——任何事情都行——就给我打电话。"

"谢谢，但是我不打算在这里久留。"

"你总是这么说，但你现在还在这里，"弗雷德笑了，"我对你有种不错的预感，玛丽安娜，一种直觉。我这人很相信直觉的。"

他们离开酒馆时，弗雷德一直在开心地跟玛丽安娜闲谈："你是希腊人，对不对？"

她点点头："没错。我在雅典长大。"

"啊，雅典特别好玩，我非常喜欢希腊。你去过很多海岛吗？"

"去过几个。"

"你去过纳克索斯吗？"

玛丽安娜僵住了。她姿态生硬地站在路上，突然无法再直视他。

"你说什么？"她低声说。

"纳克索斯岛？我是去年去的。我是个游泳健将——好吧，主要是潜水——那里非常适合潜水。你去过那里吗？你真的应该——"

"我必须得走了。"

玛丽安娜说完转身就走，不让弗雷德看见自己眼里的泪光。她头也不回，大步地走开了。

"哦，"她听见他有些诧异地说，"好的，那我们回头见——"

玛丽安娜没有回答。只是个巧合而已，她告诉自己，这没有任何特殊含义——忘了吧，没什么的，没什么。

她竭力把那座海岛逐出自己的脑海，不停地往前走。

15

离开弗雷德，玛丽安娜快步赶回了学院。

这个时节，入夜后开始降温，空气中已经漾起一丝寒意。河面弥漫着雾气，前方的街巷消失在云层般的迷雾中，水雾悬在地面，仿佛厚重的烟雾。

玛丽安娜很快就意识到有人在跟踪自己。

自她离开老鹰酒馆，身后便一直跟着同样的脚步声。步子踏得很重，是男人的脚步声，结实的靴底有力地重复敲击着石子路面，发出的声音在空荡荡的街上回荡——就在她身后不远处。如果不回头，很难判断那脚步声离她究竟有多远。她鼓起勇气，回头看了一眼。

身后空无一人——起码在她不算远的视线之内没有人影。云层般的水汽包裹住了整条街道，将它吞没。

玛丽安娜继续前行，转了个弯。

几秒钟后，脚步声再次跟上了她。

她加快了脚步，那脚步声也随之变快。

她再次回头——这次她看见了一个人。

一个男人的身影，在她身后不远的地方。他背向路灯往前走，贴着墙根，走在暗处。

玛丽安娜心跳得飞快。她环顾四周，想寻找一条逃生之路，这时她看见一对男女在马路对面挽着手散步。她快速走下路沿，穿过马路向那对男女走去。

然而她刚踏上人行道，那两个人便走上一扇门口的台阶，打开门，进入房子不见了。

玛丽安娜继续前行，听着身后的脚步声，不时回头望上一眼，那个人还在——一个穿深色衣服的男人，面孔隐藏在阴影里，正跟在她身后穿过雾气缭绕的街道。

玛丽安娜左边有条狭窄的小巷，她往里瞥了一眼，当机立断做了决定，转弯踏上了那条小巷。她没有回头张望，而是直接跑了起来。

她沿着小巷往前跑，一直跑到河边，河上的木桥就在她面前。她脚步不停，快步过了桥，横跨河面来到了另一侧。

这里的水畔十分幽暗，没有路灯来照亮漆黑的夜色。雾气也更重，又湿又冷地贴着她的皮肤，散发出冰冷的气息，像雪。

玛丽安娜小心翼翼地拨开几根树枝，绕到后面，隐藏在枝杈背后。她扶着树干，感受着树皮平滑而潮湿的触感，尽可能保持一动不动、不出声响。她尽力放慢呼吸速度，让呼吸安静下来。

她观察着，等待着。

果不其然，几秒钟后她瞥见了那个男人——或者说只是他的影子——他轻手轻脚地过了桥，来到河岸上。

玛丽安娜看不见他，但她依然能听见他的脚步声，现在走在更柔软的地面上，是土地——在离她只有几尺远的地方潜行。

就在这时，周围安静下来。一片寂静。她屏住了呼吸。

他去哪儿了？他去哪儿了？

等待的时间似乎永无止境，她想确保安全再行动。那人走了吗？看样子像是走了。

她小心翼翼地从树后走出来，花了几秒钟确认方位，接着她意识到康河就在她面前，在黑暗中闪着波光。她只要沿着河走就可以了。

她沿着河岸匆匆前行，一直走到圣克里斯托弗学院的后门。在那里，她越过石桥，来到嵌在石墙中的那扇巨大实木门前。

她伸手握住冰冷的黄铜门环往回一拉，大门纹丝不动。门已经落了锁。

玛丽安娜犹豫不决，不知该怎么办——就在这时……她听见了脚步声。

同样急切的脚步声，同一个男人。

而且他越来越近了。

玛丽安娜扭头望去，却什么也看不见——只有云层般的雾气消失在黑暗之中。

但她听见那人越走越近，正穿过石桥向她走来。

她再次试图开门，大门依旧纹丝不动。她无路可逃，她感到自己陷入了恐慌。

"是谁？"她朝黑暗的夜色高声问道，"谁在那里？"

没有回答，只有越来越近的脚步声，越来越近——

玛丽安娜张嘴想要呼救——

这时，在她左侧不远的地方突然传来嘎吱一声，墙上打开了一扇小门。那扇门被一丛灌木遮掩着，因此玛丽安娜先前没注意到它。它只有正门的三分之一那么大，门板是用朴素的木板做成的，没有刷漆。门里亮起手电的光芒，划破了外面的黑暗。手电光照在她脸上，晃得她什么也看不见。

"没事吧，女士？"

她立刻听出是莫里斯的声音，顿时松了一口气。他移开晃眼的手电光，玛丽安娜这才看见他弯着腰走出了小门，刚刚直起身来。莫里斯穿着一件黑色大衣，戴着黑手套，正望着玛丽安娜。

"你没事吧？"他说，"我正要去巡视。后门十点钟上锁，你应该知道的。"

"我忘了。对——我没事。"

莫里斯用手电往桥上照了照，玛丽安娜的目光焦急地追随着手电光。一个人也看不见。

她侧耳细听。寂静。没有脚步声。

那人走了。

"你能让我进去吗？"她看了莫里斯一眼问道。

"当然，这边请，"他抬手示意她穿过自己身后那扇小门，"我经常走这里，把它当作一条捷径。顺着走廊往前走就能到达主庭院。"

"谢谢你，"玛丽安娜说，"实在太感谢了。"

"不用客气，女士。"

玛丽安娜从他身边走过，来到敞开的门口，微微低头弯腰穿过了小门。古老的砖墙过道里十分幽暗，散发着潮味。门在她身后关上。她听见莫里斯锁了门。

玛丽安娜小心翼翼地沿着过道往前走，回想着刚刚发生的事。她有过片刻的怀疑——真的有人在跟踪她吗？如果真的有，那会是谁呢？抑或只是她太疑神疑鬼了？

无论如何，回到圣克里斯托弗学院后，她都松了口气。

她来到一条镶有橡木嵌板的走廊，这条走廊所在的建筑是位于主庭院的餐饮部。她正要走出主门厅，这时她偶然回头，立刻怔住了。

灯光昏暗的走廊里挂着一排肖像，而走廊尽头的一幅画吸引了她的目光。那幅肖像独占一面墙壁，玛丽安娜望着它，那是一张她熟悉的面孔。

她眨眨眼睛，不禁怀疑是自己看错了。接着她缓步走上前，仿佛被人催眠一般。

她在肖像前驻足，自己的脸与画中的面孔平齐。她望着那张脸。没错，就是他。

是丁尼生。

但这不是暮年时的丁尼生，不像玛丽安娜此前见过的其他画像那样白发苍苍，留着长胡子。这是青年时代的丁尼生。说实话，他还是个孩子。

画下这幅肖像时他最多不过二十九岁，看面相，甚至还要更年轻些，但那千真万确就是他。

他的脸是玛丽安娜见过的最英俊的面孔之一。在此时此地这样近距离地凝视着他，他的俊美让她透不过气。棱角分明的下颌线透着坚毅，饱满的嘴唇何其诱人，及肩的深色长发略显凌乱。有片刻的工夫，他让玛丽安娜想到了爱德华·福斯卡，但她将他逐出了自己的头脑。抛开别的不谈，他们的眼睛就截然不同。福斯卡长着一双黑眼睛，而丁尼生的眼睛是如水般的淡蓝色。

画下这幅肖像时，哈勒姆去世应该已有七年了，这意味着距离丁尼生完成《悼念集》还有漫长的十年。十年的悲痛。

然而这并非一张沉溺于绝望之中的脸。这张脸上的表情令人难以察觉，甚至可以说毫无表情。没有悲伤，没有忧郁的影子，脸上诚然有着宁静与冷若冰霜的俊美，却几乎没有其他情绪。

这是为什么呢？

玛丽安娜眯起眼睛端详着画像，细细思索，丁尼生仿佛在望着什么东西……某种就在他不远处的东西。

没错，她心想——他淡蓝色的眼睛似乎正盯着某种赏画人看不见的东西，就在画面一侧，玛丽安娜身后。

他究竟在看什么呢？

玛丽安娜离开了肖像，感到怅然若失，仿佛丁尼生本人做了让她失望的事。她也不清楚自己想在他的眼神里寻找到什么——或许是一点慰藉？安慰，或者力量，甚至心碎的感觉也比这样好受些。

然而什么都没有。

她把那幅肖像逐出了脑海，快步回到自己的房间。

门外有个东西等待着她拾起。

地上有一只黑色的信封。

玛丽安娜拾起信封打开，里面是一张信纸，对半折叠。她展开信纸。

那是一封手写信，黑色的墨水、倾斜的字体十分优雅：

亲爱的玛丽安娜：

　　别来无恙。不知你是否愿意明天上午跟我小叙一番？明早十点在学院花园如何？

你的

爱德华·福斯卡

16

若我诞生在古希腊，我出生之时肯定会出现数不清的凶兆和星象，预示着种种灾难。日食、熊熊燃烧的彗星、来势汹汹的不祥之兆……

然而什么也没发生，实际上我的降生，其特点就在于毫无波澜。我的父亲——那个扭曲了我的人格，将我塑造成如今这个怪物的男人甚至都不在场。他在跟农场的几名工人打牌，抽着雪茄，喝着威士忌，直到深夜。

若要回忆我母亲的相貌——我眯起眼睛才能隐约看见她的面容，模糊一片，失了焦——我美丽的母亲，一个十九岁的少女，躺在医院的私人病房里。护士在走廊尽头交谈、欢笑的声音传到她耳畔。她孤身一人，但这并不是问题。只有孤身一人，她才能觅得某种程度的清静，才能安心思考而不必担心遭到袭击。她意识到自己之所以期盼着孩子降生，是因为婴儿不会讲话。

她知道丈夫想要个儿子，但她暗地里祈祷自己生下的是个女孩。

假如是个男孩，他将会成长为一个男人。

而男人是不可信的。

宫缩又一次开始，她松了口气。宫缩打断了她的思绪。她宁愿专注于肉体的感受：呼吸、数数、那种把一切思绪从她头脑中抹去的剧痛——仿佛在黑板上擦去粉笔的痕迹。接着她屈服了，极端的痛苦让她失了控……

直到黎明时分，我出生了。

令我母亲失望的是，我并不是个女孩。我父亲得知自己有了儿子，十分兴奋。农民跟国王一样，都需要许多个儿子。我是他的长子。

他带着一瓶廉价气泡酒来到医院，打算庆祝我的降生。

但这真的值得庆祝吗？

抑或这其实是一场灾难？

我的命运是否早在那时便已经注定？是否为时已晚？他们是否应该在我刚出生时就将我闷死？将我丢在山腰，任凭我死去、腐烂？

倘若我的母亲读到这些文字，读到我对罪咎的寻找、对责怪的追溯，我知道她会说什么。她会对此毫无耐心。

没人该对此负责，她会如是说，不要美化自己的生活经历，企图从中寻找意义。意义并不存在。生命没有意义，死亡也没有意义。

但她的想法并非一向如此。

她并非只有一面。世上曾经有另一个她存在，那个她会压制干花，会给喜欢的诗歌划线：那些秘密的过往被藏在一只鞋盒里，是我在橱柜背后找到的。旧照片、压平的花朵以及我父亲求爱时写给她的满是拼写错误的情诗。但我父亲很快便不再写诗了，我的母亲也不再读诗。

她嫁给了一个自己几乎毫不了解的男人，而那个男人带她离开了所有她认识的人。他带她进入了一个令她不适的世界——那个世界里有寒冷的清晨和整天持续的繁重体力活：给羊羔称重、给羊剃毛、喂羊。重复，再重复。再重复。

期间也有过奇妙的时刻——母羊产仔的季节里，天真无邪的小生命仿佛雪白的蘑菇般忽然冒出来。那是最美好的部分。

但她从不让自己过于喜爱那些小羊羔。她学会了不那样做。

最糟糕的部分是死亡。反复上演、永无止息的死亡以及随之而来的一系列过程：给将要宰杀的那些羊做标记，它们要么长得太慢，要么长得太快，要么迟迟无法受孕。接着屠夫便会出现，穿着他那件浸染了血迹的可怕罩衣。我父亲总会在近旁徘徊，急切地想要帮忙。他喜欢宰羊，看上去似乎乐在其中。

每到这时，我母亲总会逃走，藏起来，偷偷把伏特加带进卫生间，带进淋浴室，以为在那里就没人能听见她的哭泣。我则会去农场最远的角落，我能去到的最远的地方。我会捂上耳朵，但尖叫声依然不绝于耳。

等我返回农舍时，到处都弥漫着死亡的臭气。尸体堆放在露天的栏圈里——离厨房最近的地方。排水沟里流淌着鲜红的血液。厨房里充斥着肉的臭气，因为肉要在那里称重、包装。小块的碎肉粘在桌子上，桌面上是一片片血泊，肥大的苍蝇在旁边打转。

尸体没人要的部分——内脏、肠子和其他残骸由我父亲掩埋。他会把它们丢进农场背后的大坑。

我总是躲着那个大坑。它令我充满恐惧。每当我顶撞父亲或者不听话，他总会威胁把我丢进那个坑里活埋。

永远没人会找到你，他如是说，永远不会有人知道。

过去我时常想象在那个坑里被活埋的场景——被腐烂的尸骸围绕，与蛆虫、蠕虫和其他食肉的灰色生物一同纠缠扭动——我总会由于恐惧而战栗。

如今想起来，我依然会打冷战。

17

第二天十点，玛丽安娜去跟福斯卡教授见面。

小教堂的钟声敲响十下，她来到了学院花园。教授已经到了。他身穿白衬衫，领口的纽扣没有扣，外面套了件深灰色的灯芯绒夹克。头发披下来，散落在他肩头。

"早上好，"他说，"见到你我真开心，我本来不确定你会不会来。"

"我来了。"

"而且来得如此准时。我忍不住在想，玛丽安娜，这说明你是个怎样的人呢？"

他微微一笑，玛丽安娜没有对他报以微笑。她决定把有关自己的信息向他透露得越少越好。

福斯卡推开木门，示意她进入花园。"我们进去？"

玛丽安娜跟着他走进花园。学院花园只向教职人员和他们邀请的客人开放，本科生是不允许进入花园的。玛丽安娜不记得自己以前来过。

　　花园的宁静与美丽立刻击中了她的心。这是一座都铎式的低洼花园，起伏不平的古旧砖墙环绕在花园四周，砖墙的缝隙里长出血红的缬草，正以极为缓慢的速度瓦解砖墙。五彩缤纷的植物沿着围墙生长，有粉有蓝，也有火一样的红色。

　　"真漂亮。"她说。

　　福斯卡点点头："哦，没错，确实很漂亮。我经常到这里来。"

　　他们沿着小路漫步，福斯卡似乎在品味花园和整个剑桥的美景。"这里有一种魔力。你也感受得到，是不是？"他瞥了玛丽安娜一眼，"我相信你和我一样，从一开始就感受到了这种魔力。我想象得出你当时的样子——本科新生，刚刚下船，来到这个全新的国家——跟我一样，面前是全新的生活。单纯质朴，又很孤独……我说的对吗？"

　　"你是在说我还是说你自己？"

　　福斯卡微微一笑："依我看，我们俩的经历非常相似。"

　　"我倒没那么确定。"

　　福斯卡看了她一眼。他端详了玛丽安娜片刻，似乎有话要说，但还是决定不说出口。二人沉默地继续漫步。

　　过了许久，福斯卡终于说道："你很沉默寡言。跟我想象中很不一样。"

　　"你想象中是什么样的？"

　　福斯卡耸耸肩："我也不清楚。大概是一场盘问吧。"

　　"盘问？"

　　"不是盘问，就是审讯。"他说着递给玛丽安娜一支烟，她摇了摇头。

"我不吸烟。"

"现在没人吸烟了——除了我。我试过戒烟，但是失败了。控制不住自己。"

他把一支烟叼在嘴里，是个美国牌子，末端带有白色的过滤嘴。他划着一根火柴，点燃香烟，喷吐出一条长长的烟雾。玛丽安娜望着烟雾在空中翩翩起舞，逐渐消失。

"我叫你来这里跟我见面，"福斯卡继续说道，"是因为我觉得我们有必要谈一谈。听说你对我很感兴趣，向我的学生提出各种各样的问题……顺便说一句，"他又说，"我问过院长了。据他所知，他从来没有要求过你跟学生谈话，正式也好，私下也罢。所以我想知道，玛丽安娜，你究竟想干什么？"

玛丽安娜看了他一眼，见福斯卡正目不转睛地盯着自己，洞察人心的目光仿佛要看穿她的头脑。她避开他的注视，耸了耸肩："我很好奇，仅此而已……"

"只是对我好奇？"

"对少女学社好奇。"

"少女学社？"福斯卡看上去很惊讶，"这是为什么？"

"这种做法看上去有些古怪，选出一批特殊的门生。这种做法在学生之间肯定会滋生攀比心理和怨恨。"

福斯卡微微一笑，吸了一口烟："你是个团体心理治疗师，对不对？那么跟其他人相比，你应该最清楚，小团体往往能为超群的头脑提供绝佳的发展环境。这正是我在做的事情——打造这样一个空间。"

"为超群的头脑打造——一个茧房？"

"说得正是。"

"女性头脑。"

福斯卡眨眨眼睛，冷冷地看了她一眼。"最睿智的头脑往往来自女性……这很难接受吗？这其中没有任何失格的行为。我是个乏味的大学讲师，碰巧有足够的零花钱买酒喝，仅此而已——若说真的有人被占了便宜，那也是我。"

"谁说有人被占便宜了？"

"别绕圈子了，玛丽安娜。我看得出你认定我是个坏蛋，是个对自己脆弱无助的学生心怀不轨的捕猎者。只不过你也跟这些年轻姑娘见过面，相信你也看得出她们并不脆弱无助。这些聚会中没有任何不合时宜的事情发生——仅仅是个学习小组而已，探讨诗歌、品尝葡萄酒、开展思想辩论罢了。"

"只是其中一个女生现在死了。"

福斯卡教授皱起了眉头，目光中闪过一丝确凿无疑的愠怒。他盯着玛丽安娜："你是觉得自己能看穿我的灵魂？"

玛丽安娜被问得有些尴尬，移开了目光。"不，当然不能。我不是这个意思——"

"算了，"福斯卡又吸了一口烟，显然已经消了气，"相信你也知道，'心理治疗'这个词来自希腊语的psyche，意思是'灵魂'，以及therapeia，意思是'疗愈'。你是灵魂的疗愈师吗？你能治愈我的灵魂吗？"

"不能。这只有你自己才能做到。"

福斯卡把烟头扔在小路上，用脚踩进土里："你打定了主意不喜欢我，而我不知道这是为什么。"

令玛丽安娜恼火的是她发现自己也不知道这是为什么："我们回去吧？"

他们掉转方向朝花园大门走去。福斯卡不时便会看一眼玛丽安娜。"我对你很好奇，"他说，"我总是不自觉地想，你究竟在想什么。"

"我什么都没想，我在——倾听。"

确实如此。玛丽安娜或许不是个侦探，但她是一名心理治疗师，她知道该如何倾听。不仅要倾听人们说出口的那些话，还要倾听人们没说出口的所有字句——所有谎言、托词、投射、移情以及其他一切二人对话时出现的心理现象，这需要一种特殊的倾听技巧。玛丽安娜要听的是福斯卡在与她交谈的过程中无意间流露出来的感受。在心理治疗的语境中，这种反应叫作移情，这能够让她了解她所需要的有关这个男人的一切——他是谁，他在掩饰什么。当然了，达到这种效果的前提是她能控制住自己的情绪，不让它们掺杂其中，而要做到这一点并不容易。他们一边散步，玛丽安娜一边关注着自己的身体，并且感受到一种越发强烈的紧张感：下颌绷紧，牙齿紧紧咬住。她胃里感觉到一种烧灼感，皮肤也隐隐刺痛——她把这种感觉与愤怒联系起来。

可那是谁的愤怒呢？她的吗？

不——是他的。

福斯卡的愤怒。没错，玛丽安娜感受得到。他们散步时虽然沉默不语，但这沉默之下暗藏着狂怒。当然了，福斯卡竭力想要摒弃这种感受，但它依然存在，在平静的表面下冒着泡涌动：在这次会面中玛丽安娜以某种方式激怒了福斯卡，她表现得难以预测、难以琢磨、难以取悦，而这激发了他的怒火。她忽然想到，既然他的怒火来得这样猛烈、这样快——那么假如我真的激怒他，又会发生怎样的事呢？

她并不确定自己是否真的想知道结果。

这时他们来到了花园门口，福斯卡停下了脚步。"我在想，"他说，"不知你愿不愿意把这次谈话继续下去……也许我们可以边吃边聊？明天晚上怎么样？"

他望着她，等待着她的回答。玛丽安娜与他四目相接，没有眨眼。

"好。"她说。

福斯卡笑了："很好。那就在我的宿舍，八点钟？还有一件事——"

不待玛丽安娜制止，他探过身——

他吻了她的嘴唇。

那个吻只持续了一秒。等玛丽安娜回过神来，他已经退了回去。福斯卡转身走出了敞开的大门。玛丽安娜听见他离开时吹着口哨。

她攥起拳头擦掉了那个吻。

他好大的胆子！

她感到自己遭到了侵犯，甚至是袭击。福斯卡还是以某种方式获胜了，他成功地令玛丽安娜感到手足无措、心生惶恐。

她站在原地没有动，沐浴着上午的阳光，感到又热又冷，怒火烧灼着她的心，有一件事是她确信无疑的。

这一次，她感受到的怒火不是福斯卡的。

是她自己的。

全是她的。

18

离开福斯卡之后，玛丽安娜掏出了弗雷德给她的那个啤酒杯垫。她拨通了他的号码，问他有没有时间见个面。

二十分钟后，她在圣克里斯托弗学院的大门外跟弗雷德碰了头。她望着他把自行车用链锁锁在栏杆上，伸手从包里掏出了两个红彤彤的苹果。

"这是我的早饭。要一个吗？"

他说着就要给她苹果。玛丽安娜正要下意识地拒绝，忽然意识到自己其实很饿，便点了点头。

弗雷德看上去很满意。他挑出两个苹果中稍好些的那个，用袖子擦干净递给了她。

"谢谢。"玛丽安娜接过苹果咬了一口，又脆又甜。

弗雷德对她粲然一笑，边嚼苹果边说道："你打来电话我真是太开心了。昨天晚上……你离开得有点突然，我还以为是我惹你不高兴了。"

玛丽安娜耸耸肩。"不是你的问题，是……纳克索斯岛。"

"纳克索斯岛？"弗雷德疑惑地看着她。

"那是——我丈夫死的地方。他……在那里溺水了。"

"哦，老天啊，"弗雷德的眼睛瞪得老大，"哦天啊，太对不起了——"

"你不知道？"

"我怎么可能知道？我当然不知道。"

"这么说这只是个巧合了？"她仔细观察着他的反应。

"这个嘛……我跟你说过，我有种小小的特异功能。或许是我感受到了这一点，于是纳克索斯就跳进了我的头脑。"

玛丽安娜皱起眉头："抱歉，我不相信这些。"

"这个，我说的是实话，"他们沉默了一会儿，有些尴尬，然后弗雷德语速很快地接着说道，"听我说，如果我说的话惹你难过了，我很抱歉——"

"你没有惹我难过，真的。没事的。算了。"

"你打电话来是因为这个吗？为了告诉我这些？"

玛丽安娜摇摇头："不是。"

她也不确定自己为什么会给他打电话，或许这其实是个错误。她说服自己她需要弗雷德的帮助，而这实际上只是个借口，她很可能只是感到孤独，而且跟福斯卡见面让她有些气恼。她不免有些生自己的气，觉得自己不该找他——不过后悔也晚了，弗雷德已经来了。既然如此，他们不如尽可能利用这个机会。"跟我来，"她说，"我想给你看样东西。"

他们走进学院，横跨主庭院，接着穿过拱廊来到了厄洛斯庭院。

走进庭院时，玛丽安娜抬头看了一眼佐伊的房间。佐伊不在——她在跟克拉丽莎上课。玛丽安娜特地没有告诉她弗雷德的事，因为玛丽安娜还不清楚要怎样向佐伊解释弗雷德的身份，她也不清楚该怎样向自己解释。

他们走到塔拉宿舍的楼梯口，玛丽安娜朝一楼的窗户点点头。"这是塔拉的宿舍。她死去的当晚，她的铺床员曾看见她在七点四十五分的时候离开了这个房间。"

弗雷德指指厄洛斯庭院尽头处的院门，那扇门通往后园："她是从那里出去的吗？"

"不是，"玛丽安娜摇摇头，指了指另一个方向，穿过拱廊的路线，"她是从主庭院出去的。"

"嗯……确实有点奇怪。后门直通河边，那才是去天堂自然保护区最近的路。"

"这就说明她原本是要去别的地方。"

"去见康拉德，就像康拉德说的那样？"

"有可能，"玛丽安娜思索片刻，"还有一件事——八点钟时门房主管莫里斯看见塔拉从正门离开，既然她在七点四十五分的时候离开了房间——"

她没有说出后面的问题，弗雷德接过了她未说完的话。

"只要一两分钟就能走完的路程，她为什么花了十五分钟呢？我明白了……这个嘛，原因有很多。她可能在给人发短信，或者遇见了朋友，或者——"

他说话时，玛丽安娜看着塔拉窗外的花床，那里开着一片粉紫色的毛地黄。

就在那里，花床的泥土里有一根烟头。玛丽安娜弯腰拾起烟头，白色的过滤嘴清晰可见。

"是个美国牌子。"弗雷德说。

玛丽安娜点点头："没错……跟福斯卡教授吸的一样。"

"福斯卡？"弗雷德压低声音说道，"我听说过这个人。我在学校里有不少朋友，我听说过他的事。"

玛丽安娜看了他一眼："什么事？你在说什么啊？"

"剑桥这地方不大，闲言碎语很多。"

"什么样的闲言碎语？"

"说福斯卡名声在外——或许应该说是声名狼藉，起码他办的聚会是这样。"

"什么聚会？你都知道什么？"

弗雷德耸耸肩："我知道的不多，那些聚会只对他的学生开放，不过我听说很疯狂，"弗雷德凑近些盯着她，专注地观察着她的表情，"你觉得他跟这件事有关？跟塔拉的死有关？"

玛丽安娜认真思虑片刻，然后放下了戒备。"听我说，"她说，"我慢慢给你讲。"

他们沿着庭院的围墙漫步，玛丽安娜对弗雷德讲述了塔拉对福斯卡的控诉、福斯卡随后的否认、他确凿的不在场证明，以及即便如此玛丽安娜依然不能放下对他的怀疑。她本以为弗雷德会嘲笑她或者对她的怀疑不屑一顾，至少不会相信她——但是他没有。玛丽安娜对他的反应心怀感激。她发现自己不知不觉地对他热情了起来，而且第一次感到不再那样孤独。

"除非维罗妮卡、塞丽娜和其他学生都在说谎，"玛丽安娜总结道，"否则福斯卡从始至终都跟她们在一起——只分开过几分钟，他去外面抽烟……"

"这段时间已经足够了，"弗雷德说，"假如他在窗口看见塔拉，下楼到这里来和她碰面，就在庭院里。"

"然后跟她商量好十点钟在天堂自然保护区见面？"

"没错。这样为什么不行呢？"

玛丽安娜耸耸肩："他依然办不到。假如塔拉遇害的时间是十点，他没有足够的时间赶到那里。走到那里至少需要二十分钟时间，开车过去花费的时间可能还更长。"

弗雷德思索片刻："除非他是走水路过去。"

玛丽安娜怔怔地望着他："什么？"

"也许他是撑船过去的。"

"撑船？"玛丽安娜差点笑出声来，这听起来未免太荒唐了。

"怎么不行呢？从来没有人监视河面，没人会注意到一艘小小的平底船，尤其是在夜里。他可以悄悄地来，又不被察觉地离开……只要几分钟。"

玛丽安娜想了想："也许你说得对。"

"你会撑船吗？"

"不太会。"

"我会，"弗雷德粲然一笑，"实际上，说句自夸的话，我的撑船技术相当好……怎么样？"

"什么怎么样？"

"我们到船库去借一艘平底船试试怎么样？没什么不可以的。"

不等玛丽安娜回答，她的手机响了。是佐伊打来的。她连忙接了起来。

"佐伊？你没事吧？"

"你在哪儿呢？"佐伊的语气充满迫切和焦急，这让玛丽安娜意识到出事了。

"我在学院里。你在哪儿？"

"我和克拉丽莎在一起。警察刚刚来过——"

"怎么了？出什么事了？"

对面停顿了一下，玛丽安娜听得出佐伊在竭力控制着自己不哭出声。她再次开口时声音压得很低。"又出事了。"

"什么——你这话是什么意思？"

玛丽安娜心里清楚佐伊的意思。即便如此，她还是需要听见她亲口说出来。

"又发生了捅刺案件，"佐伊说，"他们又发现了一具尸体。"

第三部

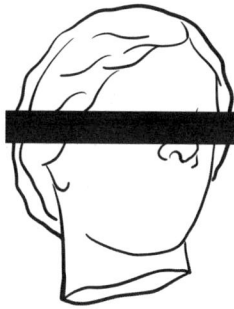

PART III

由此看来，一个构思精良的情节必然是单线的，而不是——像某些人所主张的那样——双线的。它应该表现人物从顺达之境转入败逆之境，而不是相反，即从败逆之境转入顺达之境；人物之所以遭受不幸，不是因为本身的邪恶，而是因为犯了某种后果严重的错误。

——亚里士多德《诗学》[①]

[①] 引自《诗学》，［古希腊］亚里士多德著，陈中梅译注，商务印书馆。

1

人们发现的尸体位于一片田野中，在天堂自然保护区的边缘地带。那里从中世纪起就是公用土地，当地农民自古以来便享有在此地放牧的权利，这天早上，一名来这里放牧奶牛的农民发现了这个骇人的景象。

尽管佐伊极力反对，玛丽安娜还是急切地想尽快赶到现场。她坚定地拒绝了佐伊的陪伴，下定决心要保护佐伊，不让她面对那些令人不快的事情。而这件事无论如何都不可能是件令人愉快的事。

她跟弗雷德同去，他用手机地图导航，带着她向那片田野走去。

他们沿着河岸前行，走过一座座学院、一片片草地，玛丽安娜呼吸着青草、泥土和树木的气息，思绪飘回了多年前的第一个秋天。当时她刚刚来到英国，用希腊潮湿的热浪交换了东英格兰深灰色的天空和潮湿的草地。

自那以后，英国的乡间景致总会让玛丽安娜心潮澎湃——至今依然如此。然而今天她没有丝毫心潮澎湃的感觉，只感受到恐惧带来的反胃。她深爱的田野和草原、她曾经与塞巴斯蒂安漫步的小道被永远地蒙上了阴影，不再是爱情与幸福的同义词——从今以后它们将只意味着血腥与死亡。

一路上他们几乎沉默不语。走了大约二十分钟后，弗雷德抬手指了指前方。"就在那儿。"

他们面前是一片田野，田野的入口处停着一排汽车——警车、新闻报道车一辆接一辆停在土路上。玛丽安娜和弗雷德从车旁走过，来到警戒线跟前，几名警察正在那里接待媒体，维持秩序。附近还有一小撮来看热闹的人。

玛丽安娜看了一眼看热闹的人群，突然回想起塞巴斯蒂安的尸体被从水里拖上来的那天，聚集在海滩上的那群食尸鬼般的旁观者。她记得那些面孔——关切的表情难以掩盖病态的兴奋。天啊，她恨死那些人了——此刻在这里见到同样的表情，她忍不住直犯恶心。

"走吧，"她说，"我们走。"

弗雷德站在原地没有动，看上去有些犹豫："我们这是要去哪儿？"

玛丽安娜指指警戒线后面："去那边。"

"怎么进去？他们会看见我们的。"

玛丽安娜环顾四周："你过去转移他们的注意力，我趁机溜过去怎么样？"

"没问题，这我能办到。"

"不跟我一起过来，你不介意吗？"

弗雷德摇摇头，避开了她的目光："说实话，我有点怕见血——尸体什么的。我宁愿在这里等着。"

"好的。我很快就回来。"

"祝你好运。"

"你也是。"玛丽安娜说。

他花了一点时间鼓足勇气，然后走上前去，跟那几名警察攀谈起来，向他们提问——玛丽安娜便抓住机会行动起来。

她走到警戒线前，抬起警戒线低头钻了过去。

接着她站起身径直往前走，然而没走几步便听见了呼喊声。

"嘿！你要干什么？"

玛丽安娜转过身，一名警察正向她冲过来。

"站住。你是什么人？"

不等玛丽安娜回答，朱利安打断了他们。他从法医的帐篷里走出来，对那名警员挥了挥手。"没事，她是跟我一起的，我同事。"

警察怀疑地打量着玛丽安娜，但还是退到了旁边。玛丽安娜望着他离开，然后转身对朱利安说："谢谢。"

朱利安对她笑笑："你还真是从不气馁啊，是不是？我喜欢这种性格。但愿我们不会撞上警长，"他对玛丽安娜眨眨眼，"你想不想看一眼？法医跟我是老朋友。"

他们向帐篷走去，法医正站在帐篷外面拿着手机发短信。他年过四十，个子很高，头发全秃了，湛蓝的眼睛仿佛能看穿人心。

"库巴，"朱利安说道，"我带了一位同事过来，不要紧吧？"

"你随意。"库巴看了玛丽安娜一眼。他讲话带有很轻的波兰口音。"不过我要提醒你，这可不是什么赏心悦目的场景。比上次还要糟糕。"

他戴着手套的手一比画，示意他们绕过帐篷往后走。玛丽安娜深吸一口气走了过去。

尸体就在那儿。

这是玛丽安娜见过的最骇人的景象。她甚至不敢直视。这场景看上去不像是真的。

一个年轻女子的尸体，或者说残骸，赫然躺在草地上，躯干被刀划得血肉模糊，只剩一团纠结不清的血液、内脏和泥土。头颅完好无损，双眼圆睁，注视着一切却又什么都没看见，那目光是一条通往虚无的通道。

玛丽安娜盯着那双眼睛，无法移开目光，美杜莎般的目光让她呆立在原地——即便是在死后，那双眼睛依然拥有将人石化的力量……

《马尔菲公爵夫人》中的一句台词忽然在她头脑中闪现——"盖住她的脸，晃着我的眼睛了——她死得很年轻。"

她确实死得很年轻，太年轻了。她才二十岁，下个星期她就要过生日，她打算举办一场生日聚会。

玛丽安娜之所以知道这些，是因为她立刻认出了那个女孩。

是维罗妮卡。

2

玛丽安娜离开了那具尸体。

她感到无法抑制的恶心，必须远离刚才看见的场景。她想要逃离，但她知道自己无处可逃，在她整个余生当中，刚才的景象都将在她心中萦绕不散。那鲜血、那头颅、那空洞的眼神……

停下，她心想，别再想了。

她不停地往前走，直到来到一道木栅栏跟前，栅栏把发现尸体的田野跟旁边的田野分隔开来，摇摇欲坠很不稳固，似乎随时可能坍塌，她倚着栅栏，支撑力很弱，但总比完全没有要好。

"你没事吧？"

朱利安来到她身边，关切地看着她。

玛丽安娜点点头。她忽然意识到自己眼里噙满了泪水。她很快擦掉了眼泪，有些难为情。"我没事。"

"等你见过的命案现场跟我一样多就会习惯了。说真的，我觉得你很勇敢。"

玛丽安娜摇摇头："我不勇敢，一点也不。"

"而且关于康拉德·埃利斯的事情你说得没错。案发的时候他还在拘留当中，所以他的嫌疑也排除了……"说到这里，朱利安看了一眼刚刚来到他们身边的库巴，"除非你不相信杀死她们的是同一个人。"

库巴摇摇头，从口袋里掏出一支电子烟："不，肯定是同一个家伙。相同的作案手法，我数了一下，有二十二处刀伤。"他吸了一口烟，吐出一团云雾。

玛丽安娜盯着他："她手里有样东西。是什么？"

"啊，你也注意到了？是颗松果。"

"我猜也是。真奇怪。"

朱利安瞥了她一眼："为什么这么说呢？"

玛丽安娜耸耸肩。"只是这一带并没有松树，"她思索片刻，"不知你们有没有把在塔拉尸体周围发现的东西整理成清单？"

"你问得正巧，"库巴说，"我也想到了这一点，于是就查了一下。塔拉的尸体周围也发现了一颗松果。"

"松果？"朱利安说，"真新鲜。这个东西肯定对他有特殊意义……只是我想不出究竟是什么意义。"

朱利安说话时，玛丽安娜突然回想起福斯卡教授在有关厄琉息斯的课程上展示的一张幻灯片：大理石雕刻出的一颗松果浮雕。

没错，她心想，确实有特殊的含义。

朱利安环顾四周，看上去略显失望。他摇摇头。"他是怎么做到的？在这样开阔的地方杀死被害人，然后凭空消失，浑身是血却没有目击者，找不到凶器，也没有清晰的线索……什么都没有。"

"简直像是看见了地狱的景象，"库巴说，"不过有关血的事情你说的不对。他不见得浑身是血。毕竟那些捅刺都发生在被害人死亡之后。"

"什么？"玛丽安娜注视着他，"你说这话是什么意思？"

"就是这个意思。他首先割断了被害人的喉咙。"

"你确定吗？"

"嗯，确定，"库巴点点头，"两起案件中的死亡原因都是一道深深的切口——切断了皮肉组织，一直切到颈部的骨头。被害人肯定是当场死亡的。通过伤口的深度判断……我猜他是从背后下手的。我能示范一下吗？"

他走到朱利安身后，假装手里的电子烟是一把刀，动作干脆利落地做了个示范。他作势划开朱利安的喉咙时，玛丽安娜忍不住直皱眉。

"明白了吗？动脉里的血液会向前喷射。然后他把尸体放倒在地上，在捅刺的过程中血液只会向下流淌，流进泥土里。因此他身上可能根本没有任何血迹。"

玛丽安娜摇摇头："可是这说不通。"

"为什么说不通？"

"因为那不是激情犯罪。不是丧失了理智，不是被愤怒冲昏了头脑——"

库巴摇摇头："不是。恰恰相反，他非常平静，非常理智，仿佛在表演某种舞蹈。非常精准，非常……rytualistyczny[①]……"他努力思索对应的英文单词，"非常有仪式感？这个词对吗？"

---

① 波兰语，仪式感的。

"仪式感？"

玛丽安娜注视着他，一连串的画面在她脑海中闪现：在讲台上讲授宗教仪式的爱德华·福斯卡，塔拉房间里那张写着古希腊神谕者要求献祭的明信片，以及她头脑深处那难以磨灭的记忆——有关明亮的湛蓝天空、火热的太阳以及一座献给充满报复心的女神的破败神庙。

这其中有某种东西——某种值得她深思的东西。但还没等她进一步询问库巴，身后忽然响起了一个声音。

"这里是怎么回事？"

他们转过身，桑加警长正站在他们身后，面带愠色。

3

"她到这里来干什么？"桑加警长皱着眉头问。

朱利安上前一步说道："玛丽安娜是跟我一起来的。我想她或许会对这个案件别有一番见解，而她已经为我提供了很大帮助。"

桑加警长拧开保温壶的壶盖，把盖子勉强放在栏杆柱子上保持平衡，倒了些茶。他看上去十分疲惫，玛丽安娜心想——她可不想跟他互换差事。他要做的调查刚刚翻了倍，而他唯一的嫌疑人也被排除了。玛丽安娜不想给他雪上加霜，但她别无选择。

"警长，"她说道，"你知不知道遇害者是维罗妮卡·德雷克？她是圣克里斯托弗学院的学生。"

警长略带惊异地望着她："你确定吗？"

玛丽安娜点点头："那你是否也知道这两位被害人的导师都是福斯卡教授？她们两个都是他特殊学习小组的成员。"

"什么特殊小组？"

"我真心建议你去问他本人。"

桑加警长把茶喝光之后才答道："知道了。还有其他建议吗，玛丽安娜？"

玛丽安娜并不喜欢他的语气，但她还是礼貌地微微一笑："目前就这么多。"

桑加警长把壶盖里残留的茶叶渣倒在地上，甩甩壶盖，重新拧了回去。

"我已经告诉过你，不要干涉我的调查。这么说吧。如果我再次发现你擅自闯进案发现场，我会亲自逮捕你。明白了吗？"

玛丽安娜刚要还口，却被朱利安抢了先。

"不好意思。不会再有这种事了。我们走吧，玛丽安娜。"

他带着满脸不情愿的玛丽安娜离开了另外两个人，回到了有警员守卫的警戒线旁。

"恐怕桑加警长盯上你了，"朱利安说，"如果我是你，我就不会妨碍他。他这个人讲话不客气，办事更是毫不给人留情面，"他说着对她挤挤眼，"别担心，如果有进展，我会告诉你的。"

"谢谢，真的非常感谢。"

朱利安对她笑笑："你住在哪里？他们把我安排在警局附近的一家宾馆了。"

"我住在学院里。"

"不错嘛。晚上要不要一起喝杯酒叙叙旧？"

玛丽安娜摇摇头："不行，真抱歉，我走不开。"

"哦？为什么不行？"朱利安对她粲然一笑，顺着她的目光望去，发现玛丽安娜正望着弗雷德，他正在警戒线另一侧朝她挥手。

"啊，"朱利安皱起了眉，"我明白了，你已经有安排了。"

"什么？"玛丽安娜连忙摇头，"不是的。他只是个朋友——佐伊的朋友。"

"原来如此，"朱利安对她笑笑，显然并不相信，"没事，那我们回头见，玛丽安娜。"

朱利安看上去有些心烦，转身走开了。

玛丽安娜也有些烦躁——但是是对她自己。她低头穿过警戒线，向弗雷德走去。她忍不住生自己的气。她为什么要撒那么蹩脚的谎，说弗雷德是佐伊的朋友？玛丽安娜什么亏心事都没做，她没有任何事情需要掩饰——既然如此，她为什么要撒谎呢？

当然了，除非是她没有对自己说实话，没有直面自己对于弗雷德的感情。这可能吗？假如这是真的，那么这个念头实在令她不安。

还有什么事情，她没有对自己说实话呢？

4

当消息传开,又一名圣克里斯托弗学院的学生遇害,而且还是位美国参议员的女儿——这件事很快就成了世界各地的头条新闻。

伴着美国媒体的追踪报道与全世界媒体的关注,德雷克议员和夫人登上了最早一班从华盛顿出发的航班,几个小时后便抵达了圣克里斯托弗学院。

这场景不禁让玛丽安娜想到中世纪的围城战争,成群的记者和摄影师蜂拥而至,而阻挡他们的脆弱屏障仅由几名身穿制服的警员和学院门房构成。站在最前线的是莫里斯先生,挽起袖子,做好了挥起拳头守护学院的准备。

学院大门外的石子路渐渐变成了媒体驻守的营地,一路蔓延到国王街,那里成排停放着装有车载卫星天线的面包车,河边架起了一座媒体专用帐篷,德雷克议员和夫人在那里接受了电视采访,悲痛地呼吁知情人士提供一切有关线索,以便将杀害他们女儿的凶手捉拿归案。

应德雷克议员的要求，苏格兰场①也加入了调查。从伦敦派来了增援警力，架起路障，挨家挨户地上门排查，在街巷间巡逻。

人们得知作案的是个连环杀手，整座小城都随之警觉起来。与此同时，康拉德·埃利斯被释放，针对他的所有指控都撤销了。

空气中弥漫着紧张不安的气氛，一个手持尖刀的怪物潜伏在人们之间，潜行于街巷之间，却无人看得见他，他大可以再次出手，然后隐匿在黑暗之中……这种隐身的能力使得他变得超乎常人，变成了某种超自然的力量：一个源自传说的生物、一个鬼影。

但玛丽安娜知道，他并非鬼影也不是什么怪物。他只是个普通人，无须被神化，因为他不配。

他配得到的只有恐惧和鄙夷的怜悯——前提是玛丽安娜能够在自己的内心唤起这种情绪。而据亚里士多德说，悲剧正是通过宣泄这两种情感来净化心灵的。至于作案的这个疯子，玛丽安娜对他并无了解，不足以唤起对他的怜悯之心。

但是她真真切切地感受到了恐惧。

① 伦敦警察厅代称。

199

5

我母亲常说她并不想让我过上这样的生活。

过去她常常对我说，总有一天我们会离开，她和我。但这并不容易办到。

我没受过教育，她时常这样说，我十五岁就离开了学校。答应我，你不会像我一样。你必须接受教育——只有这样才能赚到钱，只有这样才能生存下去，才能获得安全感。

我从未忘记她的话。我对安全感的渴望超乎一切。

即便是现在，我依然没有安全感。

我父亲是个身上暗藏着危险的男人，这就是我缺乏安全感的原因所在。接连喝了一阵威士忌之后，他的眼睛里会燃起小小的火苗，他会变得越发想与人争吵。要想避开他的怒火无异于在雷区里摸索前行。

在这方面，我比我母亲更擅长——我更善于保持事态平稳，与他拉开适当的距离，把对话控制在安全范围内，推测事态的走向，在必要时圆滑地应对他的怒火，引导他避开那些可能点燃他怒火的话题。而我母亲最终总会失败，只是迟早的事。无意为之也好，出于受虐心理有意为之也罢，她总会说出某些话或者做出某些事来，或忤逆他，或批评他，或者给他端上某种他不喜欢的食物。

他会双眼放光，下唇下垂，露出牙齿。她这才意识到他已经发怒，但为时已晚。桌子掀翻了，玻璃杯砸碎了。她会跑向卧室寻找藏身之地，而我无助地旁观，既不能替她还手，也没法保护她。

她会慌乱地试图锁门，但为时已晚，他会砸开房门，然后，然后……

我不明白。

她为什么不离开？她为什么不收拾好我们的行囊，在夜里带着我偷偷离开？我们原本可以一同离开的，然而她没有做出那样的抉择。为什么不呢？是她太害怕了吗？还是她不愿承认娘家人是对的，不愿承认自己犯下了一个巨大的错误，现在只能夹着尾巴逃回娘家？

抑或她不愿接受现实，抱着一丝幻想，认为局面会奇迹般地好起来？或许正是这样。毕竟她是那样擅长对自己不愿看见的事物视而不见，哪怕这些事物就在她眼皮底下。

我也学会了这样做。

我在年纪很小的时候还学会了一个道理，那就是我并非走在坚实的大地上，而是走在一片用隐形的绳索编织成的狭窄网道上，高悬于空中。我每迈出一步都必须极为小心，不能滑倒或者跌落。我的个性似乎也有着具有攻击性的一面。我的内心暗藏着可怕的秘密——就连我都不知道那些秘密究竟是什么。

然而我的父亲知道。他对我的罪孽了如指掌。

而他会相应地惩罚我。

他会带我上楼，把我关进卫生间然后锁上门——

惩罚由此开始。

现在回想起他——那个满心惊惧的小男孩，我会因为悲伤而心疼吗？会感受到同情带来的剧痛吗？他只是个孩子，我犯下的种种罪行都与他无关，他满心恐惧，痛苦不堪。我会有瞬间的感同身受吗？我能体会他所处的困境、他经历的一切吗？

不，我不能。

我会把怜悯之心从心底根除。

我不配。

6

维罗妮卡生前最后一次被人看见是她在六点钟离开了《马尔菲公爵夫人》的排练场地ADC剧院，也就是业余戏剧俱乐部剧院。在那之后她仿佛人间蒸发了一般——直到第二天她的尸体被人找到为止。

这怎么可能呢？

凶手怎么可能凭空现身，在光天化日之下劫持她，既没有目击者也没留下痕迹？对此玛丽安娜只能得出一个结论：维罗妮卡是自愿跟着他离开的。她安静而顺从地走向了死亡，因为她认识并且信任那个把她带到案发地的男人。

第二天一早，玛丽安娜决定去维罗妮卡最后出现的地方看一看。于是她向位于公园街的ADC剧院走去。

这座剧院原本是一座古旧的驿站旅舍，十九世纪五十年代才改为剧院。黑色字母构成的标志写在入口上方。

大告示牌上贴着即将上演的剧目的宣传海报，是《马尔菲公爵夫人》。既然公爵夫人由维罗妮卡扮演，玛丽安娜推测演出不会举办了。

她走到大门前试了试，门上了锁，门厅里没有亮灯。

她犹豫片刻，然后转身绕过街角，来到剧院的侧面。两扇铸铁大门封住了一座庭院，那里曾经是马厩。玛丽安娜试了试这扇门——门没锁，轻轻一推就开了，她于是走进庭院。

院里便是剧院的后门，她走上前试了试，但是门上了锁。

她有些失望，正要放弃，忽然有了个主意。她看了看消防逃生梯，那是一条螺旋楼梯，直通往剧院二楼的酒吧。

玛丽安娜读书时，ADC酒吧最出名的一点就是它的营业时间持续到很晚。她和塞巴斯蒂安经常在星期六夜里赶在酒吧打烊之前最后点上一杯，在那里微醺地慢舞、接吻。

她登上台阶，盘旋拾级而上，来到楼梯顶端——安全出口出现在她面前。

玛丽安娜没抱太大希望，伸手拉动了门把手。令她吃惊的是门竟然开了。

她略微犹豫了一下，然后走了进去。

7

ADC酒吧是一间老式酒吧，高脚凳上包着天鹅绒，酒吧里散发着啤酒味和陈旧的烟味。

里面没开灯，幽暗的房间里影影绰绰，玛丽安娜有片刻的分神——角落里几个正在接吻的残影扰乱了她的心绪。

这时，一声巨响吓了她一跳。

紧接着又是一声巨响，整座楼似乎都在随之颤抖。

声音是从楼下传来的，玛丽安娜决定下去看看。她离开酒吧，向剧院深处走去，尽可能保持安静，顺着剧院中心的楼梯下了楼。

又一声巨响。

声音似乎就来自表演厅。玛丽安娜在楼梯底部等了一会儿，仔细倾听，剧院却又陷入了沉寂。

她蹑手蹑脚地来到表演厅门外，微微打开一道门缝向里面窥探。

表演厅里好像是空的。《马尔菲公爵夫人》的布景还立在舞台上，德国表现主义风格的布景展现的是噩梦般的监狱场景，倾斜的墙壁和栏杆被拉长、扭曲成怪异的角度。

舞台上有个年轻人。

他上身赤裸，浑身是汗。他似乎正全神贯注地用锤子拆除整个布景。他的动作透着暴力，令人心生不安。

玛丽安娜小心翼翼地走下过道，走过一排排空着的红色座椅，来到舞台跟前。

直到玛丽安娜站在舞台下方，紧靠着他，他才注意到她。那个人约莫六英尺高，黑色的头发理得很短，脸上的胡茬约有一个星期没有刮了。他最多不过二十一岁，然而他看上去既不年轻也不友善。

"你是谁？"他瞪着玛丽安娜说。

玛丽安娜临时决定撒个谎："我是——一名心理治疗师——来协助警方开展工作。"

"呃对。他们刚来过。"

"没错，"玛丽安娜听出了他的口音，"你是希腊人吗？"

"怎么了？"年轻人望向她的眼神多了一丝兴趣，"你也是吗？"

说来也怪，玛丽安娜在一念之间决定对他说谎。说不清为什么，她不希望这个年轻人知道任何跟自己有关的事情。不过若她跟他显得亲密些，或许能从他口中套出更多信息。"我是半个希腊人。"她说着微微一笑。接着她又换成希腊语说道："我是在雅典长大的。"

听见这话，年轻人显得很欣慰，似乎平静下来，怒气也略有消散，"我的老家在萨罗尼加，很高兴认识你，"他对她一笑，露出了牙齿，他的牙齿很尖利，像剃刀，"我来拉你一把。"

接着，他突然猛地弯腰用力一拉，毫不费力地把玛丽安娜提了起来，把她放在了舞台上。她落地时脚下略有些踉跄："谢谢你。"

"我叫尼科斯，尼科斯·库里斯。你叫什么名字？"

"玛丽安娜。你是学生吗？"

"对，"尼科斯点点头，"我负责这部剧，"他抬手指指周围毁掉的布景，"我是导演。你现在看到的就是我戏剧之梦的毁灭过程，"他说着无奈地笑笑，"演出取消了。"

"是因为维罗妮卡吗？"

尼科斯满面怒容："我特地请了一位经纪人从伦敦过来看演出。忙了一整个夏天，筹备演出，全白忙了……"

他凶狠地扯下一大块布景墙，墙体砸在地上发出一声闷响，整个地面都随之颤抖。

玛丽安娜仔细观察着他，他整个人似乎都在因为愤怒而颤抖，充斥着几乎难以抑制的狂怒，他仿佛随时有可能失控，不分青红皂白地展开攻击——下一个被击倒的可能是玛丽安娜，而不是布景。他让玛丽安娜感到很害怕。

"我在考虑，"她说道，"我能不能问你几个有关维罗妮卡的问题？"

"什么问题？"

"我很好奇你最后一次见到她是什么时候。"

"带妆彩排的时候。我给了她一些批评意见，她很不高兴。说实话，她是个很平庸的演员，远不如她自己以为的那么有天赋。"

"原来如此。她的情绪怎么样？"

"我告诉她批评意见之后吗？不好。"他说着露齿一笑。

"她是几点钟离开的，你还有印象吗？"

"我记得大约六点吧。"

"她说过她要去哪儿吗？"

"没说，"尼科斯摇摇头，"不过我认为她是要去见那名教授。"他转移了注意力，开始把椅子叠在一起。

玛丽安娜看着他，心跳得很快，说话时的声音似乎有些喘不上气。

"教授？"

"对，"尼科斯耸耸肩，"想不起来他的名字了。他来看彩排了。"

"他长得什么样子，你能描述一下吗？"

尼科斯思索片刻。"高个子、络腮胡、美国人，"他看了一眼手表，"你还有什么想知道的？我挺忙的。"

"没有了，就这些，谢谢你。我可不可以去化妆室看一眼？维罗妮卡有没有在那里留下什么东西，你知道吗？"

"我记得没有。警察把东西全带走了。没剩下多少东西。"

"如果可以的话，我还是想去看看。"

"去吧，"他往舞台侧面一指，"从这里下楼梯，在左边。"

"谢谢。"

尼科斯盯着她看了一会儿，若有所思，但他什么也没说。玛丽安娜快步向舞台侧面走去。

那里很黑，几秒钟后她的眼睛才逐渐适应了黑暗。不知出于什么原因，玛丽安娜回头看了一眼身后的舞台——只见尼科斯在撕扯布景，玛丽安娜看见他的脸由于愤怒而扭曲。他受不了事态不按照自己的意愿发展，玛丽安娜心想。那个年轻人的心里涌动着真正的怒火，她暗自庆幸自己可以离开他。

她转身快步走下狭窄的台阶，来到了剧院的腹地——化妆室。

所有演员共用一间化妆室，里面颇为狭窄。成排的戏服跟假发、化妆品、道具、书本和梳妆台争抢着本就不宽裕的空间。她望着满屋的杂物，根本无从分辨哪些才是维罗妮卡的东西。

玛丽安娜不禁怀疑自己在这里找不到任何有用的东西。然而就在这时……

她向梳妆台望去，每张梳妆台上都有一面镜子，周围装饰着用口红潦草画下的爱心图案、亲吻的印记和演出成功的祝福语。镜子的边框上插着一些卡片和照片。

一张明信片立刻吸引了玛丽安娜的目光。它看上去和其他卡片截然不同。

她上前仔细查看。图片是宗教主题，上面是一位圣女的画像。画面上的圣女面容姣好，留着长长的金发，就像维罗妮卡一样。一支银色的匕首插在她脖颈里，更加令人毛骨悚然的是她手里捧着一只托盘，上面摆着两只人的眼睛。

这画面看得玛丽安娜想吐。她伸出颤抖的手，从镜框上扯下那张明信片，翻了过来。

跟上一次一样，上面是一段手写的古希腊语引文：

ἴδεσθε τὰν Ἰλίου

καὶ Φρυγῶν ἐλέπτολιν

στείχουσαν, ἐπὶ κάρα στέφη

βαλουμέναν χερνίβων τε παγάς,

βωμόν γε δαίμονος θεᾶς

ῥανίσιν αἱματορρύτοις

χρανοῦσαν εὐφυῆ τε σώματος δέρην

σφαγεῖσαν.

8

第二桩谋杀案发生后，圣克里斯托弗学院内的氛围显得震惊而毫无生机。

这种气氛给人的感受仿佛一场瘟疫或者某种传染病正在学院里蔓延——就像希腊神话中那场摧毁了底比斯的疾病。看不见摸不着的毒素在空气中传播，弥漫在学院的庭院里，这些古老的砖墙曾经保护人们不受外界的纷扰，如今它们却已无法再为里面的人提供庇护。

尽管院长多次声明会保证学生的安全，依然有越来越多的家长选择接走自己的孩子。玛丽安娜不怪他们，她也不怪那些想要离开的学生。有时她也恨不得一把抱起佐伊，把她带回伦敦去。但她知道，这样的建议自己连提都不必提起。她们现在所处的状态是默认佐伊要留下来，玛丽安娜也一样。

维罗妮卡的遇害给佐伊带来的冲击尤为强烈。这件事给佐伊带来的困扰甚至连她自己都感到惊讶。她说她觉得自己很伪善。

"我是说，我对维罗妮卡甚至连喜欢都谈不上，我也不明白我为什么哭得停不下来。"

玛丽安娜猜测佐伊是在用维罗妮卡的死亡表达自己对塔拉之死的一部分悲痛情绪，这种悲痛过于巨大，过于骇人，使她无法面对。所以此刻的眼泪其实是好的、是健康的。佐伊啜泣时，她把这些话告诉了佐伊，坐在床上搂着她，前后摇晃着。

"没事的，亲爱的。没事的。哭出来就没那么难过了。"

佐伊的眼泪终于渐渐止住了，然后玛丽安娜坚持要带她去吃午饭。过去的二十四小时里她几乎什么都没吃，双眼通红、筋疲力尽的佐伊答应了。去食堂的路上她们遇见了克拉丽莎，克拉丽莎建议她们跟她一起到高桌餐区吃饭。

高桌餐区是食堂里专门留给教职工和访客的就餐区，位于宽敞的食堂大厅尽头，在一个舞台似的高台子上，桌子上方的橡木墙板上挂着历任院长的肖像。食堂另一头是为学生准备的自助餐区，由身穿整洁的马甲、打着领结的餐饮部门工作人员运营。本科生全都坐在长条桌边，桌子沿着食堂大厅的长边顺势摆放。

食堂里的学生不多，玛丽安娜忍不住打量里面的学生，只见他们纷纷压低声音交谈，神情焦灼，偶尔吃上几口饭。没有哪个学生的气色看起来明显比佐伊好。

佐伊和玛丽安娜跟克拉丽莎一起坐在另一头的高桌餐区，离其他教职工很远。克拉丽莎饶有兴致地仔细读着菜单。尽管发生了许多可怕的事件，她的胃口依然很好。"我要一份野鸡肉，"她说，"还有……再来一份红酒酿梨，或者太妃糖布丁。"

玛丽安娜点点头："你呢，佐伊？"

佐伊摇摇头："我不饿。"

克拉丽莎关切地看着她："你得吃些东西才行，亲爱的……你的气色不太好。你得吃点儿东西才有精神。"

"来份清炖鲑鱼配蔬菜怎么样？"玛丽安娜说，"可以吗？"

佐伊耸耸肩："行。"

服务员走过来记下了她们点的菜，然后玛丽安娜把自己在ADC剧院找到的那张明信片拿给她们看。

克拉丽莎接过明信片，细细查看上面的图片："啊，如果我没看错的话，是圣露西。"

"圣露西？"

"你不知道她吗？作为一名圣人，她确实不太为人熟知。她是戴克里先迫害基督徒时的一位殉道者，大约在公元300年。她在被人刺死之前先被挖出了双眼。"

"可怜的露西。"

"确实非常可怜，因此她成了盲人的主保圣人。她的形象通常就是这样，用托盘端着自己的眼睛，"克拉丽莎把明信片翻到背面，默读上面的希腊语，嘴唇无声地嚅动，"好吧，"她说道，"这次的引文来自《在奥利斯的伊菲革涅亚》，是欧里庇得斯的作品。"

"讲的是什么？"

"讲的是伊菲革涅亚被指引着走向死亡的故事，"克拉丽莎喝了一口葡萄酒，翻译道，"'头上戴着花冠，被除的清水'……'去用她涌出的血'……'潮洒那渴血女神的祭坛'①。'αἱματορρύτοις'在希腊语里的意思是'在她那美丽的颈项切断了的时候'。"

---

① 引自《在奥利斯的伊菲革涅亚》，［古希腊］欧里庇得斯著，周作人译，上海人民出版社。

玛丽安娜忍不住作呕："天啊。"

"确实非常影响食欲。"克拉丽莎说着把明信片还给玛丽安娜。

玛丽安娜看了佐伊一眼："你觉得如何？有没有可能是福斯卡寄给她的？"

"福斯卡教授？"佐伊查看明信片时，克拉丽莎带着惊讶的神情说道，"你该不会是说——你不会以为是教授——"

"福斯卡有一群他最喜欢的学生。这事你知道吗，克拉丽莎？"玛丽安娜说着短暂地瞥了一眼佐伊，"他们私下见面，不让外人知道。他管她们叫少女学社。"

"少女学社？"克拉丽莎说，"这是我头一次听说。或许是从'使徒学社'借鉴来的？"

"'使徒学社'？"

"丁尼生加入的秘密文学社团——他就是在那里结识哈勒姆的。"

玛丽安娜盯着她，过了好一会儿才说出话来。她点了点头："也许是吧。"

"当然了，'使徒学社'的成员都是男性。我猜'少女学社'的成员都是女生？"

"正是这样。而且塔拉和维罗妮卡都是这个小组的成员。你不觉得这个巧合很蹊跷吗？佐伊，你觉得呢？"

佐伊看上去有些不自在，但她也点了点头，看了克拉丽莎一眼："说实话，我认为这正像是他会做的事情，寄一张这样的明信片。"

"你为什么会这样说？"

"因为这位教授就是这种老派的人——我是说寄明信片。他经

214

常给人手写信件。还有上个学期他开过一门课，讲的就是信件作为一种艺术形式的重要性……但我知道，这什么都证明不了。"

"证明不了吗？"玛丽安娜说，"我看倒不见得。"

克拉丽莎敲敲手里的明信片。"你觉得这是什么意思呢？我——我不明白这样做的目的是什么。"

"意思就是这是一场游戏。用这种形式宣告他的意图，这是一种挑战，而他乐在其中，"她谨慎地斟酌着字句，"还有一件事，或许连他自己都没有意识到。他之所以选择这些引文，其实是有原因的，这些文字对他另有一番深意。"

"怎么说？"

"我也不确定，"玛丽安娜摇摇头，"我也不理解——而我们必须搞懂这件事。只有这样我们才能阻止他。"

"这个'他'，你说的是爱德华·福斯卡？"

"也许吧。"

克拉丽莎的神情显得极为不安。她摇摇头，但是没有继续说下去。玛丽安娜沉默地端详着面前那张明信片。

饭菜端上桌，克拉丽莎大口吃起了午饭，玛丽安娜的注意力则转向了佐伊，看到她也吃了点东西，她才放下心来。

吃饭的过程中她们没再提起爱德华·福斯卡，但他依然停留在玛丽安娜的思绪里——在阴影中徘徊不去，仿佛她头脑中的一只蝙蝠。

9

午饭过后，玛丽安娜和佐伊决定到学院的酒吧喝一杯。

酒吧里明显比平常安静得多。里面只有寥寥几个学生在喝酒。玛丽安娜看见塞丽娜独自坐在酒吧里，没有注意到她们。

佐伊点了两杯葡萄酒，与此同时玛丽安娜向酒吧尽头走去——塞丽娜就坐在那里的高脚凳上拿着手机发短信，面前的金汤力马上就要喝光了。

"你好啊。"玛丽安娜说。

塞丽娜抬头看了她一眼，没做任何回应，继续低头看手机。

"你还好吗，塞丽娜？"

没有回应。玛丽安娜向佐伊投去求救的目光，佐伊做了个喝酒的动作。玛丽安娜点了点头。

"我能再请你喝一杯吗？"

塞丽娜摇摇头："不行，我马上就得走了。"

玛丽安娜微微一笑："你的秘密心上人？"

这样说显然是个错误。塞丽娜扭头望着玛丽安娜，言辞之激烈令她大吃一惊。

"你到底有什么毛病？"

"什么？"

"福斯卡教授究竟哪里惹到你了？你好像中了邪似的。你在警察面前说他什么坏话了？"

"我不知道你在说什么。"

玛丽安娜私下却松了口气，桑加警长总算听取了她的意见，去盘问福斯卡了。

"我什么坏话也没说，"她说，"我只是建议他们问他几个问题。"

"好啊，他们确实问了，问得还不少。也问了我，这下你开心了吧？"

"你对他们说什么了？"

"说了实话，说星期三夜里维罗妮卡被人杀死的时候我跟福斯卡教授在一起——我整个晚上都在跟他上课。这总行了吧？"

"他没有离开过？就连吸烟也没离开过？"

"就连吸烟也没离开过。"

塞丽娜冷冷地瞪了玛丽安娜一眼，这时一条短信吸引了她的注意力。她读完短信，站起了身来。

"我该走了。"

"等一等，"玛丽安娜压低声音说道，"塞丽娜，你要格外注意安全，知道吗？"

"哼，滚一边去。"塞丽娜抓起包走出了酒吧。

玛丽安娜叹了口气。佐伊在塞丽娜空出的吧椅上坐了下来。

"看来不太顺利。"

"确实，"玛丽安娜摇摇头，"很不顺利。"

"现在怎么办呢？"

"我也不知道。"

佐伊耸耸肩："如果维罗妮卡遇害的时候福斯卡教授跟塞丽娜在一起，那他就不可能作案。"

"除非塞丽娜在撒谎。"

"你真的认为她愿意为他撒谎吗？还是两次？"佐伊抛给她一个犹豫不决的眼神，耸了耸肩，"我觉得不好说，玛丽安娜……"

"什么？"

佐伊躲避着她的目光，好一会儿没有说话："你对待他的方式——有点儿奇怪。"

"奇怪？你这话是什么意思？"

"这两桩谋杀案教授都有不在场证明，而你依然揪住他不放。这原因究竟在他还是在你呢？"

"我？"玛丽安娜不敢相信自己的耳朵，她感到自己由于愤慨而脸红了起来，"你在说什么啊？"

佐伊摇摇头："算了。"

"你要是有话想对我说，直说就好。"

"说了也没用的。我知道，我越是劝你不要盯住福斯卡教授不放，你反而会把他盯得越紧。你太固执了。"

"我不固执。"

佐伊笑了："塞巴斯蒂安常说你是他见过的最固执的人。"

"他从没对我说过。"

"但是他对我说过。"

"我不明白这是怎么回事，佐伊。我不明白你究竟想说什么？我怎么盯住福斯卡不放了？"

"你自己说说看。"

"什么？你是在暗示我对他有好感吗——我对他没那个意思！"

她意识到自己提高了声音，酒吧另一头的几名学生听见了她说的话，纷纷向她这边张望。玛丽安娜徘徊在与佐伊争执的边缘，在她记忆中这还是头一次，她感到一种毫不理性的愤怒。怎么会这样呢？

有片刻的工夫，他们怒视着彼此。

是佐伊先让了步。"算了，"她说着摇摇头，"对不起，是我在胡说。"

"我也很抱歉。"

佐伊看了看表："我得走了。我有一节讲《失乐园》的课。"

"那你快去吧。"

"晚饭见？"

"哦……"玛丽安娜有些迟疑，"我来不了。我——我得去见——"

她不想把自己跟福斯卡吃晚饭的事情告诉佐伊——起码现在不能说，否则佐伊又会联想到许多原本不相干的事。

"我——我得去见一位朋友。"

"是谁？"

"你不认识，大学时的一位老朋友。快去吧，不然要迟到了。"

佐伊点点头。她在玛丽安娜脸上轻快地吻了一下，玛丽安娜捏捏她的手臂："佐伊，你也要注意安全，好吗？"

"你是说不要上陌生男人的车吗？"

"别说傻话，我是认真的。"

"我能照顾好自己的，玛丽安娜。我不怕。"

最让玛丽安娜担心的正是她那种天不怕地不怕的语气。

10

佐伊离开后，玛丽安娜又在吧台坐了一会儿，慢悠悠地喝着杯里的葡萄酒，头脑中不停地回想她们的对话。

如果佐伊说的没错呢？如果福斯卡果真是无辜的呢？

在两起谋杀案中，福斯卡都有不在场证明，然而尽管如此，玛丽安娜仍然在头脑里围绕着福斯卡编织出了一张疑虑之网，仅仅凭借着蛛丝马迹——究竟凭借什么呢？她甚至连事实依据都没有，没有那么实实在在的东西，只有细枝末节的小事：佐伊眼神里的担忧，他教过塔拉和维罗妮卡希腊戏剧，以及玛丽安娜坚信是福斯卡寄去了那些明信片。

直觉告诉她，给那两个女孩寄明信片的人正是杀害她们的人。这个想法在桑加警长那样的人看来或许只是不着边际的猜想，甚至像是妄想，但是对玛丽安娜这样的心理治疗师来说，直觉往往是她唯一的线索，尽管这看上去确实令人难以置信——一位大学教授用如此骇人、如此张狂的方式谋杀自己的学生，竟然还想逍遥法外。

然而……假如她的猜测是对的……

那么福斯卡确实做到了逍遥法外。

可如果她的猜测是错的呢？

玛丽安娜必须厘清头绪，但她无法思考，她的头脑一片混沌，而且这并非是她喝了酒的缘故。近来发生的一切令她应接不暇，而且越来越缺乏自信。接下来该怎么办呢？她对于下一步要采取的行动感到茫然无措。

冷静，她心想，假如我是在为患者做治疗时有了这样的感受，感到难以理解、无力应对，我会怎么做呢？

她立刻有了答案。她会去寻求帮助，这是自然。她会寻求督导。

这个主意不错。

拜访督导老师对她有益无害，而离开这里去伦敦，逃离这座学院和这里有毒的气氛，哪怕只有几个小时的时间也足以让她好好地缓口气。

没错，她心想，就这么办——我要给鲁思打个电话，明天就去伦敦见她。

不过在那之前，今晚她还要赴约，就在剑桥本地。

她约了八点钟吃晚饭——跟爱德华·福斯卡一起。

11

八点钟，玛丽安娜向福斯卡的住处走去。

她望着那扇气派的大门。旁边挂着一块黑色门牌，上面用白色的花体字写着爱德华·福斯卡教授。

她听见房间里传来古典音乐的声音。她敲了敲门，无人应答。

她又敲了敲门，这次声音更大了些。起初依然无人应答，后来——

"门开着呢，"远处传来一个声音，"上来吧。"

玛丽安娜深吸一口气，定了定神，然后打开了门。迎接她的是一座榆木楼梯：古老、狭窄，有些地方的木头变了形，凹凸不平。她上楼时不得不格外小心脚下。

音乐声越来越响了，有伴着乐声用拉丁语朗诵的宗教主题的咏叹调或者赞美诗。她依稀觉得自己听过这音乐，却一时想不起是在哪里。乐声优美，却似乎隐含着不祥的预兆，搏动的拨弦声仿佛心跳的声音，应和着玛丽安娜上楼时焦灼的心跳声，颇有些讽刺的意味。

来到楼梯顶端，房门开着。她走进房间，最先映入她眼帘的是过道处悬挂的巨大十字架。十字架的样式很精美——用深色的实木制成，上面带有做工精巧的哥特式繁复雕花——然而它过于巨大，给人带来了压迫感，玛丽安娜加快脚步走了过去。

她走进客厅，发现很难看清周围的环境，融化了一半、变了形的蜡烛零散分布在房间里，是屋子里唯一的光源。过了几秒钟，她的眼睛才习惯了这阴森幽暗、弥漫着熏香的环境，烛光中腾起黑色的烟雾，使她越发难以看清周围的环境。

客厅很宽敞，窗户可以俯瞰楼下的庭院，几扇门分别通往不同的房间，墙壁几乎全被画作覆盖，书架上也塞满了书本。墨绿色和黑色相间的墙纸上重复出现叶子和植物的图案，营造出一种令人不安的气氛——玛丽安娜不由得产生了一种置身于丛林的错觉。

壁炉上方和桌子上摆放着雕像和装饰摆件：一只骷髅头在暗处幽幽地发着光，还有一座小小的潘神雕像——头发蓬乱，手里抓着酒囊，腿、犄角和尾巴都和山羊一样。这座雕像旁边放着一颗松果。

玛丽安娜突然有种被人盯着的感觉——她感到一双眼睛的目光落在自己后脖颈上，于是连忙转过身。

爱德华·福斯卡就站在她背后。玛丽安娜没听见他走进房间的声音。莫非他一直站在阴暗处观察着她？

"晚上好。"他说道。

他乌黑的眼睛和雪白的牙齿在烛光中闪闪发亮，微乱的头发散落在肩头。他穿一件黑色的无尾晚礼服，挺括的衬衫纤尘不染，颈间系着一只黑色领结。他看上去英俊极了，玛丽安娜心想——又立刻为自己竟然会有这样的想法而气恼起来。

"我没想到我们要吃高端晚餐。"她说。

"不高端。"

"可是你穿得——"

"啊，"福斯卡低头看看自己的衣服，对她笑笑，"我不常有机会跟这样美丽的女士共进晚餐，所以才想打扮得正式些。我来给你倒点儿喝的。"

不等玛丽安娜回答，他取出了插在银色冰桶里那瓶已经打开的香槟，给自己添了一杯，然后为玛丽安娜倒了一杯，把酒递给了她。

"谢谢。"

爱德华·福斯卡站在原地没有动，望着玛丽安娜，乌黑的眼睛审视着她。

"敬我们。"他说。

玛丽安娜没有重复他的祝词，她把酒杯举到唇边呷了一口香槟。香槟冒着泡，口感清爽，颇为提神。这酒的味道不错，但愿它能平复紧张的情绪。玛丽安娜这样想着，又喝了一小口。

楼下响起了敲门声。福斯卡淡淡一笑："啊，肯定是格雷格①。"

"格雷格？"

"餐饮部的。"

伴随着一阵轻快的脚步，格雷戈里——一个脚步轻巧、举手投足透着柔韧、身穿马甲、打着领带的服务生出现在他们面前，他一只手提着保温箱，另一只手则提着隔热箱，对玛丽安娜微微一笑。

"晚上好，女士，"他看了教授一眼，"要我来吗？"

---

① 格雷戈里的昵称。

"当然，"福斯卡点点头，"请吧。摆在桌上就好，我来布菜。"

"没问题，先生。"

格雷戈里走进餐厅不见了。玛丽安娜带着疑惑看了福斯卡一眼。他微微一笑。

"我希望我们能有一点私人空间，而食堂无法提供这种环境，我又不擅长做饭——所以我就劝说餐饮部把食堂送上门了。"

"你是怎么做到的？"

"通过一笔丰厚的小费。具体的数目我就不透露了，以免你说我是在恭维你。"

"太麻烦你了，教授。"

"叫我爱德华就好。而且我很乐意这样做，玛丽安娜。"

他微微一笑，静静地望着她。玛丽安娜觉得有些不自在，移开了目光。她的目光飘向了茶几……以及上面的松果。

"那是什么？"

福斯卡顺着她的目光望去："你是说那颗松果吗？没什么，只是个能让我想起家乡的小玩意儿。怎么了？"

"我记得你的幻灯片里出现过一颗松果，在有关厄琉息斯秘仪的那堂课上。"

福斯卡点点头。"对，确实，你说得没错。每个新加入秘仪的成员在入场时都会得到一颗松果。"

"原来如此，为什么偏偏是松果呢？"

"这个嘛，其实跟松果本身的关系不大，而是有关它的象征意义。"

"什么象征意义？"

福斯卡笑笑，盯着她看了片刻："是种子——松果里的种子。我们体内的种子——我们体内的灵魂。这象征着开放思想，专注于审视内心，寻找自己的灵魂。"

福斯卡拿起那颗松果，递给了玛丽安娜。

"我把它送给你。它是你的了。"

"不用了，谢谢，"玛丽安娜摇摇头，"我不想要。"

她说这句话的语气比她设想的更尖锐些。

"好吧。"

福斯卡似乎被她逗乐了。他把松果放回茶几。他们沉默了一会儿，不久，格雷格回来了。

"全都准备好了，先生。布丁放进冰箱了。"

"谢谢。"

"晚安。"他对玛丽安娜点头致意，然后离开了房间。玛丽安娜听见他走下楼梯，关上了门。

只剩下他们二人。

他们沉默了一会儿，凝视着彼此，周围渐渐弥漫出紧张的氛围。玛丽安娜真切地感受到了这种气氛，但她不清楚福斯卡的感受——在他镇静而迷人的举止之下究竟隐藏着什么。这个人几乎叫人完全猜不透。

他抬手向隔壁的房间示意。

"我们走吧？"

12

餐厅里光线昏暗，墙面上镶着木墙板，长条餐桌上铺着雪白的亚麻桌布，长长的蜡烛在银烛台上燃烧，一瓶红酒已经倒进了醒酒器，放在餐边柜上醒酒。

在餐桌背后，从窗户向外望，长在庭院中央的橡树映着越来越暗的天色，星光在枝杈间闪烁。玛丽安娜心想，换作其他情况，在这个古朴华丽的房间里吃饭会是无比浪漫的一件事。然而此刻却不是这样。

"请坐。"福斯卡说。

玛丽安娜走到桌边，两个座位面对面。她坐下来，福斯卡则向餐边柜走去，饭菜已经摆在了柜子上——一条羊腿、烤土豆还有一盆青翠的沙拉。

"真香啊，"他说道，"相信我——吃这个绝对比我亲自下厨要好得多。我对美食还算有品位，不过论厨艺我就很平庸了。只会做一些家常意面，都是意大利母亲教给自己儿子的。"

他对玛丽安娜笑笑，拿起一把切肉用的大刀，刀子在烛光中闪着光。玛丽安娜望着他敏捷而娴熟地运刀切开了羊肉。

"你是意大利裔？"她说。

福斯卡点点头："二代移民。我的祖父母是从西西里岛乘船来的。"

"你是在纽约长大的？"

"不完全是，在纽约州长大。一座农场，四周很荒凉。"

福斯卡往玛丽安娜的盘子上放了几片羊肉、几颗烤土豆还有一些沙拉，然后开始为自己准备类似的食物。

"你是在雅典长大的？"

"是的，"玛丽安娜点点头，"就在市郊。"

"多有异域风情啊。真叫我羡慕。"

玛丽安娜笑笑："在我看来，纽约州的农场也一样。"

"如果你去过那里就不会这么想了。简直是个垃圾场。我早就想离开那里了。"说这话时，他脸上的笑容退了下去，仿佛变了一个人，看上去更坚硬、更苍老了。他把盘子放在玛丽安娜面前，然后端起自己的盘子走到餐桌另一头，坐了下来。"我喜欢一成熟的肉。希望你不介意。"

"没事的。"

"开动吧。"

玛丽安娜望着面前的餐盘，薄如刀片的羊肉那么生、那么粗犷，亮闪闪的红色血液从肉里渗出，在白色的瓷盘上漫延开，积成一汪小小的血泊。看着那些肉，她忍不住有些反胃。

"谢谢你应邀来跟我吃晚饭，玛丽安娜。正如我在学院花园里说的那样，你让我很好奇。别人对你有兴趣，这肯定也会让你心生好奇的，你肯定也有过同样的感受，"他呵呵笑了几声，"今天的晚饭就是我对你的回报。"

玛丽安娜拿起叉子，却无法说服自己吃下那块肉。她转而吃起了土豆和沙拉，不时挪动绿色的菜叶，不让它们沾上不断扩大的血泊。

她感觉到福斯卡的眼睛在盯着自己。他的目光如此寒冷——仿佛蛇怪的目光。

"你还没吃羊肉呢，尝尝吧？"

玛丽安娜点点头，切下一小块肉，把鲜红的薄片送进嘴里。羊肉湿漉漉的，带着金属味，是血的味道。她用尽全力强迫自己咀嚼，然后咽了下去。

福斯卡微微一笑："很好。"

玛丽安娜伸手去拿酒杯，用香槟冲掉了嘴里残留的血腥味。

福斯卡看见她的酒杯空了，于是站起身："喝点红酒怎么样？"

他走到餐边柜前，倒了两杯暗红色的波尔多葡萄酒。他转身走回来，把其中一杯递给玛丽安娜。她把酒放到唇边，喝了一口。红酒入口，带着泥土的气息和沙砾感，十分饱满。她空腹喝了香槟，已有些许醉意，她不该再喝了，不然很快就会醉的。但她没有停下来。

福斯卡重新坐下，笑眯眯地望着她："跟我讲讲你的丈夫吧。"

玛丽安娜摇摇头。不。

他显得很惊讶："不行？为什么呢？"

"我不想。"

"就连他的名字都不想说吗？"

玛丽安娜低声说："塞巴斯蒂安。"

说不清是为什么，仅仅是说出他的名字，玛丽安娜仿佛就凭空变出了他——她的守护天使——这让她感到安全了许多，也平静了许多。塞巴斯蒂安在她耳畔低语，不要怕，亲爱的，坚持自己的立场。不要害怕……

玛丽安娜决定听从他的建议。她站起身，目不转睛地与福斯卡目光相接。"跟我讲讲你自己吧，教授。"

"叫我爱德华就好。你想知道些什么呢？"

"给我讲讲你的童年。"

"我的童年？"

"你的母亲是怎样一个人？你和她亲近吗？"

福斯卡笑了。"我母亲？你是打算一边吃晚饭一边给我做心理治疗吗？"

玛丽安娜说："我只是好奇而已。除了做意面，她还教过你什么呢？"

福斯卡摇摇头："很遗憾，我母亲教给我的事情非常少。你呢？你的母亲是怎样一个人呢？"

"我不了解我的母亲。"

"啊，"福斯卡点点头，"依我看，我也不能算真正了解我的母亲。"

他打量了玛丽安娜一会儿，若有所思，玛丽安娜看得出他的头脑在快速运转。他的头脑很敏锐，她心想，像刀子一样锋利，她必须小心行事。她换上一种漫不经心的语气。"你童年过得快乐吗？"

"我看出来了，你是铁了心要把这顿饭吃成一场心理治疗。"

"不是治疗，只是闲聊而已。"

"闲聊是双向的，玛丽安娜。"

福斯卡面带微笑，等着她开口。见自己别无选择，她只好作答。

"我自己的童年不算特别快乐，"她说，"或者说，有时候不算特别快乐。我非常爱我的父亲，可是……"

"可是什么？"

玛丽安娜耸耸肩："我生命里有太多的死亡。"

有片刻的时间他们四目相对。福斯卡缓缓地点点头，"没错，我在你的眼神里看得出，里面蕴藏着巨大的悲伤。你知道吗，你让我想到了丁尼生一首诗中的女主人公——在壕沟围护的庄园里的玛丽安娜：'他不来了，'她说，'我乏了，乏了。我宁愿我死了。'"

他微微一笑。玛丽安娜移开了目光，她感到自己被暴露在外，莫名地恼火。她伸手去拿酒杯，喝光了杯里的红酒，然后面对着他。

"轮到你了，教授。"

"好极了，"福斯卡呷了一口红酒，"我是个快乐的孩子吗？"他摇摇头，"不，我不是。"

"为什么呢？"

他没有立即回答，而是起身取来了红酒瓶，给玛丽安娜倒酒时他才开口。

"说实话吗？我父亲是个很暴力的人。我总在为自己的性命担忧，为我母亲的性命担忧。我不止一次亲眼见到他残暴地对待我母亲。"

玛丽安娜没有料到他会如此开诚布公。诚然，他说的话听上去很真实，然而他的语气极为冷漠，不带任何情感，他仿佛什么都没感受到。

"真抱歉，"她说，"这太糟糕了。"

福斯卡耸耸肩，没有回答。他重新坐下，说道："你自有一套办法，能从别人嘴里套出自己想要的信息，玛丽安娜。我看得出来，你是一位优秀的治疗师。尽管我原本不想对你敞开心扉，但是最后，你还是成功地让我躺在了你的沙发上，"他笑笑，"我是说心理治疗用的沙发。"

玛丽安娜犹豫了一下："你有过婚姻吗？"

福斯卡开怀大笑。"思路够连贯的。我们这是要从沙发转移到床上了吗？"他对她笑笑，又喝了口酒，"不，我没结过婚。我从没遇见过对的人，"他注视着玛丽安娜，"目前还没有。"

玛丽安娜没有回答，福斯卡依然盯着她，目光沉重而热切，久久不肯移开。玛丽安娜觉得自己像一只被车灯照耀的兔子，她想起了佐伊曾经用过的词——"晃眼睛"。她终于无法承受这样的注视，移开了视线，福斯卡似乎觉得这样的反应很有趣。

"你很美，"玛丽安娜听见他说道，"但你拥有的不仅仅是美貌。还有一种特殊的气质——沉静的气质。就像海洋深处的那种沉静，远在波涛之下，万物静止。无比沉静……又无比悲伤。"

玛丽安娜没有说话。她不喜欢这场对话的走向——她感到自己渐渐失了上风，甚至可能从未占过上风。而且她有点醉了，福斯卡突然把话题从爱情转向谋杀，这令她措手不及。

"今天早上，"福斯卡说道，"桑加警长来找过我。他想知道维罗妮卡遇害的时候我在哪里。"

他看了玛丽安娜一眼，或许是在期待她的反应。玛丽安娜没做任何反应。"你怎么说的？"

"照实说的，说我在房间里给塞丽娜上私人辅导课。我还建议他，如果不相信我说的话，可以去问塞丽娜。"

"原来如此。"

"警长问了我许多问题，其中最后一个和你有关。你知道他问我什么吗？"

玛丽安娜摇摇头："不知道。"

"他想知道你为什么会对我有这么大的偏见。我究竟做了什么，才会让人对我有这种看法。"

"你是怎么说的？"

"我说我也不知道，但是我会问问你的，"他笑了笑，"所以我现在要问问你，玛丽安娜，这究竟是怎么回事？自从塔拉遇害你就开始四处奔走，鼓动大家怀疑我。要是我告诉你我是无辜的呢？我倒是可以配合你，做你的替罪羊，可是——"

"你不是我的替罪羊。"

"不是吗？一个外来人员——一个混进充斥着精英主义的英国学术界的蓝领美国人。我在这里太扎眼了。"

"当真？"玛丽安娜摇摇头，"我倒认为你完全融入了这里的环境。"

"这个嘛，我自然要尽最大努力融入环境，但归根结底，尽管英国人的仇外情绪比美国人含蓄得多，我依然永远是个外国人，也因此永远会被怀疑的目光审视，"他的眼睛紧盯着玛丽安娜，"你也一样——你也不属于这里。"

"我们谈论的对象不是我。"

"嗯，是你——我们是一路人。"

玛丽安娜皱起眉："我们不是，完全不是。"

"噢，玛丽安娜，"他笑了，"你该不会真的以为我会杀害自己的学生吧？这太荒唐了。话说回来，有那么几个确实很该死。"他说着又笑了，那笑声让玛丽安娜不寒而栗。

玛丽安娜注视着他，感到自己刚刚得以一瞥真正的福斯卡：冷酷、有施虐的潜质、毫无爱心。她知道自己即将踏入一个暗藏危险的领域，但喝下的红酒为她增添了勇气，使她变得莽撞了许多，而此刻的机会一旦错失，很可能再也不会出现。她小心翼翼地斟酌着字句。

"那么，我想知道的是，你认为究竟是什么样的人杀害了她们？"

福斯卡看着她，这个问题似乎令他吃了一惊。但他点了点头。"说来也巧，我考虑过这个问题。"

"我也相信你考虑过。"

"在我看来，"福斯卡说道，"首先吸引我注意的是其中的宗教元素。这一点再清楚不过，他是个有宗教信仰的人。至少在他自己眼中是这样。"

玛丽安娜想到了悬挂在过道的十字架。跟你一样，她心想。

福斯卡呷了口红酒继续说道："这些凶杀案不是随机发生的袭击事件，我认为警察还没有看透这一点。这些案件是一场献祭行为。"

玛丽安娜猛然抬起头："献祭行为？"

"没错，这是一场宗教仪式——关于重生与复活的仪式。"

"我可没见到什么复活，只见到了死亡。"

"这完全取决于你从哪个角度看待它，"福斯卡笑笑，"还有一件事我要告诉你，他是个演员，热衷于表现。"

跟你一样，玛丽安娜心想。

"这些凶杀案让我联想到詹姆士一世时期的悲剧作品，"他说，"凶残而恐怖——在震慑人心的同时达到娱乐效果。"

"娱乐?"

"在戏剧效果方面。"

他微微一笑。玛丽安娜忽然产生了一种强烈的冲动，她想逃离他身边，越远越好。她把盘子一推："我吃完了。"

"确定不要再来点吗?"

她点点头："足够了。"

13

福斯卡教授提议去客厅里喝杯咖啡，吃点甜品，玛丽安娜不情愿地跟着他来到了隔壁。他抬手指指壁炉旁边的黑色大沙发。"请坐吧。"

玛丽安娜十分不想坐在他身边，离他这样近——说不清为什么，这让她很没有安全感。这时一个念头出现在她脑海里——与福斯卡独处时连她都感到如此不安，一个十八岁的女孩子又会有怎样的感受呢？

她摇摇头："我累了。我不吃甜品了。"

"先别走，别急。我给你煮点咖啡。"

不等她拒绝，福斯卡已经离开了房间，走进厨房不见了。

玛丽安娜有种逃跑的冲动，她想不顾一切地离开这里。她感到头昏脑胀，满心挫败感，又为自己感到恼火。她什么收获也没有，没有了解到任何新的、此前不知道的信息。她应该趁福斯卡还没回来及时脱身，以免到时候被迫抵抗他展开的情欲攻势，或者其他更糟糕的状况。

她思考着下一步的行动，目光扫过整个房间，落在了茶几上的一小摞书本上。她盯着放在最上面的那本书，头偏向一侧，以便看清书名。

《欧里庇得斯悲剧集》

玛丽安娜回头向厨房的方向看了一眼，不见福斯卡的身影。她快步向那本书走去。

她伸手拿起那本书，夹在书里的红色皮书签露了出来。

她翻开夹着书签的那一页，是《在奥利斯的伊菲革涅亚》中的一场。书页的一侧是英文，另一侧则印着古希腊语原文。

其中有几行被划了线。玛丽安娜立刻辨认出了那段文字。正是寄给维罗妮卡的明信片上的那段引文：

ἴδεσθε τὰν Ἰλίου

καὶ Φρυγῶν ἐλέπτολιν

στείχουσαν, ἐπὶ κάρα στέφη

βαλουμέναν χερνίβων τε παγάς,

βωμόν γε δαίμονος θεᾶς

ῥανίσιν αἱματορρύτοις

χρανοῦσαν εὐφυῆ τε σώματος δέρην

σφαγεῖσαν.

"你在看什么呢？"

玛丽安娜吓了一跳——福斯卡的声音就在她背后。她猛地合上

238

书，转过身面对着他，勉强挤出一个笑容："没什么，只是随便看看。"

福斯卡递给她一小杯浓缩咖啡："给。"

"谢谢。"

他瞥了一眼那本书："想必你也猜到了，欧里庇得斯是我最欣赏的剧作家之一。我时常把他想象成我的一位老朋友。"

"是吗？"

"嗯，没错。他是唯一敢道出真相的悲剧作家。"

"真相？关于什么的真相？"

"关于一切。生命、死亡、人类犯下的令人难以置信的暴行。他都会原原本本地呈现出来。"

福斯卡抿了一口咖啡，注视着她。玛丽安娜望着他乌黑的眼睛，不再有丝毫怀疑。她确信无疑：

与她四目相对的正是一名杀人凶手。

PART IV

第四部

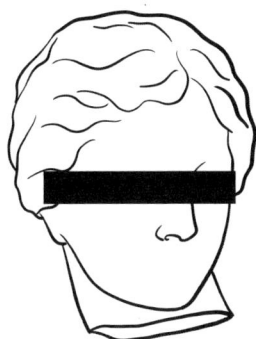

PART IV

因此，当面前这个男人的言谈、举止都与我们的父亲相似，即便是成年人……也会服从他，赞扬他，任凭自己被他操纵，并且会信赖他，直到最后完全臣服于他，在这个过程中，人们甚至不会意识到自己已经被这个人征服。人们通常不会意识到自己正在经历童年的某种延续。

——爱丽丝·米勒《始于教养》

是孩子指导大人，好像清晨指导白昼。

——约翰·弥尔顿《复乐园》①

---

① 引自《复乐园·斗士参孙》，［英］弥尔顿著，朱维之译，上海译文出版社。

1

死亡，以及在那之后发生的事，总是令我充满兴趣。

我猜测，这是自雷克斯的事之后开始的。

雷克斯是我最早的记忆。一只美好的动物，一条黑白相间的牧羊犬，最棒的物种。我扯它的耳朵，想要骑在它身上，它默默地忍受了蹒跚学步的幼儿所能做出的一切粗暴的行为，即便如此，见到我向它走来时，它依然会对我摇尾巴，充满爱意地跟我打招呼。那是一堂有关原谅的课——不止一次，而是一遍又一遍。

它教会我的远比原谅更多。它教会了我死亡。

我将满十二岁的时候，雷克斯日渐衰老，看管羊群也有些力不从心。我母亲建议让它退休，换条年轻的狗来接替它。

我知道我父亲不喜欢雷克斯，有时我甚至怀疑他恨它。抑或他恨的其实是我的母亲？我母亲很爱雷克斯，甚至比我更加爱它。她爱它无条件的依恋，也爱它的沉默无言。雷克斯是她密不可分的伙伴，陪着她终日劳作，她为它做饭，照料它，对待它比对待自己的丈夫更加用心，我记得我父亲曾在一次争执中这样说过。

我至今记得母亲建议再养一条狗时我父亲是怎么说的。当时我们都在厨房里。我坐在地上抚摸着雷克斯，我母亲在炉灶旁做饭，我父亲给自己倒了一杯威士忌。那不是他那天喝的第一杯威士忌。

我不会掏钱喂两条狗的，他说，我会先把这条打死。

过了几秒钟我才听懂他说的话，才完全明白他的意思。我母亲摇了摇头。

不行，她说道。那是她第一次认真说不。你敢动这条狗一下，我就——

怎么着？我父亲说，你想威胁我？

我知道接下来会发生什么。挺身而出保护别人需要真正的勇气。在那一天，她正是替雷克斯这样做的。

当然，我父亲仿佛发了疯。砸向我的玻璃杯告诉我为时已晚，我早该逃走寻求庇护的，就像雷克斯那样，它从我怀里一跃而起，半个身子已经逃到了门外。我别无选择，只能坐在地上，无处可逃，任凭我父亲掀翻桌子，离我只有分毫之差。我母亲则用盘子砸向他作为反击。

他大步穿过破碎的盘子冲向她。他高举着拳头，她背靠着操作台无路可逃。接着……

她拿起了一把刀——一把用来切羊肉的大刀。她举起刀，正对着我父亲的胸口，对准他的心脏。

小心我杀了你，他妈的，她说道，我是认真的。

房间里沉寂了片刻。

我忽然意识到她真的有可能把刀刺向他。让我失望的是她没有那样做。

我父亲一个字也没说，转身离开了房间，厨房的门在他身后重重地摔上了。

有一会儿工夫，我母亲一动不动。接着她哭了起来。看见自己的母亲哭泣是一件很可怕的事情。这会让你感到极其无能，极其无助。

我会替你杀掉他，我说。

这反而让她哭得更厉害了。

就在这时……我们听见了一声枪响。

接着又是一声。

我不记得自己怎样离开房子，又怎样跌跌撞撞地来到了院子里。我只记得眼前的雷克斯瘫软在地上，身体还在流血，而我父亲大步走开了，手里拿着他的步枪。

我望着雷克斯的生命渐渐枯竭。它的眼神变得凝滞而空洞，舌头渐渐变蓝，四肢慢慢变得僵硬。我无法移开视线。我有种预感——即便是在那个少不经事的年纪——这只动物的死亡将在我生命中留下永远无法抹去的印迹。

柔软、潮湿的皮毛，支离破碎的身体，鲜血。我闭上了眼睛，却依然看得见。

那些血。

后来母亲跟我一起把雷克斯抬到大坑旁边，扔了进去，它坠入大坑深处，跟其他没人要的残骸一起腐烂。我知道，跟它一同坠入大坑的还有我内心的一部分。善良的那一部分。

我努力酝酿感情，想流下眼泪，可我却哭不出来。那只可怜的动物从没伤害过我，它带给我的只有爱和善意。

而我却连为它哭一场都做不到。

取而代之的是我学会了仇恨。

一颗冰冷、坚硬的仇恨的内核在我心中渐渐成形，仿佛黝黑的煤炭内心的一颗钻石。

我发誓永远不会原谅我父亲，还发誓总有一天我要报仇。但在那之前，在我长大之前，我无处可逃。

于是我躲进了想象力的世界。在我的幻想中，我父亲饱受折磨。

而我也一样。

在锁了门的浴室里，在存放干草的阁楼上，在谷仓背后无人看见的地方，我会逃离——逃离我的身体，逃离我的思想。

我会幻想残酷、骇人的血腥死亡场景：中毒后的痛苦，残暴的捅刺——肢解，开膛破肚。我被掏空内脏、大卸八块，被折磨致死。我会流血。

我会站在床上，假装自己即将被邪教牧师当作牺牲品献祭。他们会抓住我，将我推下悬崖，坠落，落进海里，坠入海洋深处——海怪在那里盘旋游动，等待着将我吞没。

我会闭上双眼从床上跳下。

然后，我将被撕成碎片。

2

离开福斯卡教授的住处，玛丽安娜只觉得脚下不稳。

虽然她喝的酒比平常多，但这种感觉与红酒和香槟并无关系，而是与刚刚看见的东西给她带来的震撼有关——他书里那段划线的希腊语。说来也怪，她心想，醍醐灌顶和醉酒竟会让人有同样的感受。

她不能独自保守这个发现，必须跟别人谈一谈。可是她该跟谁谈呢？

她在庭院里停下脚步思考这件事。去找佐伊显然不行——起码在经过了上次对话之后，现在还不行，佐伊是不会把她的想法当真的。她需要的是一个有同情心的倾听者。她想到了克拉丽莎，但她也不确定克拉丽莎是否想要相信她。

那么只剩下一个人了。

她掏出手机拨通了弗雷德的电话。他说他非常乐意跟她谈谈，并建议大约十分钟后在"栀子"碰头。

栀子餐厅是一家位于剑桥中心地带的希腊式小餐馆，供应夜宵快餐，为一代又一代的学生所熟知，被大家亲切地称为"栀子"。玛丽安娜沿着蜿蜒的行人小巷向餐厅走去，店面尚未映入眼帘，她已经闻到了店里的香味——薯条在热油里滋滋作响，混合着炸鱼的香气扑面而来。

餐厅十分狭小，只能容纳区区几名顾客——因此人们通常聚集在门外，在小巷里吃东西。弗雷德站在门口的绿色雨棚底下等她，招牌上写着：像希腊人那样休息下吧。

玛丽安娜走向餐厅，弗雷德对她粲然一笑。

"你好。要不要来点薯条？我请客。"

闻到油炸薯条的香气，玛丽安娜这才意识到自己很饿——在福斯卡的住处她几乎没碰那顿血淋淋的晚餐。她感激地点点头。

"想吃。"

"马上就来，女士。"

弗雷德蹦蹦跳跳地往店里走，在门口的台阶上绊了一跤，撞到了另一名顾客，那人骂了他一句。玛丽安娜忍不住笑了——他果真是她见过的最笨手笨脚的人。他不久便出来了，手里拿着两只白色的纸袋，被热气腾腾的薯条撑得胀鼓鼓的。

"给，"弗雷德说，"要番茄酱还是蛋黄酱？"

玛丽安娜摇摇头。"都不用，谢谢。"她向薯条吹着气等它变凉，过了一会儿，她尝了一根。薯条撒了盐，味道很冲，有点儿太冲了，因为里面还加了醋。她咳嗽起来，弗雷德担心地看着她。

"醋放多了吗？不好意思。"

"不要紧，"玛丽安娜笑笑，摇了摇头，"很好吃。"

"那就好。"

他们相对而立，静静地吃了一会儿薯条。玛丽安娜边吃边打量着他，在路灯的柔光的映照下，他本就稚嫩的面容显得更加青涩。他就是个半大孩子，玛丽安娜心想，一个热情洋溢的童子军。那一瞬间她竟对他产生了真挚的怜爱之情。

弗雷德注意到她在看自己，怯生生地对她笑笑，一边大口吃薯条一边说道："我知道这句话说出口我肯定会后悔，但我还是要说，你给我打电话让我非常开心，因为这说明你肯定想我了，哪怕只有一点点——"弗雷德看见她的表情，脸上的笑容顿时退了下去，"啊，我明白了，我会错意了。你给我打电话不是因为这个。"

"我给你打电话是因为发生了一些事——我想跟你谈一谈。"

弗雷德脸上又浮现出一丝希望："这么说你确实想跟我聊天？"

"打住，弗雷德，"玛丽安娜翻了个白眼，"你好好听我说嘛。"

"你说。"

弗雷德吃着薯条，玛丽安娜向他讲述了先前发生的事——包括她发现的明信片，以及她在福斯卡的书里看见的划线的引文。

他一言不发地听她讲完这一切，然后才开口："你打算怎么办呢？"

玛丽安娜摇摇头："我也不知道。"

弗雷德拂掉嘴边的薯条碎屑，把纸袋揉成一团扔进了垃圾桶。玛丽安娜望着他，揣摩着他的神情。

"你不认为我是在凭空幻想？"

"不，"弗雷德摇摇头，"我不这么认为。"

"即使他有不在场证明——两起案件都有？"

弗雷德耸耸肩："为他做过不在场证明的女生中的一个已经死

了。"

"是的。"

"而且塞丽娜有可能在说谎。"

"是的。"

"当然了，还有另一种可能——"

"是什么？"

"有人跟他合作。一名同案犯。"

玛丽安娜注视着他："我没想到这一点。"

"没什么不可能的。这样就能够解释他为什么会同时出现在两个地方了。"

"确实有这种可能。"

"你看起来不太信服。"

玛丽安娜耸耸肩："他给我的印象不是那种会跟人合作的人。他很像是个独来独往的人。"

"也许吧，"弗雷德思索片刻，"总之我们需要的是证据——你知道的，确凿的证据——否则没人会相信我们的。"

"我们怎么才能搞到证据呢？"

"得想想办法。我们明天一早再碰头，做个计划。"

"明天我来不了，我得去伦敦。不过我回来后可以给你打电话。"

"好的，"他压低了声音，"不过，玛丽安娜，你听我说，福斯卡肯定知道你盯上他了，所以……"

他没有把话说完，玛丽安娜却读出了剩下的半句话并对他点点头。

"别担心，我会小心的。"

"那就好，"弗雷德停顿了一下，又说道，"我还有最后一件事要说，"他咧嘴一笑，"你今天晚上看起来漂亮极了，美得令人难以置信……你愿意赏个面子做我的妻子吗？"

　　"不，"玛丽安娜摇摇头，"我不愿意。不过谢谢你的薯条。"

　　"不客气。"

　　"晚安。"

　　他们相视一笑，玛丽安娜转身离开了。走到街角时，她脸上仍带着笑意，她回头望去——弗雷德已不见了踪影。

　　奇怪——他仿佛人间蒸发了。

　　她朝学院的方向走去，半路上玛丽安娜的手机忽然响了。她取出衣袋里的手机看了一眼——来电号码被隐藏了。

　　她稍有迟疑，然后接通了电话："喂？"

　　无人回答。

　　"喂？"

　　一片寂静——接着传来了低语声。

　　"你好啊，玛丽安娜。"

　　她怔住了。"你是谁？"

　　"我能看见你，玛丽安娜。我一直在监视你——"

　　"亨利？"玛丽安娜确定是他，她听出了他的声音，"亨利，是你吗？"

　　电话挂断了。玛丽安娜站在原地盯着手机看了一会儿，感到深深的不安。她环顾四周——然而街上空无一人。

3

第二天早上，玛丽安娜早早起床去了伦敦。

她离开房间，穿过主庭院时向厄洛斯庭院瞥了一眼。

他就在那里——爱德华·福斯卡——站在楼梯间外面抽着烟。

但他并非孤身一人，而是在跟人交谈——那是一名背对着玛丽安娜的学院门房。根据体形和身高判断，那人显然是莫里斯。

玛丽安娜快步向拱廊走去，藏在墙后小心翼翼地探头张望。

她隐约感到这件事值得追查下去。福斯卡脸上的表情让她心存疑惑，那是一种掩饰不住的恼火的表情，玛丽安娜此前从未在他脸上见过这样的表情。弗雷德说的那番话立刻出现在她脑海里——福斯卡可能有同伙。

那个人会是莫里斯吗？

她看见福斯卡悄悄地把一样东西塞进了莫里斯手里，看样子好像是只鼓囊囊的信封。信封里装的会是什么呢？钱吗？

玛丽安娜的想象力开始驰骋，她任由自己的想象肆意驰骋。莫里斯在敲诈福斯卡——是这样吗？他是不是收了福斯卡的封口费？

莫非这就是她需要的东西——确凿的证据？

莫里斯突然转身离开了福斯卡——他向玛丽安娜所在的方向走来了。

她连忙缩回脑袋，紧贴墙根站着。莫里斯大步穿过拱廊从她身边经过，根本没察觉她。玛丽安娜望着他穿过主庭院，走出了大门。

她快步跟了上去。

4

　　玛丽安娜紧赶几步出大门，在街上远远地跟着莫里斯。看他的样子似乎全然不知自己被人跟踪了，他步履悠闲，自顾自地吹着口哨，显然并不着急，反而很享受这样的漫步。

　　他信步走过伊曼纽尔学院和街边的联排式房子，从锁在栅栏上的自行车旁边经过，然后左转走进一条小巷，不见了踪影。

　　玛丽安娜快步来到小巷口，向里面张望。里面的小路很窄，两侧各有一排房子。

　　这是一条死胡同，结束得很突然。小路被一堵墙拦腰截断：那是一堵古旧的红色砖墙，上面爬满了常春藤。

　　令玛丽安娜吃惊的是莫里斯没有停下脚步，而是径直向那堵墙走去。

　　他来到墙根，把手指插进松动的砖块留下的缝隙里抓紧，然后爬了上去。接着，他轻松地攀上墙头翻了过去——消失在了墙的另一面。

糟了，玛丽安娜心想。她迟疑了一会儿。

然后她快步走到墙根底下，打量着面前的墙壁，不确定自己能否爬过去。她仔细查看墙砖，找到了一处可以抓手的地方。

她伸出手抓住那块砖，可是砖块从墙上脱落了，她向后跌去。

她扔掉那块砖，又试了一次。

这一次玛丽安娜爬了上去。她费了不少力气才爬上墙头翻了过去，然后掉到了墙的另一面……

她进入了一个全新的世界。

5

墙的另一侧没有道路，也没有房屋，只有野生的青草、针叶树和疯长的黑莓丛。过了几秒钟，玛丽安娜才辨认出自己身在什么地方。

这是米尔路上那片废弃的公墓。

近二十年前，玛丽安娜曾经来过这里一次，那是在一个闷热的夏日午后，她和塞巴斯蒂安逛到这里探险。当时她就不大喜欢这片公墓，觉得这里阴森森的，有些荒芜。

现在她依然不喜欢这里。

她站起身环顾四周，没有莫里斯的踪影。她侧耳细听，周围一片寂静，没有脚步声——连鸟鸣声也没有。只有一片死寂。

她望着面前的景象，被苔藓和巨大的冬青树丛掩盖的一座座坟墓犹如一片海洋，一条条步道在其中彼此交错。许多墓碑已经破败倒塌，或者断裂成两半，在疯长的野草地上投下参差交错的黑影。墓碑上的姓名和年月早已被岁月和风雨抹去。这些无人铭记的逝者，这些被人遗忘的生命。整片公墓充斥着巨大的失落感和空虚感，玛丽安娜迫不及待地想要离开这里。

她沿着小路走向最近的一道围墙。她可不想在这个时候迷路。

她忽然停下脚步仔细聆听——依然没听见脚步声。

什么都没有。没有任何声响。

她把莫里斯跟丢了。

或许是莫里斯发现了她，故意将她甩掉了？若是这样，再跟下去也没有意义了。

她正要转身往回走，一座高大的雕塑忽然吸引了她的目光：那是一个男性天使，落在十字架上展开双臂，宽大的翅膀有几处缺损。玛丽安娜盯着那个天使看了一阵，心神有些恍惚。雕像颜色黯淡、残破不堪，却依然有种美感——他的面容与塞巴斯蒂安有几分相似。

就在这时，玛丽安娜察觉到了动静——就在雕像背后，透过树木的枝叶，一个年轻女子走在小路上。玛丽安娜立刻认出了她。

是塞丽娜。

塞丽娜没看见玛丽安娜，她来到了一座长方形的平顶石头墓穴前。墓穴可能是用白色大理石建造的，不过如今已经布满灰色的斑迹和绿色的苔藓，四周开满野花。

她在墓穴顶上坐下，掏出手机看了一眼。

玛丽安娜藏在不远处的一棵树背后，透过树枝的缝隙暗中观察。

只见塞丽娜抬头望去，看见一个男人穿过草木向她走来。

正是莫里斯。

莫里斯向塞丽娜走去，两个人都一言不发。他摘下圆顶礼帽放在一块墓碑上，然后伸手握住了塞丽娜的后脑勺，他猛地用力把她拉了起来，粗鲁地亲吻着她。

玛丽安娜看见莫里斯一边亲吻塞丽娜一边把她放倒在大理石墓穴上。他爬到她身上，他们开始做爱，动作激烈，充满了野性。玛丽安娜感到有些恶心，却又愣在原地无法移开视线。就在这时，他们达到了高潮——跟开始同样的突然，接着便是沉默。

　　他们一动不动地躺了一会儿，接着莫里斯站起身。他整理了衣服，伸手取下圆顶礼帽，掸掉了上面的灰尘。

　　玛丽安娜觉得自己也该脱身了。她后退一步——一根树枝在她脚下断开了。

　　响亮的咔嚓声。

　　透过树枝的缝隙，她看见莫里斯环顾四周。只见他示意塞丽娜不要出声，接着走到一棵树背后，玛丽安娜便看不见他了。

　　玛丽安娜转过身沿着小路快步往回走。可究竟哪里才是入口呢？她决定按来时的路线顺着围墙原路返回。她转过身——

　　莫里斯就站在她身后。

　　他瞪视着她，喘着粗气。片刻的沉默。

　　莫里斯低声说道："你他妈的到底要干什么？"

　　"什么？你说什么？"玛丽安娜想从他身边绕开，但莫里斯拦住了她的去路。他冷冷一笑。

　　"看表演看得很尽兴嘛，是不是？"

　　玛丽安娜只觉得脸上发烫，移开了目光。

　　莫里斯笑笑："我算是看透你了。你别想骗我，一秒钟都别想骗过我。从一开始我就看穿了你。"

　　"你什么意思？"

　　"意思就是少多管闲事——用我爷爷的话来说——否则有你好

果子吃。听明白了吗？"

"你是在威胁我吗？"

玛丽安娜强装镇定，莫里斯却只是笑笑。他最后打量了一眼玛丽安娜，然后转身信步走开了。

玛丽安娜站在原地止不住地发抖，她害怕又气愤，忍不住想流眼泪。她感到自己被定在了原地动弹不得。这时她抬起头，看见了那尊雕像——天使凝视着她伸出双臂，仿佛要拥抱她。

那一刻，对塞巴斯蒂安的思念吞没了她——她想要他把自己拥进怀里，搂着她，为她而战。但他已经不在了。

玛丽安娜必须学会为自己而战。

6

玛丽安娜登上了去伦敦的快车。

火车中途没经停站，似乎在向着目的地一路狂奔。列车的行驶速度甚至有些过快，在轨道上疯狂地颠簸碰撞，失控般地摇来晃去。铁轨嘎吱作响，在玛丽安娜听来宛若高亢的哀号声——仿佛有人在尖叫。车厢的门无法关严，不断地敞开又重重关上，每一次都伴随着撞击声，吓她一跳，扰乱她的思绪。

她要思考的事情很多。跟莫里斯的正面交锋令她感到深深的不安。她努力想要厘清头绪。看来他就是塞丽娜暗中约会的那个男人。怪不得他们不敢声张——与学生的私情一旦被人发现，莫里斯的饭碗肯定保不住了。

玛丽安娜真心希望这就是全部的真相。但说不清为什么，她心中依然存有疑虑。

莫里斯跟福斯卡之间还有事，可究竟是什么事呢？这跟塞丽娜又有什么关系？难道他们在联手威胁福斯卡？如果真是这样，这场游戏可谓十分危险，他们与之作对的人是个心理变态——一个已经杀过两次人的心理变态。

玛丽安娜看错了莫里斯，而现在她明白了。她对他老派绅士的举止一见倾心，然而他并非绅士。玛丽安娜想起他威胁自己时那凶狠的目光。他想要吓住她——而他确实成功做到了。

砰！车厢的门猛地撞响，把她吓了一跳。

别这样，她心想，这样下去你会把自己搞疯的。她打算转移注意力，想想其他事。

她掏出一本一直放在包里的《英国精神病学杂志》翻看起来，想要阅读杂志里的内容，却无法集中精力。还有另一件事在烦扰着她：她始终无法摆脱有人正在监视自己的感觉。

她回头环顾整个车厢——整个车厢只有寥寥几个人，她一个都不认识，至少没有她认得出来的面孔。看样子也没人在监视她。

但她依然无法摆脱这种被人暗中观察的感觉。随着火车离伦敦越来越近，一个令人不安的念头冒了出来。

如果她真的看错了福斯卡呢？如果凶手是个陌生人——对她而言是个隐形人，而他就坐在这里，在这节车厢里，此时此刻他正在观察她，那会怎样呢？想到这里玛丽安娜打了个冷战。

砰——车门响了。

砰。

砰。

7

不久以后火车便驶进了国王十字站。离开车站时，玛丽安娜依然觉得自己正在被人暗中观察。她有种芒刺在背、毛骨悚然的感觉，仿佛一双眼睛正盯着她的后脖颈。

她确信无疑，此刻就有人站在她背后，她猛然转过身——几乎确信自己会看见莫里斯——

但他并不在。

然而那种感觉依然萦绕不散。来到鲁思家时她依然心中充满不安，感到周围暗藏着危险。或许是我疯了，她心想，或许就是这样吧。

无论有没有发疯，她都迫不及待地想要见到那位在红坊住宅区5号等着她的老妇人。按下门铃的那一刻，她感到如释重负。

玛丽安娜还在读书时，鲁思是培训她的治疗师。玛丽安娜取得治疗师资格之后，鲁思就成了她的督导老师。在心理治疗师的生活中，督导老师扮演着十分重要的角色——玛丽安娜会向她汇报病人的情况、治疗小组的情况，鲁思还会帮助玛丽安娜分析她自己的感受，把患者的情绪和她自己的情绪作区分——这往往没那么容易做到。如果没有这种督导，治疗师的情感很容易超出负荷，在治疗时感受到的痛苦会淹没她自身的情绪，在这种情况下她可能难以在治疗中保持那种至关重要的客观情绪。

塞巴斯蒂安去世后，玛丽安娜开始更加频繁地与鲁思见面，比从前更加需要她的支持。她们的会面名义上是督导，实际上则更像是心理治疗——鲁思则劝她干脆全身心投入其中：重新开始接受心理治疗，由鲁思为她进行治疗。但是玛丽安娜拒绝了。对此她无法给出准确的解释，她需要的不是心理治疗，她需要的只是塞巴斯蒂安。再多的谈话治疗也无法取代塞巴斯蒂安。

"玛丽安娜，亲爱的，"鲁思打开门，对她报以热情的微笑，"请进吧！"

"你好，鲁思。"

走进永远散发着薰衣草香气的客厅，听着壁炉上方的银色挂钟发出令人安心的嘀嗒声，这一切都让她感到很舒适。

她坐在自己常坐的位置上——有些褪色的蓝色沙发的边上。鲁思坐在她对面的扶手椅上。

"你在电话里听起来很苦恼，"鲁思说道，"跟我说说吧，玛丽安娜？"

"我不确定该从哪里说起。我猜整件事的开始是在那天晚上，佐伊从剑桥给我打来电话的时候。"

接着，玛丽安娜开始讲述她的经历，尽可能讲述得清晰而全面。鲁思听着她的讲述，不时点点头，但是很少说话。玛丽安娜讲完后，鲁思沉默了一会儿。她几乎难以察觉地叹了口气——一声悲伤而疲愈的叹息，比一切华丽的言辞都能更好地反映玛丽安娜内心的痛苦。

"我能够感受到这件事给你带来的压力，"鲁思说，"你不得不保持坚强，为了佐伊，为了学院，为了你自己——"

玛丽安娜摇摇头："我倒是无所谓，但是佐伊和那些女孩子……我真害怕——"她说着，眼里噙满了泪水。鲁思探过身，把纸巾盒向她推了推。玛丽安娜抽出一张纸巾擦了擦眼睛。"谢谢，真抱歉。我自己也不知道我为什么要哭。"

"你之所以会哭，是因为你感到很无助。"

玛丽安娜点点头："确实。"

"但实际并非如此。这你是知道的，是不是？"鲁思对她鼓励地点点头，"你的能力比你想象的要强得多。归根结底，学院不过是另一个小组——一个内心存在病症的小组。假如在你负责治疗的小组中存在这种性质的事物——充满毒害、恶意和杀气……"

鲁思没有把话说完。玛丽安娜琢磨着她说的话。

"我会怎么做呢？这是个好问题，"她点点头，"我猜我会跟他们谈一谈——我是说跟整个治疗团谈一谈。"

"跟我的想法不谋而合，"鲁思说话时眼里闪烁着光芒，"跟少女学社的那些女孩子谈一谈，不是单个谈话，而是去跟整个小组谈话。"

"你的意思是，建立一个治疗小组？"

"有何不妥呢？跟她们开展一次小组治疗，看看有什么新发现。"

玛丽安娜忍不住笑笑："这个想法很有吸引力。但我不确定她们对此会有什么反应。"

"你有空可以想想，这就够了。你知道的，只有以小组的形式——"

"才能治愈整个小组，"玛丽安娜点点头，"是的，我明白了。"

她沉默了一会儿。这个建议非常好——虽然不容易实现，但这个建议涉及她真正了解并且对之抱有信念的东西，她已经觉得那种无力应对的感觉有所减轻。她感激地对鲁思笑笑。"谢谢你。"

鲁思有些迟疑地说："还有一件事。这件事没那么容易说出口……是我才注意到的一件事，跟这个名叫爱德华·福斯卡的男人有关。我希望你在跟他打交道的时候格外谨慎。"

"我对他一直很谨慎。"

"是为了你自己吗？"

"什么意思？"

"就是说，看样子这个人在你心里激起了复杂的情绪与联想……你刚才居然没有提到你的父亲，这让我很惊讶。"

玛丽安娜诧异地望着鲁思："我父亲跟福斯卡有什么关系？"

"这个嘛，他们两个都是富有魅力的男人，在各自的领域里颇具影响力——而且，根据你的描述判断，他们两个都高度自恋。我在想，你会不会有种冲动，想要博得爱德华·福斯卡这个人的认同，就像对你父亲那样。"

"没有，"鲁思做出这样的猜测，玛丽安娜不禁有些心烦，"没有，"她又说了一遍，"再说，我对爱德华·福斯卡的移情极其负面。"

鲁思有些犹豫地说："你对你父亲的感情也不全然是正面的。"

"那不一样。"

"不一样吗？即便是在今天，这对你来说还是很艰难，是不是？去批评他，或者承认他在一些极其真实、极其根本的方面让你失望了。他从未给予你所需要的关爱。你花了很长时间才看清、才确认了这一点。"

玛丽安娜摇摇头："说实话，鲁思，我不认为我父亲跟这件事有关联。"

鲁思望着她，面有憾色："我反倒觉得对你而言，从某些方面来看，你父亲才是这件事的核心所在。此时此刻这句话听起来或许毫无道理，但在将来的某一天，它也许会非常有道理。"

玛丽安娜不知该如何应答。她耸了耸肩。

"塞巴斯蒂安呢？"鲁思沉默了一会儿又说道，"你对他的感受如何？"

玛丽安娜摇摇头："我不想谈论塞巴斯蒂安。今天不想。"

在那之后她没再久留。鲁思提到她的父亲，为这次面谈蒙上了令人不快的气氛，直到她站在鲁思家门口的过道里这种气氛依然没有完全散去。

临走前玛丽安娜拥抱了这位老妇人。她感受到了拥抱中蕴含的温暖与关爱，泪水禁不住涌了上来："太谢谢你了，鲁思。谢谢你为我做的一切。"

"有需要就给我打电话——随时都可以。我不想让你有孤身一人的感觉。"

"谢谢你。"

"你知道吗，"鲁思有些犹豫，然后说道，"跟西奥谈一谈或许会对你有帮助。"

"西奥？"

"有何不妥呢？毕竟精神病态是他的专长所在。他很有才华，他对这件事的见解肯定会很有用的。"

玛丽安娜想了想。西奥是一名法医心理治疗师，曾经跟她一起在伦敦接受培训。尽管两个人的治疗师都是鲁思，但他们彼此并不熟悉。

"我不确定，"玛丽安娜说，"我是说，我有好长时间没见过西奥了……你觉得他会为难吗？"

"绝对不会的。你可以试试看，能不能在返回剑桥之前跟他见一面。我来给他打个电话。"

鲁思给他打了电话——西奥说可以，他当然还记得玛丽安娜，也很乐意跟她谈一谈。他们约定了在卡姆登镇的一家酒吧见面。

于是，那天晚上六点钟，玛丽安娜去与西奥·费伯见面了。

8

是玛丽安娜先赶到牛津纹章酒吧。她点了杯白葡萄酒，一边喝一边等。

她很好奇西奥现在的样子——好奇中还带着些审慎。共享鲁思这位治疗师使得二人的关系有点像兄妹，彼此争夺母亲的注意力。玛丽安娜曾经有点嫉妒西奥，甚至还有些气不过——她知道鲁思偏爱他。每当谈到西奥，鲁思的语气总会带些关切、保护的意味，这让玛丽安娜产生了一种很不理智的想法，她在头脑中给西奥编造出了一个孤儿的身份。因此当西奥的父母活生生、健健康康地来参加他们的毕业典礼时，玛丽安娜不由得吃了一惊。

说实话，玛丽安娜总觉得西奥这个人隐约带着些漂泊感——一种不合群的气质。这种气质与他的相貌无关，而是完全来自他的举止：那种缄默、与其他人之间的那种微妙的距离感——那种羞怯感，玛丽安娜在自己身上也看到了同样的气质。

西奥来晚了几分钟。他热情地跟玛丽安娜打了招呼，在吧台点了一瓶健怡可乐，来到她所在的桌边坐下。

他的样子还跟从前一样，丝毫未变。他四十岁上下，身形清瘦，穿着一件饱经风霜的灯芯绒夹克，里面是一件皱巴巴的白衬衫，身上隐约散发出香烟的气味。他的面相很和善，玛丽安娜心想，这是一张充满关爱的面孔，但他眼神里还有某种别的东西——叫什么来着？——焦虑，甚至是忧心。玛丽安娜意识到虽然自己对他颇有好感，但是跟他相处时并不感到彻底的放松。她不确定这是为什么。

"谢谢你跟我见面，"她说，"这样临时约你出来有点唐突。"

"没事没事，我很好奇。我跟其他人一样，也在关注这件事的进展。真是太吸引人了——"说到这里西奥迅速纠正了自己说的话，"我是说，这件事非常可怕，这是自然。但同时它也很吸引人，"他笑笑，"我很想了解你对这件事的看法。"

玛丽安娜微微一笑："其实——反倒是我想听听你的看法。"

"啊，"听见这话西奥显得有些吃惊，"可是你在现场啊，玛丽安娜，你在剑桥，而我不在。你的见解比我所能告诉你的事情更有价值。"

"我对这方面没什么经验——对法医学。"

"说实话这没什么区别。根据我的经验看来，每个病例都是独一无二的。"

"真巧，朱利安说的恰恰跟你相反。他说其实所有案件都一样。"

"朱利安？你是说朱利安·阿什克罗夫特？"

"没错，他在协助警方破案。"

西奥扬起一边眉毛："我还记得朱利安在学院里的样子。当时我总觉得他这个人有点……古怪。对于杀人案件有点过于热衷。总之，他说的并不正确——每个病例都截然不同，毕竟没有哪两个人的童年是一模一样的。"

"确实，我同意，"玛丽安娜点点头，"可即便如此，你难道不相信这其中有值得我们调查的东西吗？"

西奥喝了一口可乐，耸耸肩膀："我说，假设我就是你要找的那个人，假设我的内心极其病态，是个非常危险的人物。我完全有可能对你彻底隐藏自己的这一面。也许我做不到长时间隐藏，或者在心理治疗的环境中隐藏这一面——但是在比较肤浅的层面上，向外界呈现出一个虚假的自我其实是件非常容易的事，就连那些跟我们低头不见抬头见的人也能够蒙骗过去，"他摆弄着结婚戒指，在手指上转来转去，"你想听听我的建议吗？不要追究'是谁'，而是从'为什么'入手。"

"你的意思是，他为什么要杀人？"

"没错，"西奥点点头，"在我听来这件事有些不符合现实。那些被害人——她们遭到过性侵吗？"

玛丽安娜摇摇头："没有，没有这种情况。"

"那么这说明什么呢？"

"说明满足感来自杀人的过程——捅刺和刀割这些行为本身？也许是这样，但我总觉得没那么简单。"

西奥点点头："我也这么觉得。"

"办案的病理学家说死因是喉咙被人切断，捅刺则发生在被害人死亡之后。"

"原来如此，"西奥的神情很专注，"这就说明这件事带有表演的成分。这是一场经过精心策划的表演，目的在于把它呈现给观众。"

"而我们就是观众？"

"没错，"西奥点点头，"依你看，为什么会这样呢？他为什么想让我们目睹这样骇人的暴力行为？"

玛丽安娜思索片刻："我想……他是想让我们误以为被害人被杀是激情犯罪的后果，以为凶手是个连环杀手，一个持刀行凶的疯子。然而实际上，他非常冷静，行为控制得极为严格，而这些谋杀都经过了缜密的计划。"

"正是这样。这就说明我们要找的人比预想中更狡猾——也更危险。"

玛丽安娜想到了爱德华·福斯卡，点了点头："没错，我也这么认为。"

"我问你一件事，"西奥注视着她说道，"你近距离看到那具尸体的时候，头脑中冒出的第一个念头是什么？"

玛丽安娜眨了眨眼睛——有一瞬间的工夫，她仿佛看见了维罗妮卡的眼睛。她把那个画面逐出了脑海。"我——不知道……大概是这太可怕了。"

西奥摇摇头："不对，不是这个念头。你跟我说实话，第一个出现在你头脑中的念头是什么？"

玛丽安娜耸耸肩，有些尴尬："说来也怪……是一部戏剧里的台词。"

"有意思。你接着说。"

"是《马尔菲公爵夫人》。'盖住她的脸，晃着我的眼睛了——'"

"没错，"西奥忽然眼睛一亮，向前探过身，显得很激动，

"没错，就是这个。"

"我不明白你的意思。"

"'晃着我的眼睛了'。尸体之所以是那样的状态，目的就是要晃我们的眼睛，让恐惧蒙蔽我们的双眼。这是为什么呢？"

"我不知道。"

"好好想想，他为什么要蒙蔽我们的眼睛？他有什么东西是不想让我们看见的？他想让我们把注意力从什么地方移开？玛丽安娜，只要回答出这些问题你就能抓住他。"

玛丽安娜点点头，把这番话听进了心里。他们相顾无言地坐了一会儿，各自思索。

西奥忽然对她笑笑。"你有种不寻常的天赋，有同理心。我感觉得到。现在我明白鲁思为什么会对你有那么高的评价了。"

"你过奖了，不过谢谢你，听见这样的话让人心情很好。"

"不必谦虚。这并不容易办到，对另一个人敞开心扉，接纳他们，与他们感同身受……从许多方面来看，这是一种代价沉重的天赋。我总这么想，"他停顿了一下，然后压低声音继续说道，"请原谅我的唐突，这话我或许不该说……不过我在你身上感受到了一种……"他停顿了一下，"一种恐惧感。有些东西让你很害怕，你觉得它就埋伏在周围……"他抬手向周围一比画，"然而事实并非如此，它其实在这里——"西奥把手放在自己胸口，"在你的内心深处。"

玛丽安娜眨眨眼睛，感到自己的心思被人看穿了，不免有些难为情。她摇了摇头。

"我不——我不确定你是什么意思。"

"这么说吧，我的建议是多关注它，跟它熟悉起来。我们应该时刻留意身体带给我们的预示。这是鲁思说的。"

他忽然显得有些局促，似乎意识到自己说的话越了界。他看了一眼手表："我该走了，我得去跟我妻子碰头。"

"快去吧，西奥，谢谢你愿意跟我见面。"

"别客气。玛丽安娜，见到你我很开心……听鲁思说，你现在开设了自己的诊所？"

"对。你还在布罗德穆尔吗？"

"都是我自找的，"西奥苦笑道，"说实话，我也不知道自己还能坚持多长时间。我在那里过得不是很开心，也想换一份工作，可是你知道的——没有时间。"

他说到这里，玛丽安娜忽然想起了什么。

"等一下。"她说。

她伸手从包里取出那本一直被她带在身上的《英国精神病学杂志》，在其中翻找一阵，终于找到了她要找的那一页。她把杂志递给西奥，指了指方框里的招聘信息。

"看这个。"

那是一则法医心理治疗师的招聘广告，招聘方是格罗夫诊疗所——艾奇维尔医院的精神病隔离诊疗所。

玛丽安娜看了他一眼："你觉得怎么样？我跟迪奥梅德斯教授相熟，他是那里的负责人。他的专长是团体治疗，他曾经教过我一段时间。"

"没错，"西奥点点头，"我对他有印象，"他认真研读招聘广告，显然很有兴趣，"格罗夫？那不是艾丽西亚·贝伦森被送去的那家治疗机构吗？在她杀死她丈夫之后？"

"艾丽西亚·贝伦森？"

"那位画家……不肯说话的那个。"

"噢——我想起来了，"玛丽安娜对他鼓励地笑笑，"或许你可以应聘这份工作，让她重新开口讲话？"

"也许吧，"西奥微微一笑，沉思片刻，点了点头，"也许我会的。"

9

返回剑桥的旅途倏忽而过。

玛丽安娜一路都沉浸在思考当中，回想她与鲁思的谈话以及与西奥的会面。他有关谋杀的看法——凶手故意采用骇人的作案手段，借此转移人们对案件本质的关注——激发了玛丽安娜的好奇心，以某种难以解释的方式让她在情感上理解了这件事。

至于鲁思让她跟少女学社开展一次团体治疗的建议——唉，这恐怕没那么容易实现，甚至根本不可能做到。但无论如何总值得一试。

鲁思说的有关玛丽安娜父亲的那些话则要棘手得多。

她不明白鲁思为什么要把他牵扯进来。鲁思是怎么说的来着？

此时此刻这句话听起来或许毫无道理，但在将来的某一天，它也许会非常有道理。

没有比这更耐人寻味的话了。鲁思显然是在暗示某些事，可她究竟在暗示什么呢？

玛丽安娜望着窗外飞驰的田野苦苦思索。她想起自己在雅典度过的童年，想起了父亲：童年时她多么爱戴父亲——英俊、聪慧、充满魅力的男人，她崇拜他，视他为偶像。玛丽安娜花了很长时间才意识到父亲并不全然是她想象中的那个人。

她幡然醒悟是在二十岁出头时，她从剑桥毕业之后。当时她住在伦敦，正在接受教师培训。她之所以接受鲁思的心理治疗，是为了向她倾诉自己失去母亲的经历，然而她的倾诉却总是围绕着父亲展开。

她总觉得自己有必要说服鲁思父亲是多么完美的一个人：他多么聪慧，多么能干，为了独自抚养两个孩子做出了多么大的牺牲——以及他有多么爱护玛丽安娜。

鲁思听玛丽安娜述说了几个月，期间很少说话……终于有一天，她打断了玛丽安娜。

她说的话很简单，很直接，也很令人心碎。

鲁思用尽可能温和的言辞暗示玛丽安娜对父亲存在否认的心理。玛丽安娜认为父亲是个充满关爱之心的家长，而听过这一切之后，鲁思不禁对她的这种印象产生了怀疑。在鲁思听来，她描述的这个男人专横、冷酷、感情淡漠、对人挑剔而且极不友善——甚至可以说残酷。这些特质跟关爱毫无联系。

"爱是不讲条件的，"鲁思说，"它不需要你去跳火圈取悦对方——并且在这个过程中不断地失败。如果你害怕一个人，那你就没法爱他，玛丽安娜。我知道这些话听起来很难以接受。这就好比失明的双眼——除非你醒过来，看清眼前的一切，否则这种情况将会持续一生，不断地影响你对自己的看法以及他人对你的看法。"

玛丽安娜摇摇头。"关于我父亲，你说的不对，"她说道，"我知道他很复杂，但他是爱我的，我也爱他。"

"不，"鲁思坚定地说，"这充其量只能算是一种想要获得爱的渴望。往坏处说，这是对一个自恋男人的病态依恋：一种包含了感激、恐惧、期待、顺从的情感大杂烩，其中的真实情感与爱毫无关联。你并不爱他。你也不了解自己、不爱自己。"

鲁思说的没错——这话确实让人很难接受。玛丽安娜起身走了，愤懑的泪水顺着面颊流下来。她发誓永远不再回去。

然而在鲁思家门外的街上，一个念头让她停下了脚步。她忽然想起了塞巴斯蒂安——想起每当他夸奖自己，她总是觉得浑身不自在。

"你根本不知道自己有多美。"塞巴斯蒂安常常这样说。

"别瞎说。"玛丽安娜总会这样回答，羞得满脸通红，频频挥手驱散他的赞美之辞。塞巴斯蒂安说的不对，她既不聪明也不漂亮——她眼中的自己不是那样的。

为什么不是呢？

她究竟在用谁的目光审视自己？是她自己的目光吗？

塞巴斯蒂安没有用她父亲的目光审视她，他没有用任何人的目光审视玛丽安娜，他看到的只是自己眼中的她。如果玛丽安娜也这样做呢？如果她像夏洛特夫人一样，不再通过镜子看待生活，而是转过身直面生活呢？

就这样——否认心态的幻象之墙裂开了一道缝隙，透进了一道光。虽然不多，但是足够她看清。这一刻便是玛丽安娜顿悟的瞬间，驱使着她踏上了原本想要回避的自我发现之旅。她放弃了教师培训，开始接受心理治疗师的培训。尽管已经过去了许多年，她依然没能彻底厘清自己对父亲的感情。如今父亲已经去世，也许她永远也无法做到了。

10

　　玛丽安娜在剑桥车站下了火车，依然沉浸在忧郁的思绪当中。她向圣克里斯托弗学院走去，未曾留意身边的环境。回到学院里，她见到的第一个人是莫里斯，他正跟几名警察一起站在门房办公室外面。看见他，玛丽安娜不禁回想起上一次碰面的冲突，她不由得一阵恶心。

　　她不肯再看莫里斯，而是径直从他身边走过，对他视而不见。她眼角的余光扫到莫里斯对自己抬了抬礼帽，仿佛什么事都没发生过。他显然觉得是自己占了上风。

　　很好，玛丽安娜心想，就让他这样想吧。

　　她决定对于发生的事情暂时绝口不提。其中有一部分原因是她猜得出桑加警长会是什么反应，她有关莫里斯是福斯卡的同伙的猜测只能引来怀疑与嘲讽。正如弗雷德所说，她需要的是证据。保持沉默对她更加有利，让莫里斯以为自己可以逍遥法外，放长线让他自投罗网。

　　她忽然忍不住想给弗雷德打个电话，跟他谈一谈——想到这里，她立刻停下了脚步。

她究竟在想什么啊？难道她真的对他——对那个半大孩子产生了感情？不，她决不允许自己有这种想法。这样不忠诚，而且令她十分惊惶。实际上，她还是永远不要再给弗雷德打电话的好。

玛丽安娜回到自己的房间，发现房门开着。

她怔住了，仔细倾听，却没有一丝响动。

她极其缓慢地伸出手，推开了房门。房门嘎吱一声开了。

玛丽安娜向房间里望去，眼前的景象让她倒吸了一口气。似乎有人把房间翻了个底朝天：所有的抽屉和橱柜都敞着，被人翻动过，玛丽安娜的随身物品散落在房间里，衣服也被撕得稀烂。

她连忙给门房办公室的莫里斯打电话，让他叫警察。

片刻之后，莫里斯带着几名警察来到了她的房间，查看现场的破坏情况。

"你确定没有丢东西吗？"一名警察说。

玛丽安娜点点头："我觉得没丢东西。"

"我们没有见到可疑的人离开学院，更像是内部人员作案。"

"像是某个对你心怀不满的学生干的，"莫里斯说着对玛丽安娜笑笑，"你跟什么人有过节吗，女士？"

玛丽安娜没理会他。她谢过警察，赞同说这或许并不是入室抢劫。警察说他们可以提取现场的指纹，玛丽安娜正要答应，忽然看见了一样东西，令她改变了想法。

一把刀，或者其他类似的尖锐的东西，在红木书桌上深深地刻下了一个十字架的图案。

"不需要了，"她说，"这件事我不会追究下去了。"

"好吧，既然你确定，那就这样吧。"

他们离开了房间，玛丽安娜用指尖抚摸着那个十字架的刻痕。

她站在桌前，想到了亨利。

有生以来第一次，她对他生出了恐惧之心。

11

我在思考时间这个问题。

或许没有什么事物会真正消逝。它将永远存在——我是说我的过去——而它之所以紧追着我不放，是因为它从未离开过我。

从某种诡异的角度来说，我永远在那里，永远十二岁，囿于时空，被困在那个可怕的日子——我生日的第二天。就在那天，一切都天翻地覆。

写下这些的时候，这些事仿佛此时此刻就发生在我身上。

母亲坐下来，把消息告诉了我。我知道肯定出事了，因为她把我带到了家里的前厅，我们从来不用的那个客厅，叫我坐在那张不舒服的木头椅子上，开始向我讲述。

我以为她会说她就要死了，说她已经病入膏肓——她的表情让我以为是这种事。

然而实际情况比那更糟。

她说她要离开。那段时间她跟我父亲的关系尤其糟糕——她的黑眼圈和划破的嘴唇也佐证了这一点。她终于找到了离开他的勇气。

我感到一阵喜悦涌上心头——"欣喜"是唯一与之相近的描述。

但随着母亲一口气说出她接下来的计划，我脸上的笑容很快便退去了。她的计划包括在表亲家的沙发上借宿，然后去她父母家，直到她能够自力更生为止。她说话时躲避着我的眼神，事态变得清晰起来，根据她没有说出口的那些话判断，她并不打算带我一起走。

我震惊地望着她。

我陷入麻木，无法思考。我不记得她还说了什么，但是在最后，她向我保证，只要她在新家安顿好就会派人来接我。而在当时的实际处境下来看，谁知道她的新家会不会安到另一个星球去。她这是要抛弃我，把我丢在这里，跟那个男人在一起。

我成了牺牲品。被打入地狱。

接着，由于有时候她的头脑蠢笨得出奇，她提到了她还没有把离开的计划告诉我父亲。她想最先告诉我。

我不相信她会告诉他。这将会是她唯一的一次道别——对我，此时此刻在此地。在这之后，倘若她还有一丝理智，就应该装好行囊逃进夜色之中。

那也正是我应该做的事情。

她请求我替她保守秘密，让我许诺不会说出去。我那美丽、鲁莽、轻信的母亲——在许多方面我反而比她成熟得多、有智慧得多。我无疑比她狡猾得多。我要做的只是走漏消息，把她弃船逃生的计划告诉那个狂怒的疯子。那样她就无法逃脱，我就不会失去她。而我不想失去她。

抑或其实我想？

我爱她——抑或不爱？

我——我的想法正在经历某种转变。这种转变始于我与母亲的谈话，以及在那之后的时间——一种幡然醒悟的感觉在我心里缓慢地滋生——一种怪异的顿悟。

我本以为她是爱我的。

谜底揭开了，原来她也有不止一面。

现在我突然开始看清这另一个人。我把她看得清清楚楚，她在不显眼的地方冷眼旁观父亲对我的折磨。她为什么不阻止他？她为什么没有保护我？

她为什么不告诉我，我也值得受到保护？

她曾经为雷克斯挺身而出过——她把刀子抵在我父亲的胸口威胁说要捅他，却从未为我这样做过。

我感到烈火烧灼着我——升腾的怒火，不肯熄灭的狂怒。我知道这是不对的，我知道我应该克制住它，不让它将我吞噬。然而我没有，我煽动火焰，沐浴在烈火之中。

我承受过那么多的恐怖——我为了她、为了保证她的安全而忍受了那一切，她却从未把我排在前面。看来人不为己，天诛地灭。我父亲说的没错——她自私、娇惯、不顾他人的死活。残酷无情。

她必须受到惩罚。

彼时的我不可能对她说出这番话，我不具备那些词汇量。但多年以后我或许会与她当面对质——也许是在我二十出头的时候，年龄的增长让我变得更加善于表达。或许是我多喝了一杯酒，或许是在晚饭之后，我会质问她，会责难这个上了年纪的女人，想要让她伤心，就像她曾经让我伤心那样。我会一一列举我的委屈，然后在我的想象中，她会情绪崩溃，匍匐在地乞求我的原谅。而我会仁慈地给予她谅解。

原谅别人——那是怎样一种奢侈的体验啊。然而我从未获得那样的机会。

那天夜里我上了床，怒火中烧，心中充满恨意……犹如火山里火红炽热的岩浆越升越高。我睡着了……我梦见自己下了楼，从抽屉里取出一把剔肉的大刀，用它割下了我母亲的头颅。我用那把刀在她的脖颈上劈啊，锯啊，直到头颈彻底分离。接着我把她的头藏在她那只红白条纹的针织收纳袋里，然后把袋子放在我的床下，我知道那里是安全的。我处理掉了身体的部分——就在堆满腐尸的大坑里——在那里，它将永远不会被人找到。

我从梦中醒来时，黎明时分黄色的天光难看透顶，我感到昏昏沉沉，十分迷茫，此外还很恐惧，我不清楚发生了什么。

我半信半疑地下楼来到厨房里查看。我打开了放刀的抽屉。

我取出最大的那把刀仔细查看，检查上面是否有血液的痕迹。什么都没有。刀锋在阳光下闪着寒光。

这时我听见了脚步声，连忙把刀藏在身后。我母亲走进了房间，活生生的，毫发无损。

说来也怪，见到我母亲的脑袋安然无恙，我并没感到放心。

实际上，我感受到的是失望。

12

第二天早上，玛丽安娜跟佐伊和克拉丽莎在学院里的食堂共进早餐。

教职工的自助取餐区在高桌餐区旁边的一个凹室里，有各式各样的面包、糕点，成罐的黄油、果酱和柑橘酱，银色的带盖大托盘里盛着炒蛋、培根、香肠之类的热菜。

排队取餐时，克拉丽莎对于吃一顿丰盛早餐的重要性推崇备至："这样才能让人精神饱满地开始新的一天，"她说道，"在我看来，没有比这更重要的事了。只要有机会，我总要来点腌鲱鱼。"

她端详着面前的各色菜肴："不过今天我不吃这个。今天我打算吃鱼肉鸡蛋烩饭，你们觉得呢？能够给人带来满足感的传统美食吃下去总是让人安心。黑线鳕鱼、鸡蛋、米饭，这个组合永远不会出错。"

克拉丽莎的判断很快就被证实是错误的。她们在桌边坐下，她只尝了一口便被哽住，憋得满面通红，接着从嘴里取出了好长一根鱼刺。她颇为忌惮地看了看那根刺。

"老天啊，看样子厨师想把我们害死。亲爱的，吃饭的时候千万要小心。"

克拉丽莎用叉子小心翼翼地拨弄着吃剩下的鱼，与此同时玛丽安娜向她汇报了自己在伦敦的见闻，也提到了鲁思建议她对少女学社进行一场团体治疗。

玛丽安娜看见佐伊扬起了一边的眉毛："佐伊？你觉得怎么样？"

佐伊警惕地看了她一眼："我不用去吧？"

玛丽安娜强忍笑意："不用，你不用去，别担心。"

佐伊松了口气，耸耸肩膀："那你就去吧。不过说实话，依我看她们不会同意的。除非是他授意她们参加。"

玛丽安娜点点头："我认为很可能是你说的这样。"

克拉丽莎碰碰她的胳膊："真巧，刚说到他呢。"

玛丽安娜和佐伊抬起头——爱德华·福斯卡刚刚来到高桌餐区。

福斯卡在三个女人所在的长桌另一头坐下。他察觉到玛丽安娜的目光，抬起头，眼神在她身上停留了几秒钟，然后转开了脸。

玛丽安娜突然站起身，佐伊惊讶地望着她。

"你要干什么？"

"只有一个办法才能确定。"

"玛丽安娜——"

玛丽安娜没理会佐伊，而是径直向桌子另一头走去。福斯卡正小口喝着黑咖啡，读着一本薄薄的诗集。

他察觉到玛丽安娜站在他身边，抬头看了一眼。

"早上好。"

"教授，"玛丽安娜说，"我有个不情之请。"

"是吗？"福斯卡诧异地看着她，"是什么呢，玛丽安娜？"

她迎着他的目光，有片刻的四目相对："如果我跟你的学生谈一谈——我是说你的特殊门生，少女学社，你会反对吗？"

"我以为你已经跟她们谈过了。"

"我的意思是作为一个团体来谈话。"

"团体？"

"没错，一个心理治疗小组。"

"这难道不是应该由她们决定，而不是我吗？"

"除非你让她们参加，否则我认为她们是不会同意的。"

福斯卡笑了："这么说，实际上，你要的不是我的许可，而是要我配合你？"

"可以这么说吧。"

福斯卡依然盯着她，唇边带着一丝微妙的笑意："你有没有决定这场团体治疗几点钟、在哪里举行呢？"

玛丽安娜稍加思索："今天五点钟……在OCR怎么样？"

"玛丽安娜，你好像以为我对她们有很大的影响力。我可以向你保证事实并非如此，"他停顿了一下继续说道，"我能不能问一下，你组织这个小组的具体目的是什么？你想要达成怎样的目标？"

"我并不想达成任何目标，那不是心理治疗的作用所在。我只是想为这些年轻姑娘提供一个空间，以便她们消化梳理最近的种种可怕经历。"

福斯卡喝了一口咖啡，若有所思："那么这个邀请也包括我在内吗？我也是小组的成员之一吗？"

"我更倾向于你不参加。你的出现可能会妨碍这些女生。"

"如果我说这是我答应帮忙的条件呢？"

玛丽安娜耸耸肩："那我就别无选择了。"

"既然如此，我会参加的。"

福斯卡对她微微一笑，玛丽安娜没有回应他的微笑。

"教授，我忍不住在琢磨，"她眉头微蹙，说道，"你这么急切，究竟是想掩盖什么？"

福斯卡笑了："我没有任何东西要掩盖。这么说吧，我之所以想要参加，是为了保护我的学生不受到伤害。"

"谁的伤害？"

"你的，玛丽安娜，"福斯卡说，"你的伤害。"

13

这天下午五点，玛丽安娜在OCR等着少女学社的成员。

她预定了五点到六点半的房间。OCR，也就是老活动室，是个宽敞的大房间，学院里的人把它当作公共休息室：里面有几张宽大的沙发、低矮的茶几，还有一张几乎和整面墙一样长的长条餐桌。历任院长的肖像挂在墙上，灰暗的画像映衬着金红相间的绒面墙纸，沉默无声。

大理石砌成的壁炉里燃着微弱的炉火，房间里描了金边的家具映着跃动的火光，房间里有种令人安心、富有包容性的气氛，玛丽安娜认为在这里开展谈话再适合不过了。

她将九把椅子摆成了一个圆圈。

然后她在其中一把椅子上坐下来。她选了一个能看见壁炉上方的挂钟的位置。此时离五点钟还有几分钟。

玛丽安娜揣测着那些女生会不会来。如果她们不来，她丝毫不会觉得意外。

然而片刻之后，门开了。

一个接一个地，五个年轻姑娘鱼贯而入。根据脸上冷漠的表情判断，她们是被迫到这里来的。

"下午好，"玛丽安娜面带微笑说道，"谢谢你们赶来。大家请坐吧！"

几个女生看了一眼椅子的摆放位置，彼此交换了一下眼神，然后半信半疑地坐下了。看样子，那个高个子的金发女生是这个小团体的领头人，玛丽安娜察觉到其他女生都遵照她的举动行事。她最先坐了下来，然后其他女生才接连坐下。

她们面对玛丽安娜一个挨一个坐着，两侧留出了空余的椅子。面对这一排石墙般不友善的年轻面孔，她突然生出了些许怯意。

这太荒唐了，她心想，自己竟然会被几个二十岁的孩子吓唬住，纵使她们再美艳聪慧也不至于如此。玛丽安娜感到自己仿佛又回到了校园，成了在操场边缘徘徊的丑小鸭，被人缘好的女生小团体排挤。玛丽安娜心中那个年幼的自己不禁有些害怕，她忍不住揣测这几个年轻姑娘心中那个年幼的孩子是什么样——她们溢于言表的自信会不会是在掩饰某种与自己相似的自卑感？在盛气凌人的外表之下，她们是否与曾经的她一样感到渺小？不知为什么，她觉得这有些难以想象。

几个女生当中唯一与她谈过话的是塞丽娜，而此刻她似乎难以直视玛丽安娜。莫里斯肯定把他们对质的事情告诉了她。她低垂着头，眼睛盯着自己膝头，显得很尴尬。

其他人面面相觑，面有惑色。她们似乎都在等着玛丽安娜开口，她不说话，她们便静静地坐着。

玛丽安娜看了一眼挂钟，已经五点十分了。福斯卡教授还没来——幸运的话，他已经决定不来了。

"我想我们应该开始了。"她终于说道。

"那教授怎么办？"金发女生问道。

"他肯定是有事耽搁了。我们先开始，不等他了。我们就从名字开始吧？我叫玛丽安娜。"

一阵沉默。金发女生耸耸肩："卡拉。"

其他人也照做了。

"娜塔莎。"

"迪雅。"

"莉莲。"

塞丽娜是最后一个开口的。她瞥了玛丽安娜一眼，耸耸肩膀："你知道我的名字。"

"没错，塞丽娜，我知道。"

玛丽安娜定了定神，然后对她们所有人说道：

"我很好奇，你们共同坐在这里，有什么感受。"

回应她的是一阵沉默。完全没反应，甚至没人耸一下肩膀。玛丽安娜感到她们冰冷的敌意压迫着自己。她不为所动，继续说了下去。

"我来跟你们说说我的感受吧。我觉得很怪异。我的目光总是被空着的椅子所吸引，"她向圆圈中空着的那三把椅子点点头，"这些人本该出现在这里，却没有出现。"

"比如福斯卡教授。"卡拉说。

"我说的不仅仅是教授。你觉得还有谁呢？"

卡拉瞥了一眼空着的椅子，嘲讽地翻了个白眼："那两把椅子就是留给她们的？塔拉和维罗妮卡？这也太蠢了。"

"为什么太蠢了？"

"当然是因为她们来不了。这还不明显吗？"

玛丽安娜耸耸肩："那并不意味着她们不是这个小组的一部分。你们知道吗，在团体治疗中，我们经常谈到这一点，有些人虽然已经不在我们身边，但他们依然是一种强有力的存在。"

说到这里，她把目光投向其中一把空着的椅子，看见塞巴斯蒂安坐在那里，正笑呵呵地望着她。

她把他从脑海中驱除，继续说了下去。

"我忍不住在想，"她说，"身为这样一个小组的成员是怎样一种体验……这对你们来说意味着什么？"

几个女生谁都没有回应，全都茫然地望着她。

"在团体治疗中，我们时常把小组类比成自己的家庭。有兄弟姐妹、父母的形象，也有叔叔姨妈。依我看，这个小组也有点像个家庭？从某种角度来说，你们失去了两个姐妹。"

没有回应。她保持谨慎，继续说了下去。

"我猜福斯卡教授就像是你们的'父亲'？"她顿了顿，再次尝试，"他是个好父亲吗？"

娜塔莎重重地、烦躁地叹了口气。"这都是什么屁话，"她讲话带有浓重的俄语口音，"你的心思也太明显了。"

"什么心思？"

"你想鼓动我们说教授的坏话，想骗我们陷害他。"

"你为什么会觉得我想要陷害他呢？"

娜塔莎轻蔑地哼了一声，不屑于作答。

卡拉替她开了口："听我说，玛丽安娜，我们知道你是怎么想的，但是教授跟这些凶杀案并没有关系。”

"没错，"娜塔莎用力点点头，"我们从头到尾都跟他在一起。"

她语气中带着强烈的愤慨，怨恨的火焰在其中燃烧。

"你很生气，娜塔莎，"玛丽安娜说，"我能感觉出来。"

娜塔莎冷笑道："那正好——因为这怒气就是对着你来的。"

玛丽安娜点点头："对我生气很容易，我对你们并不构成威胁。而对你们的'父亲'生气——因为他害得两个'孩子'丧生，是不是会困难得多呢？"

"看在老天的份儿上，她们俩死了又不是他的错。"莉莲说，这是她第一次开口说话。

"那是谁的错呢？"玛丽安娜说。

莉莲耸耸肩："她们自己的。"

玛丽安娜盯着她："什么？这怎么会是她们的错呢？"

"她们应该更谨慎才对。塔拉和维罗妮卡太傻了，两个人都是。"

"没错。"迪雅说。

卡拉和娜塔莎点头表示赞同。

玛丽安娜望着她们，一时竟不知该说些什么。她知道与悲伤相比，愤怒更容易被人体会到，可是她——对他人的情绪向来十分敏感的她此刻却感受不到一丝悲伤。没有悲痛，没有懊悔，没有痛失亲友的感觉。有的只是鄙夷，只是轻蔑。

这实在奇怪。通常情况下，面对外来的攻击，这种团体会变得更加紧密，成员们会聚集起来团结一致，而玛丽安娜意识到整个圣克里斯托弗学院里唯一对塔拉和维罗妮卡之死流露过真情实感的人，是佐伊。

玛丽安娜霎时想起了亨利在伦敦参加的团体治疗。此刻的状况与那次治疗不无相似——亨利的出现由内而外撕裂了整个团体，对团体造成了攻击，使它无法正常运转。

在这个团体中也出现了这种情况吗？若果真如此，那便说明这个团体的反应并非针对外来的威胁。

这说明威胁已经存在于团体之中。

就在这时，响起了敲门声。房门打开——

福斯卡教授站在门口。

他微微一笑："我可以加入吗？"

14

"请原谅，我来晚了，"福斯卡说，"我有点事情不得不处理。"

玛丽安娜微微皱起眉："我们已经开始了。"

"原来如此，那我还可以加入吗？"

"这我说了不算，由整个小组说了算，"她瞥了一眼其他人，"有谁认为福斯卡教授应该加入？"

不等她把话说完，圆圈周围已经举起了五只手。除了她，所有人都举起了手。

福斯卡笑着说："你还没有举手呢，玛丽安娜。"

她摇摇头："我确实没有举手。但我只能服从多数。"

福斯卡走进圆圈加入了她们，玛丽安娜感到房间里的气氛发生了转变。她感觉到几个女生绷紧了神经，还注意到福斯卡坐下时和卡拉简短地交谈了几句。

福斯卡对玛丽安娜笑笑："请继续。"

玛丽安娜稍作停顿，决定换一种方式。她故作无辜地笑笑。

"教授，你教这几个女孩希腊悲剧，对吗？"

"是这样。"

"那你们有没有研究过《在奥利斯的伊菲革涅亚》？也就是阿伽门农和伊菲革涅亚的故事。"

说这话时她仔细盯着教授，然而当她提到这部剧作时他并没有明显的反应。他点了点头。

"我们确实研究过这部剧。你也知道，欧里庇得斯是我最喜欢的剧作家之一。"

"没错。那好，你知道吗，我总觉得伊菲革涅亚这个人物有些奇怪……不知你的学生们对此有何感想。"

"奇怪？怎么说？"

玛丽安娜思索片刻："这个嘛，我想不通的地方在于她太被动……太顺从了。"

"顺从？"

"她不肯为自己的生命而抗争。她没有被捆住、被控制住，而是自愿地任由父亲把她推向死亡。"

福斯卡微笑着环视所有人："玛丽安娜的观点很新颖。有人想发表意见吗？卡拉？"

卡拉被教授点名，显得很是得意。她对玛丽安娜笑笑，像是在哄小孩："伊菲革涅亚死亡的方式正是整部剧的重点所在。"

"这是什么意思？"

"意思就是，她正是通过这种方式树立起了自己的悲剧形象——英雄式的死亡。"

卡拉瞥了福斯卡一眼，似乎在征求他的赞同。他对她微微一笑。

玛丽安娜摇摇头："很抱歉，但我不接受这种说法。"

"不接受？"福斯卡看上去很好奇，"为什么？"

玛丽安娜环视面前那几位坐成一圈的年轻姑娘："我认为，要想回答这个问题，最好的方式就是把伊菲革涅亚带到这里来，加入这场谈话会——让她加入我们的小组，坐在其中一把空椅子上，你们觉得呢？"

几个女孩彼此交换了一个轻蔑的眼神。

"这也太蠢了。"娜塔莎说。

"为什么？她和你们年纪差不多大，不是吗？或许稍年轻一些，十六七岁？她是多么勇敢、多么了不起的一个人。试想，如果她活了下来，她会过上怎样的生活？会有怎样的成就？假如她坐在这里，此时此刻我们会对伊菲革涅亚说些什么？我们会告诉她什么呢？"

"什么都不说，"迪雅的神情很不以为然，"有什么可说的？"

"什么都不说？你不会试着提醒她提防她那个精神病态的父亲吗？你不会向她伸出援手，挽救她吗？"

"挽救她？"迪雅轻蔑地看了她一眼，"为什么救她？因为她的命运吗？悲剧不是这么一码事。"

"再说，她的死不是阿伽门农的错，"卡拉说，"是阿耳忒弥斯非要伊菲革涅亚死不可。这是神的意志。"

"假如没有神呢？"玛丽安娜说，"假如这只是一个女孩子和她父亲的事呢。那又如何？"

卡拉耸耸肩："那就不是悲剧作品了。"

迪雅点点头："只是个烂透了的希腊家庭而已。"

她们讨论的过程中，福斯卡始终没出声，只是饶有兴致地旁观她们的辩论。不过这时他显然无法再克制自己的好奇心了。

"那你又会对她说什么呢，玛丽安娜？对这个为了拯救希腊而献出生命的女孩？对了，她比你想的还要年轻——大约十四五岁。假如她此刻就在这里，你会对她说什么呢？"

玛丽安娜思索片刻："我想我会询问她与她父亲的关系，以及她为什么会认为自己有必要为了父亲而牺牲生命。"

"你认为这是为什么呢？"

玛丽安娜耸耸肩："我相信为了获得父母的爱，孩子愿意做出任何事。在孩子非常年幼的时候，他们首先谋求的是肉体上的生存，然后才是精神上的。为了获得父母的照顾，他们愿意付出任何代价，"她压低声音，不再对着福斯卡，而是对坐在他身边的那几个年轻姑娘说，"而有些人就会利用这一点。"

"具体说来是什么意思呢？"福斯卡问。

"意思就是，假如我是她的心理治疗师，我会试着帮助伊菲革涅亚看清一些事——一些她此前没有看见的事。"

"什么事？"卡拉说。

玛丽安娜小心地斟酌着字句："那就是，在伊菲革涅亚年纪很小的时候，她错把虐待当作了爱。而这个错误影响了她对自己，以及对世界的看法。阿伽门农不是个英雄——他是个疯子，一个杀害自己亲生骨肉的心理变态。伊菲革涅亚根本不需要去爱、去敬仰这个男人。她不需要以死来取悦他。"

玛丽安娜直视着几个女孩的眼睛，迫切地想要触及她们的内心。她希望这番话能够说进她们心里。可是果真如此吗？她难以判断。她感到福斯卡的眼睛在盯着自己——她预感到他就要打断她了，于是加快语速继续说了下去。

"而且，如果伊菲革涅亚能够不再自我欺骗，而是直视她的父亲……如果她能醒过来，看清这个恐怖的、令人痛心的事实——也就是这并不是爱，阿伽门农并不爱她，因为他不知道如何去爱别人——在那一瞬间，伊菲革涅亚就不再是个把头放在祭坛上无力反抗的少女，她将夺下刽子手手中的利斧，化身为女神。"

玛丽安娜转头盯着福斯卡，她竭力保持自己的声音不带怒气，但她实在难以克制自己的愤怒。

"但伊菲革涅亚并没有这个机会，对不对？塔拉没有，维罗妮卡也没有。她们永远没有机会化身为女神，永远没有机会成长。"

她在圆圈另一侧怒视着福斯卡，她看得出他眼中有一星怒火。但是福斯卡跟她一样，也没有表露出来。

"按我的理解，在当前的环境中，你把我指派为父亲的形象、阿伽门农的形象？是这个意思吗？"

"说得正巧。在你赶到之前，我们正在讨论你作为这个团体的'父亲'的价值所在。"

"哦，是吗？那大家的一致看法是怎样的呢？"

"我们的看法没能达成一致。但我询问过少女学社的成员，如今她们当中的两名成员已经去世，她们在你的照顾之下是否会觉得缺乏安全感。"

说到这里，她的目光飘向了那两张空着的椅子。福斯卡的眼睛也追随着她的目光。

"啊，现在我明白了，"福斯卡说，"空着的椅子代表缺席的小组成员……一张椅子给塔拉，另一张给维罗妮卡？"

"没错。"

"既然如此，"他稍作停顿，说道，"难道不是还缺少一张椅子吗？"

"什么意思？"

"你不知道吗？"

"知道什么？"

"噢，她没告诉你。太有趣了，"福斯卡依然面带微笑，看上去自得其乐，"或许你应该把高强度的放大镜对准自己分析一下，玛丽安娜。你是个怎样的'母亲'呢？"

"医生，你医治自己吧。"卡拉冷笑着说。

福斯卡呵呵笑起来："对，对，正是这样。"

他转头望着其他人，模仿着心理治疗的语气说道："作为一个团体——我们通过这种欺骗能看出什么呢？你们认为这意味着什么呢？"

"这个嘛，"卡拉说，"我认为这很好地揭示了她们之间的关系。"

娜塔莎点点头："哦对，她们根本不像玛丽安娜自以为的那么亲近。"

"她显然不信任她。"莉莲说。

"我不禁在想，她为什么不信任她？"福斯卡脸上依然带着笑容，低声说道。

玛丽安娜感到自己脸红了，他们要的这个小把戏气得她面颊发烫——这跟校园里的行为别无二致，福斯卡和其他霸凌者一样，操纵着团体中的舆论，让所有成员团结起来对付她。他们全都乐在其中，笑容满面地嘲讽她。她突然无比仇恨他们。

"你们究竟在说什么？"她说。

福斯卡扫视着圆圈说道："好吧，谁来担此重任呢？塞丽娜？你来怎么样？"

塞丽娜点点头站起身，离开圆圈走到餐桌旁，搬来另一把靠背椅，把它塞在玛丽安娜椅子旁边的空当处，然后回到自己的位置坐下。

"谢谢，"福斯卡看了一眼玛丽安娜，说道，"你看，这个小组还缺少一把椅子，是留给少女学社的最后一名成员的。"

"那又是谁？"

不过玛丽安娜早已猜到了福斯卡即将说出口的话。只见他微微一笑。

"你的外甥女，"他说，"佐伊。"

15

谈话结束后，玛丽安娜跌跌撞撞地来到主庭院，心里的感受只有震惊。

她必须跟佐伊谈一谈，听听她的说法。少女学社向她披露这件事的方式虽然残酷，但她们说的话自有一番道理：玛丽安娜应该认真审视自己，还有佐伊，并且清楚佐伊为什么没有告诉她自己也是少女学社的成员之一。玛丽安娜必须知道其中的原因。

她不自觉地向佐伊的宿舍走去，想找到佐伊跟她当面对质。然而走到通往厄洛斯庭院的拱廊时，玛丽安娜忽然停下了脚步。

她必须谨慎处理这件事。此刻的佐伊不仅情感脆弱、容易受伤，而且不知出于什么原因——玛丽安娜忍不住猜测这跟福斯卡本人有关——她不愿意把真相告诉玛丽安娜。

而福斯卡刚刚故意出卖了佐伊——试图以此来挑衅玛丽安娜。因此玛丽安娜首先要注意的就是不能上钩。她决不能冲进佐伊的房间责备她撒了谎。

她必须支持佐伊，并且努力想出下一步该如何行动。

她决定先过一晚冷静一下，明天早上冷静些之后再跟佐伊谈话。玛丽安娜转过身，沉浸在自己的思绪当中，并没注意到弗雷德从暗处走了出来。

他站在她面前，挡住了她的去路。

"你好啊，玛丽安娜。"

她倒吸了一口气："弗雷德，你到这儿来做什么？"

"来找你啊。我想看看你是不是一切都好。"

"哦，我没事，挺好的。"

"还记得吗，你说你从伦敦回来后会跟我联系。"

"我知道，不好意思。我——我太忙了。"

"你确定没事吗？看你的样子像是应该喝杯酒定定神。"

玛丽安娜忍俊不禁："我确实应该喝上一杯。"

弗雷德也笑了："既然如此，那我们走吧？"

玛丽安娜有些犹豫，举棋不定："哦，这个嘛，我——"

弗雷德立刻补上一句："我正好有一瓶上好的勃艮第红酒，是从学院的正式晚餐会偷偷拿回来的。我一直留着，想等到特殊场合的时候再喝……你觉得怎么样？就在我的宿舍。"

去他的，玛丽安娜心想。她点点头："好，有什么不行的？"

"真的吗？"弗雷德的脸上焕发出光彩，"好啊，太好了。走——"

弗雷德向她伸出手臂，但玛丽安娜没有伸手挽住他。她径直向前走去，弗雷德加快脚步追上了她。

16

弗雷德的宿舍在三一学院，比佐伊的大些，但里面的摆设也更加破旧。玛丽安娜最先注意到的就是房间里十分整洁：没有成堆的杂物，没有脏乱的东西，只是到处都是纸，一张张草稿纸上写满了潦草的数学公式。这场景很像是疯子——抑或是天才在创作，纸的边缘画着连接用的箭头，写着难以辨识的字迹。

玛丽安娜目之所及，唯一的私人物品是架子上那几张装在相框里的照片。其中一张照片略微有些褪色，看样子像是八十年代拍的：照片上是一对俊美的年轻男女——想必是弗雷德的父母——站在尖木桩组成的篱笆墙前，背后是一片草地。另一张照片上是个小男孩和一条狗，小男孩剃了个瓜皮头，脸上的神情很是严肃。

玛丽安娜瞥了弗雷德一眼。此刻的他正聚精会神地点蜡烛，脸上依然带着照片上的表情。接着他放起了音乐，是巴赫的《哥德堡变奏曲》。他收起沙发上散落的草稿纸，放在桌子上已经摇摇欲坠的纸堆上。"真抱歉，这里太乱了。"

"那是你的论文吗？"玛丽安娜朝那堆纸一点头，问道。

"不是，"弗雷德摇摇头，"只是——只是一些我写的东西。我猜可以算是某种……书吧，"他似乎不知该如何描述，"请坐吧？"

他指指沙发，玛丽安娜坐了下来，感觉到身下有根断掉的弹簧，便稍微挪了个位置。

弗雷德取出那瓶颇有些年岁的勃艮第红酒，自豪地拿给她看："怎么样，不错吧？他们要是知道我把这瓶酒顺走，非杀了我不可。"

他伸手去拿开瓶器，跟瓶塞搏斗了好一会儿才打开。玛丽安娜一度以为他会失手把瓶子弄掉，好在他最终成功取出了瓶塞，听到了响亮的一声"啵"。他把暗红色的葡萄酒倒进两只不配套的豁口红酒杯里，把坏得没那么厉害的那只杯子递给了玛丽安娜。

"谢谢。"

他举起酒杯："干杯。"

玛丽安娜喝了一小口——果然是上好的红酒。弗雷德显然也有同感。他欣慰地叹了口气，红酒在他嘴唇上留下了一圈印记。

"真好啊。"他说。

他们沉默了一会儿，玛丽安娜听着音乐，沉浸在巴赫抑扬起伏的旋律之中，那曲调如此优雅，乐曲结构充满数学的美感，或许正因如此它才会打动弗雷德这个专注于数学的头脑。

她瞥了一眼桌上的那摞纸："你写的这本书……是关于什么的？"

"说实话吗？"弗雷德耸耸肩，"我也不知道。"

玛丽安娜忍俊不禁："你总该有点大致想法吧。"

"这个嘛……"弗雷德移开了目光，"从某些方面来说，我想……是关于我母亲的。"

他面带羞涩地看了她一眼，似乎担心她会嘲笑他。

但玛丽安娜并不觉得可笑。她好奇地看着他："你母亲？"

弗雷德点点头："没错，她离开了我……我还是个小孩子的时候……她就——去世了。"

"真抱歉，"玛丽安娜说，"我母亲也去世了。"

"是吗？"弗雷德瞪大了眼睛，"我还不知道呢。这么说我们俩都是孤儿了。"

"我不是孤儿。父亲把我养大的。"

"是啊，"弗雷德点点头，语气低落了下去，"我也是。"

他伸手去拿酒瓶，又给玛丽安娜倒了一杯酒。"够了。"玛丽安娜说道，但弗雷德没有理会，径直把酒倒到了杯口。实际上玛丽安娜并不介意——这是她许多天来第一次感到放松，她不禁很是感激弗雷德。

"你知道吗，"弗雷德说着也给自己倒了些酒，"正是我母亲的死激励了我开始研究理论数学以及平行宇宙。我的论文就是关于这个的。"

"我不太明白。"

"说实话我也不太明白。不过假如其他宇宙存在，跟我们的宇宙一模一样，那就代表着在某个地方还有另一个宇宙——在那里，我的母亲没有死，"他耸耸肩，"既然如此……我便去找她。"

他的眼神里带着悲伤而遥远的神情，仿佛一个迷了路的小男孩。玛丽安娜不禁有些同情他。

"你找到她了吗？"她问。

他耸耸肩："在某种意义上算是找到了……我发现时间其实不存在——不算真正存在——因此她其实哪里都没去，她就在这里。"

玛丽安娜还没想通这番话，弗雷德已经放下酒杯，摘掉了眼镜，注视着她。

"玛丽安娜，听我说——"

"拜托，别这样。"

"怎么了？你又不知道我要说什么。"

"你又要搞些浪漫的表白——我不想听。"

"表白？才没有。我只想问你一个问题。我可以问你一个问题吗？"

"那要看是什么问题。"

"我爱你。"

玛丽安娜皱起眉头："这不是个问题。"

"你愿意嫁给我吗？这才是我的问题。"

"弗雷德，拜托你把嘴闭上——"

"我爱你，玛丽安娜，自从在火车上第一眼看见你我就爱上你了。我想跟你在一起，我想照顾你，我想保护你——"

他说错话了。玛丽安娜感到心中腾起一股火气，面颊也气得直发烫："哼，我不需要别人保护！我想不出还有什么事情比这更糟糕。我不是落难的公主，不是……亟待解救的少女。我不需要身穿闪亮铠甲的骑士——我想——我想——"

"想什么？你想要什么？"

"我想一个人静静。"

"不，"弗雷德连连摇头，"我不相信，"接着他又快速接上一句，"还记得我的预感吗：总有一天我会向你求婚，而你会答应我。"

玛丽安娜忍不住笑了："不好意思，弗雷德。在这个宇宙是不可能了。"

"这样啊，那你知道吗，在某个别的宇宙，我们已经结婚了。"

不等她反驳，弗雷德探过身，轻柔地把自己的嘴唇印在了她唇上，她感受到那个柔软的亲吻，也感受到了其中的暖意与温柔。她发现这个吻让自己变得越发惊慌，却也在同时卸下了防备。

这个吻的结束与开始同样突然。他撤回身，眼神追随着她的眼睛："不好意思，我——我实在控制不住自己。"

玛丽安娜摇摇头，没有说话。她觉得自己受到了某种难以言喻的触动。

"我不想伤害你，弗雷德。"

"我不介意。就算你伤害了我也没关系，你知道的。毕竟——'宁可爱过又失去，也不愿从未爱过'。"

弗雷德笑了。接着他看见玛丽安娜脸色一沉，他的脸色也随之忧虑起来："怎么了？我说错话了吗？"

"没事，"她低头看了看表，"不早了，我该走了。"

弗雷德的表情很痛苦："现在就走吗？好吧，我送你下楼。"

"不用了——"

"我想送送你。"

弗雷德的态度似乎产生了微妙的转变，他看上去尖刻了些，先前的温情似乎蒸发掉了一部分。他站起身，看也没看玛丽安娜。

"我们走吧。"他说。

17

弗雷德和玛丽安娜沉默地下了楼，他们一言未发，直到来到马路上。玛丽安娜看了他一眼："那……晚安了。"

弗雷德没有动："我出去散散步。"

"现在？"

"我经常在夜里散步。不可以吗？"

他语气里带着刺，有些许敌意。玛丽安娜看得出他感到自己遭到了拒绝。她不禁有些恼火，这对弗雷德来说或许不太公平，但是他伤不伤心不该由玛丽安娜来操心。她有其他更重要的事情要考虑。

"好吧，"她说，"再见。"

弗雷德站在原地没有动，只是望着她。接着他突然说道："等一下，"他从裤子的后兜里取出几张折起来的纸，"我原本打算以后再给你的，不过——你还是现在拿着吧。"

他把那几张纸递给玛丽安娜。她没有接。

"这是什么？"

"一封信。是写给你的——解释了我的感受，比当面说得更清楚。读一读吧，读完你就会明白了。"

"我不想要。"

弗雷德把纸硬塞给她："玛丽安娜，拿着。"

"我不要。你别这样。我不会由着你欺负我的。"

"玛丽安娜——"

可她已经转身离开了。她沿着街道越走越远，起初还感到很气愤，后来突然感到一阵意外伤感——接着便是懊悔。不是懊悔自己伤了他的心，而是懊悔自己拒绝了他，另一种可能性的大门就这样被关上了。

这可能吗？玛丽安娜真的可能喜欢上他，喜欢上这个一脸严肃的年轻人吗？她会在夜里抱着他，把自己的经历讲给他听吗？刚刚想到这里，她便知道这是不可能的。

她怎么可能那样做呢？

她要讲述的故事太多。而她的故事只有塞巴斯蒂安的耳朵才可以听。

来到圣克里斯托弗学院后，玛丽安娜没有立刻回房间，而是在主庭院闲逛了一会儿……走进了餐饮部所在的那栋楼。

她在幽暗的走廊里漫步，直到来到那幅肖像跟前。

丁尼生的肖像。

这幅画始终在她头脑中萦绕不散——不知为什么，她时常会想起它。画中的丁尼生悲伤而英俊。

不，不是悲伤，用这个词形容他的眼神并不准确。那应该是什么呢？

她端详着丁尼生的脸，想要读懂他的表情。她再次产生了一种怪异的感受，仿佛他的目光超越了她，越过了她的肩头，盯着某种……某种位于画面之外的东西。

可那究竟是什么呢？

就在这时，玛丽安娜突然明白了。她知道了丁尼生在看什么，或者说在看谁。

是哈勒姆。

丁尼生望着哈勒姆——哈勒姆站在灯光之外……帷幕彼岸。那便是他眼中的神采。正在与已逝者沟通的人的眼神。

丁尼生已经迷失……他爱上了一个幽灵。他背弃了生活。玛丽安娜也是吗？

她曾经以为是这样。

然而现在呢——？

现在，或许……她不再那么确信了。

玛丽安娜在肖像前站了一会儿，陷入了沉思，然后转身打算离开。她忽然听见了一阵脚步声，便停了下来。

一双男式硬底鞋踏在石板地面上的声音沿着幽暗的走廊缓缓而来……

他越来越近了。

起初，玛丽安娜什么人也看不见。但随着那人越走越近，她渐渐看见阴暗处有什么东西在动……随之而来的还有刀刃的寒光。

她站在原地怔住了，几乎连气都不敢出，想看清来人是谁。接着，慢慢地……亨利从阴暗处走了出来。

他盯着玛丽安娜。

他的眼神十分可怕，丧失理智，略带一丝癫狂。他跟人打过架，鼻子还在流血。他脸上蹭了血，衣服也溅上了血。他手里拿着一把刀，约有七八寸长。

玛丽安娜竭力用平静、不带恐惧的语气对他说话，却无法克制住自己声音里那一丝轻微的颤抖。

"亨利？请你把刀放下。"

亨利没有回答，只是盯着她。他的眼睛瞪得老大，仿佛两盏明灯，显然吸食了什么东西。

"你到这里来做什么？"玛丽安娜问。

亨利沉默了一会儿没回答："我得见你一面，不是吗？你在伦敦不肯见我，那我只好不辞辛苦地到这里来了。"

"你怎么找到我的？"

"电视上看见的。你跟警察站在一起。"

玛丽安娜小心斟酌着字句："我不记得。我已经尽力避开镜头了。"

"你觉得我在撒谎？你觉得我是跟踪你到这儿来的？"

"亨利，闯进我房间的人就是你，对不对？"

亨利的语气带着几分歇斯底里："你抛弃了我，玛丽安娜。你——你把我当成了祭品——"

"什么？"玛丽安娜盯着他，慌了神，"你为什么——要用这个词？"

"这是事实，不是吗？"

他举起刀，向她迈出一步。玛丽安娜站在原地没有动。

"亨利，把刀放下。"

他继续往前走："我不能继续这样下去了。我必须释放自我。我必须切断自己来释放自我。"

"亨利,求求你住手——"

亨利举着刀,仿佛随时要刺向她。玛丽安娜感到自己的心在狂跳。

"我现在就要自杀,就在你面前,"他说,"而你必须看着我。"

"亨利——"

亨利把刀举得更高了,这时——

"喂!"

亨利听见身后的声音,转身望去——莫里斯大步从黑暗处窜出来,扑向了亨利。他们翻滚成一团争夺那把刀,莫里斯没费多大力气便制服了亨利,把他像稻草人似的往旁边一扔。亨利颓丧地瘫在地上不动了。

"别碰他,"玛丽安娜对莫里斯说,"别伤着他。"

她快步走到亨利身边,想扶他起来——但亨利推开了她的手。

"我恨你,"他说话的样子像个小男孩,通红的眼睛里含着眼泪,"我恨你。"

莫里斯打电话报了警,亨利被逮捕了,但玛丽安娜坚持说他需要心理干预——于是他被送去医院,关进了精神科。医生给他开了安定药物,玛丽安娜约了顾问医生第二天上午见面谈一谈。

当然了,发生这些事,她心里是自责的。

亨利说的没错:她献祭了亨利,以及其他心理脆弱、需要她照顾的人。假如她像亨利要求的那样留在他们身边,或许事情就不会发展到这个地步。这是事实。

而现在,玛丽安娜必须不惜一切代价,以确保这场巨大的牺牲不是在白费力气。

18

玛丽安娜回到房间时已经快凌晨一点了。她筋疲力尽，头脑却十分清醒无法入睡，紧绷的神经久久无法放松。

房间里很冷，于是她打开了墙上装的古旧电暖器。自上个冬天之后，这东西就没再用过，加热时灰尘燃烧，散发出浓重的气味。玛丽安娜坐在坚硬的木头靠背椅上，望着电暖器的加热管在黑暗中烧得通红，感受着它的热气，聆听它燃烧的嗡鸣。她坐着，思考——思考着有关爱德华·福斯卡的事。

他太得意、太志在必得了。他以为自己已经成功脱身，玛丽安娜心想，他以为自己已经赢了。

但他没有。目前还没有。而玛丽安娜下定决心要智胜他。哪怕要彻夜静坐不眠，钻研他的手段，她务必实现这个目标。

她坐了好几个小时，像是在通宵值守，处于一种入定似的状态——思索、思索——逐一回想自佐伊在星期一晚上给她打来电话之后发生的一切。她在头脑中梳理每一件事，千头万绪——从各个角度重新审视，竭力厘清头绪，想看清真相。

真相一定很明显，答案肯定就在她面前。尽管如此，她却迟迟无法看透——这感觉好像在黑暗中拼拼图。

弗雷德肯定会说，在另一个宇宙里玛丽安娜早已解开了谜底。另一个宇宙里的她更聪明。

不巧的是，在这个宇宙里并非如此。

她在椅子上坐到头都疼了，等到黎明时分，她筋疲力尽又郁郁寡欢，终于放弃了。她爬上床，立刻沉沉地睡了过去。

睡觉时，玛丽安娜做了个噩梦。她梦见自己置身于一个十分荒凉的地方，顶着风雪跋涉，寻找塞巴斯蒂安。她最终找到了他，在一间破旧的宾馆酒吧里，那是阿尔卑斯山区一座偏远的宾馆，外面下着暴风雪。她喜出望外地跟他打招呼，然而令她惊恐的是塞巴斯蒂安并不认识她。他说她变了，说她变成了另一个人。玛丽安娜反复向他赌咒发誓，说她还是原来的那个自己：是我啊，是我啊，她哭喊着。然而当她想要亲吻塞巴斯蒂安时他却抽身离开了。塞巴斯蒂安抛下她走进了暴风雪中。玛丽安娜情绪崩溃，抽泣不止，伤心欲绝——这时佐伊出现了，她用一张蓝色的毯子裹住玛丽安娜。玛丽安娜对佐伊叙说自己有多么爱塞巴斯蒂安——胜过呼吸，胜过生命本身。佐伊摇摇头，说爱只会带来悲伤，说玛丽安娜该醒过来了。"醒醒，玛丽安娜。"

"什么？"

"醒醒……醒醒！"

这时玛丽安娜猛地惊醒了——她浑身冷汗，心脏怦怦直跳。

有人正在用力敲门。

19

玛丽安娜坐起身，心依然狂跳不止。敲门声不绝于耳。

"等一下，"她高声说，"来了。"

几点了？明亮的阳光已经从窗帘的边角溜了进来。八点？九点？

"是谁？"

没人回答。敲门声越发响亮——跟她头脑中的感受别无二致。她脑袋跳痛，看来她昨天喝的酒比预想的要多。

"好了。稍等一下。"

玛丽安娜费力地从床上爬起来，稀里糊涂，昏昏沉沉的。她趿拉着鞋来到门口，扭转门锁打开了门。

埃尔茜站在门外，正作势要再次敲门。见到玛丽安娜，她甜甜地一笑。

"早上好啊，亲爱的。"

她胳膊底下夹着一支羽毛掸子，手里提着一只装满清洁用品的水桶，眉毛画成生硬的拐角，看起来不免有些吓人——她眼里闪烁着激动的光彩，玛丽安娜觉得那眼神似乎不怀好意，仿佛是某种捕猎的动物的眼神。

"埃尔茜，几点了？"

"刚过十一点，亲爱的。我没吵着你吧？"

她探身进屋，从玛丽安娜身边挤过去打量着凌乱的床铺。玛丽安娜闻到她身上的烟味，她呼吸时散发出的那是酒味吗？抑或是玛丽安娜自己身上的气味？

"我没睡好，"玛丽安娜说，"做了个噩梦。"

"哦，亲爱的，"埃尔茜故作同情地咂咂舌头，"发生了这么多事，你会做噩梦我一点儿都不觉得奇怪。亲爱的，我还有一个坏消息，但我想你应该知道。"

"是什么？"玛丽安娜盯着她，眼睛睁得老大。她突然清醒极了，一种莫名的恐惧袭上心头，"出什么事了？"

"你总得容我说完才行啊。你不打算请埃尔茜进屋吗？"

玛丽安娜退后一步，埃尔茜走进了房间。她对玛丽安娜笑笑，放下了水桶。"这下好多了。亲爱的，你可要做好心理准备。"

"出什么事了？"

"他们又发现了一具尸体。"

"什么？什么时候发现的？"

"今天早上——在河边。又是个女生。"

过了一阵玛丽安娜才发出声音来。

"佐伊——佐伊在哪儿？"

埃尔茜摇摇头："美女你不用为佐伊担心。她安全得很。以我对她的了解，说不定她还在睡懒觉呢，"她说着笑了笑，"我看得出来，这是家族传统。"

"别说笑了，埃尔茜。究竟是谁？快告诉我吧。"

埃尔茜微微一笑，表情中带着一丝令人毛骨悚然的意味："是小塞丽娜。"

"噢，天啊——"玛丽安娜的眼里突然满是眼泪，她勉强忍住抽泣。

埃尔茜同情地咂咂舌头，"可怜的小塞丽娜。唉，是啊，天有不测风云……我该走了，这把老骨头可没时间休息。"

她转身要走，忽然停下了脚步。"天啊，我差点儿忘了……亲爱的，这个放在你门缝里来着。"

埃尔茜伸手从水桶里取出一样东西递给了玛丽安娜。

"给——"

是一张明信片。

玛丽安娜一眼便认出了明信片上的图片——一只黑白相间的古希腊花瓶，经历了上千年的岁月，描绘的是伊菲革涅亚被阿伽门农献祭的场景。

玛丽安娜把明信片翻到背面，手止不住地颤抖。正如她所料，明信面背面是一段手写的古希腊语引文：

τοιγάρ σέ ποτ᾽ οὐρανίδαι

πέμψουσιν θανάτοις: ἦ σὰν

ἔτ᾽ ἔτι φόνιον ὑπὸ δέραν

ὄψομαι αἷμα χυθὲν σιδάρῳ

玛丽安娜有种头晕目眩的怪异感觉，她望着手里的明信片，只觉得天旋地转，仿佛正从极高的地方俯视着它——随时会失去平衡，从高处跌落……跌进黑暗的深渊。

20

玛丽安娜好一会儿没动。她觉得自己僵住了，立在原地。她甚至没注意到埃尔茜已经离开了房间。

她怔怔地盯着手里的明信片，无法移开目光，古希腊语字母仿佛在她头脑里燃烧，熊熊烈焰烧灼着她的头脑。

她颇为吃力地把明信片翻过去，放在了桌上，魔咒这才得以解除。她必须厘清头绪认真思索——她必须考虑清楚自己该怎么做。

她必须通知警方，这是自然。就算他们觉得她疯了也无所谓，或许他们早就觉得她是个疯子，就算真是这样，她也不能再把明信片的事情藏在心里——她必须把这件事告诉桑加警长。

她必须去找他。

她把明信片放进口袋，离开了房间。

这天早上天色阴沉，上午的阳光尚未穿透云层，一缕缕的雾气编织成毯子，压盖在贴近地面的地方。借着昏暗的天光，在庭院另一头，玛丽安娜隐约辨认出了一个男人的身影。

爱德华·福斯卡就站在庭院里。

他来干什么？等着看玛丽安娜收到明信片之后的反应吗？品味她的痛苦能让他感到满足吗？玛丽安娜看不清他的表情，但她确信他肯定在笑。

玛丽安娜突然无比愤怒。

她不是个经常情绪失控的人——然而现在，由于她几乎彻夜未眠，也由于她太烦躁、太害怕、太气愤……她无法再控制自己的情绪。她的行为与其说是源自勇气，不如说是源自绝望：她的痛苦猛烈地迸发出来——指向了爱德华·福斯卡。

没等她反应过来，她已经穿过庭院冲到了福斯卡面前。他有任何一丝躲闪吗？或许吧。玛丽安娜突然冲向他，这显然出乎福斯卡的意料，但他站在原地没有动，玛丽安娜冲到他面前才停下脚步，离他的脸只有几寸远，面颊通红，眼神狂野，喘着粗气。

她一句话也没说，只是怒视着他，怒火越烧越旺。

福斯卡不知所措地对她笑笑："早上好，玛丽安娜。"

玛丽安娜举起那张明信片："这是什么意思？"

"嗯？"

福斯卡接过明信片，瞥了一眼背面的文字，一边读一边低声念叨着希腊语，嘴角掠过一丝笑意。

"这是什么意思？"玛丽安娜又问了一遍。

"是欧里庇得斯的《厄勒克特拉》中的引文。"

"给我讲讲。"

福斯卡微微一笑，直视着玛丽安娜的眼睛说道："这段话的意思就是——'因此天上的神们将要给你死亡，我就将看见你，因了剑的一刺，从那颈子里流出鲜血来了。'①"

听见这些话，玛丽安娜的怒火爆发了——燃烧的怒火翻涌着喷薄而出，她双手攥成拳头，使出浑身的力气向他脸上挥去。

福斯卡跟跄地向后跌去："我的天——"

然而没等他喘过气来，玛丽安娜已经又挥出了一拳。紧接着又是一拳。

他伸手护住自己，但玛丽安娜不停地打他，一拳接一拳，高声怒吼。

"你这浑蛋——你这恶心的浑蛋——"

"玛丽安娜——住手！停下——"

但玛丽安娜无法停下，不肯停下——直到一双手从背后抓住了她，把她往回拉。

一名警察抓住了她，用力地制止了她。

周围聚集了一圈看热闹的人。朱利安也在其中，他看着玛丽安娜，满脸的难以置信。

另一名警察上前去搀扶福斯卡，但教授气恼地挥手赶走了他。福斯卡的鼻子鲜血直流，血滴溅在他笔挺的白衬衫上。他看上去又羞又愤，这是玛丽安娜第一次看见他失去潇洒自信的风度，这让她获得了一种小小的满足感。

桑加警长出现了。他十分震惊，对玛丽安娜怒目而视——仿佛眼前的人是个疯子。

"这到底是怎么回事？"

① 引自《厄勒克特拉》，［古希腊］欧里庇得斯著，周作人译，上海人民出版社。

21

不一会儿，玛丽安娜就被带到了院长办公室，被要求对自己的行为做出解释。她坐在桌边，对面是桑加警长、朱利安、院长——还有爱德华·福斯卡。

她感到自己难以组织起合适的语言。说得越多，反而越觉得没人相信她。当她把自己的经历用语言表述出来时，就连她自己也意识到了这一切听起来多么不合情理。

爱德华·福斯卡已经恢复了常态，从始至终面带微笑地望着她，仿佛她讲的是个冗长的笑话，而他正在等着她讲到笑点。

玛丽安娜也平静了下来，她竭力保持冷静，尽量用最简洁、最清晰的语言讲述自己的经历，尽量不掺杂个人情感。她解释了自己如何一步步通过推理得出了这个令人难以置信的结论——教授谋杀了自己的三名学生。

她说最先引起她怀疑的是少女学社——由教授偏爱的学生组成的一个小团体，成员全部是年轻女生，没人知道在他们的聚会上发生过什么事。作为一名团体心理治疗师，也作为一名女性，玛丽安娜很难不为这个小组而担心。玛丽安娜说福斯卡教授与学生相处时，对她们有种精神导师般的诡异影响力，她自己也亲身体验过这种影响力——就连她的外甥女佐伊在涉及背叛福斯卡与这个小组的时候也是讳莫如深。

"这是团体行为中典型的不健康状态——这是一种想要从众、想要听从摆布的欲望。发表与团体以及团体领袖相反的意见会引发强烈的焦虑感，甚至干脆就不会发表这种意见。佐伊谈到教授的时候，我就觉察出了这种情绪——事情有些不对劲。我感觉得到，她其实是惧怕他的。"

玛丽安娜解释说，像少女学社这样的小团体格外容易在不自觉的状态下受人操控，甚至遭到精神虐待。这些女孩子很可能不自觉地用年幼时对待父亲的方式在对待团体中的领头人——那就是依赖和默许。"如果你是个曾经受到过心灵创伤的年轻女孩，"她继续说道，"却又不愿承认自己在童年时代遭受过创伤，那么你很可能会服从于另一位虐待者，欺骗自己他的行为是完全正常的，以此来维持这种否认心态。假如你擦亮眼睛认清他的罪行，那就意味着你不得不同时认清生活中的其他人。我不清楚这些女孩子有过怎样的童年。要把塔拉归结为一个养尊处优、没有烦恼的年轻姑娘固然很容易，但在我看来她酗酒和吸毒的行为说明她其实深受困扰，而且心理十分脆弱。她美丽动人，生活却一团糟——而她是福斯卡教授最偏爱的学生。"

说这些话的时候她始终盯着福斯卡的眼睛，她觉察到尽管自己竭力控制，语气中的怒火依然难以遏制地涌了上来。福斯卡冷冷地望着她，面带微笑。她努力保持冷静，继续说了下去。

"于是我注意到自己对凶手的刻画出了错。这些案件不是疯子犯下的，不是一个心理变态的杀手在失控的狂怒状态下做出的行为——这些只是表象而已。这些女孩是被人用有条理的方式理智地谋杀的，凶手唯一真正想要杀害的人是塔拉。"

"你为什么会这么想呢？"爱德华·福斯卡说，这是他第一次开口说话。

玛丽安娜望着他的眼睛。"因为塔拉是你的情人，后来发生了一些事——是她发现了你跟其他人上床吗？——然后她威胁说要告发你——那会带来怎样的后果？你会丢掉工作，被逐出这个你珍视的精英学术界，你会名声扫地。你决不能让这样的事情发生，于是你就威胁说要杀掉塔拉，后来干脆落实了这个口头威胁。不巧的是她已经把这件事告诉了佐伊……而佐伊告诉了我。"

福斯卡望着她，黑眼睛在灯光下闪闪发亮，仿佛黑色的寒冰："这就是你的推断，对吗？"

"没错，"玛丽安娜毫不回避他的目光，"这就是我的推断。维罗妮卡和塞丽娜跟其他女孩共同为你做了不在场证明，但她们都着了你的迷，所以为了你这样做不足为奇——可是后来发生什么事了？是她们改变了想法，还是她们受到了威胁？抑或是你先下手为强，不给她们改变想法的机会？"

没人回答这个问题。房间里一片沉寂。

警长一言不发，倒了些茶。院长惊愕地望着玛丽安娜，显然不敢相信自己听见的话。朱利安躲避着她的目光，假装在翻看自己的笔记。

最先开口的是爱德华·福斯卡。他对桑加警长说道："很显然，我要否认这些，这一切。如果你们有任何疑问，我很乐意作出回应。

不过我首先要问一句，警长，我是否需要请律师到场？"

警长抬起一只手："依我看，事情还没到那一步，教授，请你先等一下，"桑加警长盯着玛丽安娜，"你提出的这些指控，有没有相应的证据能够印证呢？"

玛丽安娜点点头。"有——就是这些明信片。"

"啊，大名鼎鼎的明信片。"桑加警长低头看了一眼面前的明信片，拿在手里慢慢地翻看，像纸牌一样把它们逐一摆在桌上。

"如果我没理解错的话，"他说，"你认为这些明信片是凶手逐一发给被害人的，好比一种名片，宣告自己杀人的意图？"

"没错，我正是这么想的。"

"现在你也收到了一张，那么按照推测，你也即将面临生命危险。依你看，他为什么要选中你呢？"

玛丽安娜耸耸肩："我想——是我对他构成了威胁。我走得太近，看穿了他的想法。"

她没看福斯卡，她怕自己无法保持镇静的情绪。

"你知道吗，玛丽安娜，"她听见福斯卡说道，"任何人都可以从书里抄一段希腊语。这不需要哈佛大学的学位就能做到。"

"这我自然知道，教授。但是我在你房间里的时候，在你本人的《欧里庇得斯悲剧集》里看见同样一段话下面也划了横线。这难道只是个巧合吗？"

福斯卡哈哈大笑起来："如果我们现在就到我的房间去，随便从书架上拿一本书，你会发现我读什么东西都会划线，"他不等玛丽安娜开口，继续说道，"你真的以为假如是我杀死了这些女孩子，我会寄给她们一张明信片，上面写着我亲自教给她们的引文吗？你真的认为我会那么蠢？"

玛丽安娜摇摇头："这并不蠢——你没想到警方，或者任何人会看懂，甚至会注意到那些文字。这是你以那些女孩子的生命为代价开的一个玩笑。正是由于这一点，我才坚信这是你干的。从心理学的角度来说，这正是你这种人会做的事情。"

不等福斯卡说话，桑加警长先开了口："这一次福斯卡教授很幸运，学院里有人看见了他，时间恰好是塞丽娜遇害的时间——午夜。"

"谁看见他了？"

警长停下来倒茶，却发现保温壶已经空了。他皱起了眉头："门房主管，莫里斯。他遇见福斯卡教授在住处门外抽烟，他们聊了几分钟。"

"他在撒谎。"

"玛丽安娜——"

"听我说——"

不等桑加警长阻止，玛丽安娜把自己怀疑莫里斯勒索福斯卡的事情全告诉了他，说她跟踪过莫里斯，见到过他和塞丽娜在一起。

警长隐隐流露出震惊的神情。他向前探过身，注视着玛丽安娜。

"你在墓地见过他们？你最好一五一十地告诉我你究竟干了什么。"

于是她全盘托出，把所有细节都告诉了警长，令她吃惊的是，随着谈话的主题与爱德华·福斯卡渐渐脱离关系，警长似乎越发激动，认定了莫里斯就是嫌疑人。

朱利安也表示赞同："这就解释了为什么凶手能够在校园里出

没，却从来没人见过他。有谁能在校园里来去自如而不被留意呢？我们最容易忽视的人是谁？就是身穿制服的人——一个有正当理由出现在那里的人。一名门房。"

"正是这样。"警长思索片刻，然后叫来一名职级较低的警员，叫他把莫里斯带来接受讯问。

尽管知道自己的发言收效甚微，玛丽安娜还是忍不住想打断他们。然而就在这时，朱利安对她笑笑，说道："听我说，玛丽安娜。我跟你是一伙的——所以我说这些话你千万不要生气。"

"什么话？"

"说实话，我刚在剑桥见到你的时候就注意到了。刚见面我就觉察出你的状态有点怪——有点过于多疑。"

玛丽安娜忍不住冷笑几声："什么？"

"我知道这种话让人很难接受，但是你显然陷入了被害人的心态。你的状态不太好，玛丽安娜。你应该寻求帮助。我很愿意帮你，只要你——"

"滚一边去，朱利安。"

警长把保温壶用力往桌子上一敲："够了！"

众人安静下来。桑加警长开口了，语气十分坚定。"玛丽安娜，你反复挑战我的耐心，毫无根据地指责福斯卡教授——更不必说你还动手对他造成了人身伤害。他现在要是控告你，完全合情合理。"

玛丽安娜想要插话，但桑加警长继续说道："不用说了，够了——现在轮到你听我说了。我希望你明天一早就走，离开这座学院，离开福斯卡教授，离开这场调查，离开我。否则我会派人逮捕你，以妨碍公务为名控告你。你明白吗？听朱利安的话，好吗？跟你的医生见个面。向她寻求帮助。"

玛丽安娜张开嘴——然后咽下了几乎要脱口而出的尖叫，咽下了沮丧的怒吼。她吞下了愤怒，沉默地坐着。再争辩下去毫无意义。她低下了头，愤懑不平却又无可奈何。

她输了。

PART V

第五部

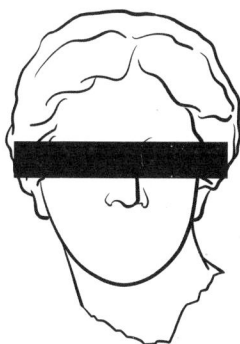

PART V

现在，弹簧业已绷紧。事件自会展开。这是悲剧的方便之处。手指轻轻一推，事件就发动了。

——让·阿努伊《安提戈涅》①

---

① 引自《安提戈涅》，［法］让·阿努伊著，郭宏安译，人民文学出版社。

1

一个小时后，为了避开媒体，一辆警车绕到学院背后，停在了门口。后门通往一条狭窄的小路。玛丽安娜站在聚在周围的众多学生和教职工之间，看着莫里斯被警察逮捕，铐上手铐，带上了警车。走过时，其他门房有的发出嘘声，有的讥笑他，莫里斯的脸有些红，但他没有回应。他咬紧牙关，垂下了目光。

在最后一刻，莫里斯忽然抬起了头。玛丽安娜顺着他的视线望去，看见了一扇窗户——爱德华·福斯卡正站在窗口。

福斯卡旁观着这一切，脸上带着一丝笑意。玛丽安娜心想，他是在嘲笑我们。

他与莫里斯四目相对的那个瞬间，莫里斯脸上痉挛般闪现出狂怒的表情。

接着警察摘下了他的圆顶礼帽，莫里斯被塞进了警车。玛丽安娜望着警车带着他驶离——大门关上了。

玛丽安娜抬头向福斯卡所在的窗口望去。

然而他已经不见了。

"谢天谢地，"她听见院长说道，"总算结束了。"

当然，他错了。事情远没有结束。

几乎就在同时，天气也变了。仿佛是受到学院里最近发生的事情的影响，流连许久的夏天终于离开了。冷风呼啸着吹过庭院，天上飘着小雨，远处隐约传来雷声的轰鸣。

玛丽安娜、佐伊和克拉丽莎聚在研究员活动室小酌——这是一间对教工们开放的公共休息室。这天下午除三位女士以外，里面空无一人。

休息室很宽敞，灯光昏暗影影绰绰，房间里摆放着古旧的皮质扶手椅和沙发，红木写字台和餐桌上堆放着报纸和杂志。房间里弥漫着烟雾的气息，那是壁炉里散发出的木头和灰烬的气味。屋外的大风摇晃着窗子，雨滴敲打着玻璃。气温降低，克拉丽莎叫人生了炉火。

三个女人围着壁炉坐在低矮的扶手椅上，喝着威士忌。玛丽安娜摇晃着杯子里的酒，望着琥珀色的液体在壁炉里发光。置身于这里，与克拉丽莎和佐伊一起被炉火围绕，她感到很安心。这个小团体给予了她力量和勇气。她现在需要的正是勇气，她们都需要勇气。

佐伊过来之前刚在英语学院上完课。克拉丽莎说这或许会是她上的最后一堂课，学院上下都在讨论立刻关闭学院，以待警方开展调查。

佐伊淋了雨，她烤火时玛丽安娜向她们讲述了之前发生的事——以及她和爱德华·福斯卡的冲突。讲完之后，佐伊低声说道："这是个错误。跟他当面对质……这下他就知道你知道了。"

玛丽安娜看了佐伊一眼："我记得你之前说他是无辜的？"

佐伊望向她，摇了摇头："我改变想法了。"

克拉丽莎看看玛丽安娜，又看看佐伊："这么说你们两个都确信是他干的？这实在令人难以置信。"

"我理解，"玛丽安娜说，"但我确实这么认为。"

"我也是。"佐伊说。

克拉丽莎没有回答，她伸手拿过醒酒器，给自己又倒了一杯酒。玛丽安娜发现她的手在颤抖。

"现在我们该怎么办呢？"佐伊说，"你们不会离开这里的，对不对？"

"当然不会，"玛丽安娜摇摇头，"他要逮捕我就逮捕吧，我不在乎。我是不会回伦敦的。"

克拉丽莎的表情十分惊愕："为什么？你为什么不走？"

"我不能就这样逃走，我不会再逃避了。自从塞巴斯蒂安死后我一直在逃避。现在我必须留下来——无论发生什么事我都必须面对。我不害怕，"这句话说出口的感觉陌生极了，玛丽安娜又试了一次，"我不害怕。"

克拉丽莎咂咂舌头："是威士忌给你壮了胆。"

"也许吧，"玛丽安娜笑笑，"就算是假的勇气也总比没有勇气好，"她转头望着佐伊，"我们要坚持下去，就这么办。我们坚持下去——迟早能抓住他。"

"怎么抓？我们需要证据。"

"没错。"

佐伊犹豫地说："凶器呢？"

她的语气似乎别有意味，玛丽安娜忍不住看向她："你是说那把刀？"

佐伊点点头："他们到现在还没找到那把刀，不是吗？我想——我知道它在哪里。"

玛丽安娜瞪大眼睛望着她。"你怎么会知道？"

佐伊躲避着她的目光，不时把目光转向炉火——玛丽安娜认得这种表情，在佐伊小的时候，每当她做了坏事，心里有鬼时，她都是这个表情。

"佐伊？"

"这个说来话长，玛丽安娜。"

"现在正是说清楚的好时机。不是吗？"她压低声音继续说道，"你知道吗，佐伊，我跟少女学社见面的时候，她们告诉了我一些事……她们说你也是学社的成员。"

佐伊的眼睛睁得老大，连连摇头："不是那样的。"

"佐伊，不要说谎——"

"我没有！我只去过一次。"

"既然如此，那你为什么没告诉我呢？"玛丽安娜说。

"我也不知道，"佐伊摇摇头，"我太害怕了。我觉得太丢脸……我一直想告诉你，可是我……"

她陷入了沉默。玛丽安娜伸手握住了她的手："现在告诉我吧，告诉我和克拉丽莎。"

佐伊的嘴唇微微颤抖，点了点头。她开始讲述，玛丽安娜定了定神——

而佐伊说的第一句话便让玛丽安娜浑身一冷。

"我猜，"佐伊说道，"这一切要从得墨忒耳和普西芬尼说起，”她看了玛丽安娜一眼，“你知道她们两个，对吗？”

过了一会儿玛丽安娜才缓过神来。

“没错，”她点点头，“我知道。”

2

佐伊喝光了杯里的酒，把杯子放在壁炉台上。炉火微微冒着烟，灰白相间的烟雾在她身边打转。

玛丽安娜望着佐伊，金红色的火焰在她身旁翩然舞动，玛丽安娜忽然有种奇怪的感觉，仿佛自己正坐在篝火旁，马上就会有人给她讲鬼故事……从某些方面来说，确实是这样。

佐伊开始讲述她的经历，起初带些迟疑，讲述了一些零散的经过，说福斯卡教授非常热衷于祭拜普西芬尼的厄琉息斯秘仪——那个带领人体验从生到死，再由死复生的宗教仪式。

教授说他知晓其中的奥秘，并且跟几名与众不同的学生分享过这些秘密。

"他让我发誓保守秘密。无论发生什么事都不能跟别人说起。我知道现在说起来很奇怪，可当时的我只觉得受宠若惊——他竟然认为我有过人之处，认为我足够聪明，另外我也有些好奇。再后来……就轮到我加入少女学社的仪式了……他叫我在午夜到神亭去跟他碰头，举办入社仪式。"

"神亭？"

"你知道的——河边的装饰亭子，离天堂自然保护区很近。"

玛丽安娜点点头："你接着说。"

"临近十二点的时候，卡拉和迪雅在船库跟我碰了头，送我去神亭——撑平底船走水路。"

"撑船，这是为什么？"

"因为要从这里到神亭去，这是最简便的方式——陆路长满了荆棘丛，"她停顿了一下，"我到达的时候其他人也在。维罗妮卡和塞丽娜站在神亭的入口，她们俩戴着面具，扮成普西芬尼和得墨忒耳。"

"我的天啊。"克拉丽莎忍不住难以置信地长叹一声，又连忙示意佐伊继续讲下去。

"莉莲带我走进了神亭，教授已经在那里等我。他遮住我的眼睛，然后，我喝了凯肯——他说那只是大麦汁，但他其实说了谎。后来塔拉告诉我，那里面掺了'听话水'——福斯卡以前总在康拉德那里买这种东西。"

玛丽安娜觉得神经紧绷，难以承受。她不想再听下去，但知道自己别无选择："你接着说。"

"然后，"佐伊说道，"他开始在我耳边说话……说我今晚就会死去，然后在黎明时重生。再后来他拿了一把刀，放在我脖子上。"

"他竟然这么干？"玛丽安娜说。

"他没有划伤我——他说这只是仪式上的献祭环节。后来他取下了我的眼罩，我就是在那时看见了他藏刀的地方……他把刀塞进了墙上的一个缝隙，就在两块石板之间。"

佐伊闭上了眼睛："再往后发生的事情我就记不清了。我的腿软绵绵的，仿佛整个人正在融化……我们离开了神亭，周围都是树，我们是在树林里。有几个女生在裸着身子跳舞，还有的在河里游泳，而我——我不想脱掉衣服……"她摇了摇头，"我记不清楚，不过总之我甩开了她们，我孤身一人，头脑不清醒，而且很害怕——然后……他就出现了。"

"爱德华·福斯卡？"

"没错，"佐伊似乎不愿说出他的名字，"我想要说话，却说不出。他一直在吻我……摸我……说他爱我。他的眼神非常狂野，我记得他的眼睛，眼神十分疯狂。我想离开……可是我做不到。然后塔拉出现了，他们开始接吻，我半梦半醒地逃走了，我在树林里跑啊跑，不停地跑……"她低下头，沉默了一会儿，"我不停地跑……就这样逃走了。"

玛丽安娜催促她说："后来怎么了，佐伊？"

佐伊耸耸肩："没什么。我再也没跟那些女生说起过这件事——除了塔拉。"

"那福斯卡教授呢？"

"他表现出一副这些事从没发生过的样子。所以我……就也假装这些事没发生过，"她耸耸肩，"但是后来，那天夜里塔拉来宿舍找我……告诉我福斯卡威胁说要杀掉她。我从没见过塔拉那么害怕的样子——她吓坏了。"

克拉丽莎低声说道："好孩子，你本该告诉学院的。你本该把这件事告诉别人，或者来找我的。"

"你会相信我吗，克拉丽莎？这件事太疯狂了——只有我的一面之词。"

玛丽安娜点点头，忍不住有种流泪的冲动。她想伸手把佐伊拉进怀里，紧紧地抱着她。

但首先，还有一件事她必须搞清楚。

"佐伊——你为什么决定现在把这件事说出来？你为什么要在这个时候告诉我们？"

有一会儿的工夫佐伊没说话。她走到扶手椅旁，她的外套正挂在上面烤火。她把手伸进了衣兜。

她从口袋里取出了一张略微受潮，溅上了雨滴的明信片。

佐伊把明信片放在玛丽安娜膝头。

"因为我也收到了一张。"

3

玛丽安娜怔怔地望着膝头的明信片。

图片是一幅洛可可风格的油画——画面幽暗，伊菲革涅亚裸身躺在床上，阿伽门农悄然站在她身后，手里举着一把尖刀。背面有一段古希腊语的引文。玛丽安娜没有让克拉丽莎翻译。因为已经没有翻译的必要了。

她必须为了佐伊坚强起来，必须保持头脑清醒、敏锐。她尽力控制着自己的声音，不流露出太多情绪。

"佐伊，你是什么时候收到它的？"

"今天下午。在我房间的门缝里。"

"我明白了，"玛丽安娜点点头，"既然如此，那我们也要做出改变。"

"不，不用。"

"必须这么做。我们得带你离开这里。现在就走。我们得回伦敦去。"

"谢天谢地。"克拉丽莎说。

"不,"佐伊直摇头,脸上的表情愤怒而倔强,"我已经不是小孩子了。我哪儿都不去,我要留在这里,像你说的那样——我们要奋起反抗,我们要抓住他。"

她说这话的时候,玛丽安娜忍不住想,佐伊看上去多么脆弱,多么疲惫、憔悴。最近发生的事情显然让她深受影响,心态也大有改变——她不仅外表憔悴,精神状态看上去也同样糟糕。如此脆弱的一个人却如此坚定地想要抗争到底。这才是勇敢者的样子,玛丽安娜心想,这才是真正的勇气。

克拉丽莎似乎也有同感。她声音平静地开口了。

"佐伊,好孩子,"她说,"你的勇气可嘉,但玛丽安娜说的对。我们必须报警,把你刚才说的这些事告诉他们……然后,你必须离开剑桥,你们两个都走,今晚就走。"

佐伊做了个愁苦的鬼脸,摇了摇头:"报警没用的,克拉丽莎,他们肯定以为是玛丽安娜叫我这样说的。这纯属浪费时间,而我们已经没有时间了,我们需要的是证据。"

"佐伊——"

"听我说,"她央求玛丽安娜,"我们到神亭去看看,就是我看见他藏刀的地方,以防万一。如果找不到那把刀,那……我们再去伦敦,怎么样?"

不等玛丽安娜回话,老教授抢先制止了她。

"老天啊,"克拉丽莎说,"你是想把你们俩都害死吗?"

"不会的,"佐伊摇摇头,"凶杀案都发生在夜里,我们还有几个小时的时间,"她说着看了看窗外的天色,又坚定地看了玛丽安

343

娜一眼，"雨已经停了，天要放晴了。"

"现在还没有，"玛丽安娜往窗外看看，说道，"但是会放晴的，"她思索片刻，"去冲个澡，换掉身上的湿衣服。二十分钟后我去宿舍跟你碰头。"

"好的。"佐伊点点头，似乎对这个安排很满意。

玛丽安娜看着她收拾东西："佐伊——拜托你千万要小心。"

佐伊点点头，离开了房间。房门刚刚关上，克拉丽莎便焦灼地转头对玛丽安娜说："玛丽安娜，我必须反对你的安排。这样冒险到河边去，对你们两个来说都太危险了——"

玛丽安娜摇摇头："我根本不打算让佐伊到河边去。我让她收拾几件东西，然后我们会直接离开这里，像你说的那样，去伦敦。"

"谢天谢地，"克拉丽莎松了口气，"这样做是对的。"

"不过请你认真听我说。假如我遭遇不测，我希望你立刻去报警，好吗？你必须把这一切告诉他们——佐伊说的一切。知道吗？"

克拉丽莎点点头，看上去十分痛苦："我真希望你们现在就去警察局。"

"佐伊说得对——去了也没用。桑加警长不会听取我说的话，但是他会听取你说的。"

克拉丽莎什么也没说，只是叹了口气，望着炉火。

"我到了伦敦会给你打电话的。"玛丽安娜说。

依然没有回答。克拉丽莎似乎根本没听见她说的话。

玛丽安娜不禁有些失望。她原本抱有更高的期望，以为克拉丽莎会像一座高塔，成为她的精神支柱——但这一切显然让克拉丽莎太难以承受了。她似乎苍老了许多，看上去更矮小、更憔悴了。

克拉丽莎帮不了她们，玛丽安娜明白了。无论前方有什么危险在等待她和佐伊，她们都只能独自面对。

玛丽安娜轻轻地吻了老教授的面颊向她道别。然后离开了，留下她独坐在炉火旁。

4

　　玛丽安娜穿过庭院向佐伊的宿舍走去，脑子里盘算着接下来的打算。她们要尽快收拾行李，然后趁着没人看见，走后门离开学院。乘出租车去火车站，乘火车到国王十字站。然后——想到这里，她的心不由得鼓胀起来——她们就到家了，回到那幢安全而舒适的黄色小房子里。

　　她登上石阶来到佐伊的房间，房间里是空的，她显然还在楼下的浴室里。

　　这时玛丽安娜的手机响了。是弗雷德。

　　她有些犹豫，但还是接通了电话："喂？"

　　"玛丽安娜，是我，"弗雷德的声音很焦急，"我必须跟你谈谈。有重要的事。"

　　"现在不合适。我想我们昨天晚上已经把话说得很清楚了。"

　　"跟昨天晚上的事无关。你仔细听我说，我是很认真的。我有种预感，是关于你的。"

"弗雷德，我没时间——"

"我知道你不相信，但这是真的。你现在的处境非常危险，就是现在，此时此刻。无论你现在在哪，都必须立刻离开那里。快走，跑——"

玛丽安娜挂断了电话，感到既可笑又生气。她要操心的事情已经够多了，不需要弗雷德来添乱。她本来就已经很焦虑了，现在只觉得更加糟糕。

佐伊怎么还不回来？

玛丽安娜一边等她一边焦躁地在房间里踱步。她的目光四处游走，扫过佐伊的私人物品：装在银相框里的童年照片，佐伊在玛丽安娜婚礼上当花童的照片，各式各样的护身符和廉价小首饰，出国度假时收集的小石块、小水晶以及佐伊从小就带在身边的各种童年纪念品——比如放在她枕头上摇摇欲坠的破旧斑马玩偶。

这一大堆乱七八糟的杂物令玛丽安娜颇为感慨，她回想起佐伊小时候跪在床边，双手紧握开始祈祷。上帝保佑玛丽安娜，上帝保佑塞巴斯蒂安，上帝保佑外公，上帝保佑斑马——凡此种种，甚至包括那些她根本不知道名字的人，比如公交车站的那个郁郁寡欢的女人，或者书店里那个感冒的男人。玛丽安娜总会怜爱地望着她做这些事，但她从未相信过佐伊做的祈祷。玛丽安娜不相信上帝能够如此轻易地被人触及——也不相信一个小女孩的祷告词能够撼动上帝那冷漠的内心。

然而此刻，她突然感到膝盖发软，仿佛被某种看不见的力量在背后推了一把，支撑不住自己的身体。她跪在地上，双手紧握——低下头开始祈祷。

但玛丽安娜祈祷的对象并不是上帝或者耶稣，甚至不是塞巴斯蒂安。

她的祷告词是说给一些饱受风雨侵袭的肮脏石柱的，它们伫立在山顶，映着一片没有鸟儿的湛蓝天空。

她在向女神祷告。

"原谅我，"她喃喃低语，"无论我做了什么——无论我做了什么事情冒犯到了你，你已经带走了塞巴斯蒂安，这已经够了。我乞求你不要把佐伊也带走。求你了——我不会坐视不管的，我会——"

她突然回过神，停了下来，为自己说的话而感到尴尬。她觉得自己疯了——像个傻乎乎的孩子，跟全宇宙讨价还价。

然而在某种层面上，玛丽安娜心里清楚，在经历了漫长的历程、经历了种种铺垫之后，她终于走到了这一刻：这场与女神的对质姗姗来迟，却无可避免——她要算清这笔账。

玛丽安娜缓缓地站起身。

斑马从枕头上跌下来，掉下床，落在了地板上。

玛丽安娜拾起玩偶放回枕头上，与此同时她注意到斑马肚皮上的线脚有些松了，少了三处针脚。一样东西从玩偶的填料里冒了出来。

玛丽安娜犹豫了片刻——然后，就连她自己也不清楚自己要做什么，她抽出那件东西，仔细查看，是几张纸，折了又折，藏在玩偶的身体里。

玛丽安娜盯着那些纸，她知道自己的行为是对佐伊的不信任，但她实在忍不住想知道上面写的是什么。她非知道不可。

她小心翼翼地展开那些纸——里面是几张信纸。看样子像是一

348

封打印的信件。

　　玛丽安娜在床上坐了下来。

　　她开始读信。

5

接着，有一天，我的母亲离开了。

我不记得她离开的确切时间，也不记得她最后的道别，但想必是有过的。我也不记得我的父亲——她逃走的时候他肯定还在田里。

你知道的，直到最后，她从未派人来接过我。实际上，我再也没有见过她。

她离开的那天夜里，我上楼来到我的房间，在小书桌旁坐下，连写了几个小时的日记。写完之后，我没有重读自己写下的东西。

我再也没往那本日记里写过东西。我把它装进盒子里，跟其他我想要遗忘的东西一起藏了起来。

但是今天，我第一次取出它，阅读了它——全部内容。

好吧，几乎是全部内容……

你知道吗，其中有两页不见了。

那两页被撕掉了。

那两页之所以被毁掉，是因为它们很危险。为什么呢？因为它们讲述了一个全然不同的故事。

依我看这不要紧，每个故事都可以稍作改写。

我多么希望自己可以改写农场上接下来的那几年——改写，然后将它们遗忘。

那些痛苦，那些恐惧，那些羞辱——每一天，我逃跑的愿望都变得更加坚定。总有一天我会逃走。我会自由。我会安全。我会快乐。会有人爱我。

我反复对自己诉说这些话，一遍又一遍，在夜晚，在被子底下。这成了我面对困境时的咒语。不仅如此，这也成了我的使命。

是它指引我遇见了你。

我从未想过自己有这种能力——爱的能力。在我的认知当中只有恨。我好害怕在某一天我也会恨上你。但在我伤害你之前，我必定会把尖刀转向自己，深深插进我的心脏。

我爱你，佐伊。

这就是我写这些东西的原因所在。

我希望你看见真实的我。然后呢？你会原谅我的，不是吗？亲吻我所有的伤疤，让我好起来。你是我命中注定的人，这你是知道的，对吗？或许你现在还不相信。但我从一开始就知道。我有种预感——在我见到你的第一秒，我就知道了。

起初的你何其害羞，何其多疑。我不得不慢慢逗你，让你流露出爱意。不过我这个人向来极为耐心。

我们会团聚的，我向你保证，在未来的某一天，就在我的计划完成之后。我了不起的、美妙的计划。

我必须提醒你，这其中涉及流血——以及献祭。

等到我们独处时，我会向你解释清楚的。在那之前，保持信心。

永远属于你的——
X。

6

玛丽安娜把信放在膝头。

她怔怔地望着它。

她感到难以思考，难以保持呼吸，她喘不上气，仿佛被人反复猛击肚子。她不明白自己刚刚看见的内容。这骇人的信件究竟是什么意思？

这说不通。她不相信这是真的，她不愿相信。这不会是她想的那种意思，不可能。然而这却是她能够得出的唯一结论，无论这个结论多么令人难以接受、多么荒谬、多么骇人。

爱德华·福斯卡写下了这封信——这魔鬼般的情书，而且是写给佐伊的。

玛丽安娜摇摇头。不，不会是佐伊，不会是她的佐伊。她不相信，不相信佐伊会跟那样一个怪兽扯上关系。

接着，她突然想起了佐伊盯着庭院另一头的福斯卡时脸上那怪异的表情。当时玛丽安娜以为那种表情是恐惧，如今回想起来，里面会不会有某种更加复杂的情绪呢？

会不会玛丽安娜从一开始就从错误的角度看待这一切，只看到了最表层呢？倘若——

脚步声——向楼上走来。

玛丽安娜愣住了，她不知该怎么办。她必须说点什么、做点什么。但现在还不是时候，不能就这样开始，她必须先思考清楚。

她抓起那封信塞进了衣兜，就在这时，佐伊出现在了门口。

"不好意思，玛丽安娜。我已经尽量快点行动了。"

佐伊走进房间，对她微微一笑。她面颊粉红，头发湿漉漉的，身上穿一件睡裙，手里拿着几条毛巾。"我换件衣服，稍等。"

玛丽安娜什么也没说。佐伊换上了衣服，裸露的身体一闪而过。她年轻的光滑肌肤让玛丽安娜想起自己曾经爱过的那个漂亮的小女孩，她到哪儿去了？究竟发生了什么事？

她眼里涌出了泪水，但那不是伤感的眼泪，而是痛苦的眼泪，肉体上的痛苦——仿佛有人打了她一耳光。她背过脸以免佐伊看见，匆匆擦干了眼睛。

"我准备好了，"佐伊说，"我们走吧？"

"走？"玛丽安娜茫然地望着她，"去哪儿？"

"当然是去神亭啊。去找那把刀。"

"什么？噢……"

佐伊有些吃惊地看着她："你没事吧？"

玛丽安娜缓慢地点点头。所有逃生的愿望，所有带着佐伊逃往伦敦的念头统统从她头脑中退去。她无处可去，无路可逃。再也没有了。

"没事。"她说。

玛丽安娜梦游般跟着佐伊下了楼，穿过了庭院。雨已经停了，天空呈现出铅灰色，炭灰色的云彩聚集在她们头顶，在微风中旋转、飘荡。

佐伊瞥了她一眼："我们应该走水路。这是最方便的路程。"

玛丽安娜没说话，只简短地点了一下头。

"我可以撑船，"佐伊说，"我撑船的技术不如塞巴斯蒂安，但是不算差。"

玛丽安娜点点头，跟着她来到了河边。

船库外面泊着七艘平底船，拴在岸边，在水中咿呀作响。几支船篙斜靠着船库的外墙，佐伊拿起一支，等着玛丽安娜爬上船，然后解开了把平底船固定在岸边的沉重链条。

玛丽安娜坐在低矮的木头座椅上，雨水打湿了座椅，但她几乎毫未察觉。

"用不了多长时间就到。"佐伊说着一撑船篙，驶离了河岸。接着她高高举起船篙，深深插向水底，开始了她们的航程。

她们并非孤身前行。玛丽安娜从刚出发时便隐约感觉到有人在跟着她们。她竭力控制着想要回头看的冲动。等她实在按捺不住，回头望去，果然不出她所料，她远远瞥见了一个男人的身影，转瞬便消失在一棵树背后。

玛丽安娜觉得自己肯定是看错了。因为那个人不是她意料之中的人——那不是爱德华·福斯卡。

那人是弗雷德。

7

正如佐伊所说，她们行船的速度很快，没过多久便把各个学院远远甩在了身后，河道两侧是开阔的田野——几个世纪以来，这样的原始风光未曾改变过。

黑色的奶牛被放牧在草地上。空气中带有橡木腐烂散发出的潮味和潮湿的泥土味，玛丽安娜隐约闻到远处有篝火的气息，潮湿的树叶点燃后散发出霉味。

河面上渐渐漫起一层薄雾，在撑船的佐伊身边打转。她如此美丽，站在船尾，发丝在微风中飘扬，目光投向远方。她与乘船驶向自己最终宿命的夏洛特姑娘何其相似。

玛丽安娜想要理清头绪，但她发现这很难办到。船篙每一次撞上河床发出闷响，平底船便会在水面向前猛地一蹿。她知道剩下的时间已经不多了，她们很快就会抵达神亭。

抵达之后呢？

那封信仿佛在衣兜里烧灼着她——她知道自己必须搞清这封信

的来历。

但她一定是猜错了。她必定是错的。

"你怎么这么安静，"佐伊说，"你在想什么呢？"

玛丽安娜抬起头想说些什么，却发不出声音来。她摇摇头，耸了耸肩膀："没什么。"

"马上就到。"佐伊指着河流转弯的地方。

玛丽安娜扭头望去："噢——"

一只天鹅忽然出现在水面，令她吃了一惊。天鹅轻快地游向她，肮脏的羽毛被微风轻轻拂动。它游到小船旁边，转过长脖子直勾勾地盯着她，乌黑的眼睛与她四目相对。

一阵寒意沿着玛丽安娜的脊柱而下。她移开了目光。

等她再次回头望去时，天鹅已经消失了。

"到了，"佐伊说，"你瞧。"

玛丽安娜望见了神亭，它就建在河岸上，规模不大，四根石柱支撑着倾斜的顶部。亭子原本是白色的，但两个世纪不间断的风雨侵袭使它褪去了原本的颜色，锈迹和水藻为它染上了金绿色。

神亭所在的位置十分怪异——孤零零地伫立在水畔，被树林和沼泽环绕。佐伊和玛丽安娜从它旁边驶过，穿过水边的野生鸢尾花丛，又穿过被荆棘覆盖、挡住了去路的蔷薇丛。

佐伊操纵着平底船靠近河岸，她把船篙深深插进河床的淤泥里，泊住了小船，把它牢牢地钉在河岸边。

佐伊登上河岸，然后伸手去拉玛丽安娜，但玛丽安娜没有拉她的手——她受不了触碰佐伊。

"你确定没事吗？"佐伊说，"你今天真的很反常。"

玛丽安娜没有回答。她手脚并用下了船，来到长满青草的河岸上，跟着佐伊向神亭走去。

来到亭子跟前，她停下脚步抬起头打量着它。

神亭的入口上方悬挂着一枚石头雕刻的纹章，纹样是暴风雨中的一只天鹅。

看见纹章的那一刻，玛丽安娜怔住了。她盯着它看了一会儿。

然后她继续向前走去。

她跟着佐伊走进了神亭。

8

神亭的石墙上有两扇窗户，面向外面的河流，窗前有个石头砌成的座位。佐伊从窗口指指不远处翠绿的树林。

"他们就是在那里发现了塔拉的尸体——穿过树林，在沼泽旁边。我带你去看，"接着她跪下来查看座位底下，"这就是他藏刀的地方，就在这儿——"

佐伊把手臂伸进两块石板之间的缝隙，接着脸上露出了笑容。

"啊哈。"

佐伊抽出手——手里赫然提着一把刀。刀刃约有八寸长，上面沾染着少量红色的锈迹——也可能是干涸的血迹。

玛丽安娜望着佐伊把刀柄握在手里，她拿刀的样子透着娴熟——接着她站起身，把刀对准了玛丽安娜。

她把刀尖径直指向玛丽安娜，蓝色的眼睛盯着她，眨也不眨，透出黑暗的光。

"跟我来，"佐伊说，"我们去散散步。"

"什么？"

"往那边走——穿过树林。走吧。"

"等等，停下，"玛丽安娜直摇头，"这不是你。"

"什么？"

"这不是真正的你，佐伊。这是他的行为。"

"你在说什么啊？"

"听我说，我全都知道了，我发现了那封信。"

"什么信？"

作为回答，玛丽安娜从口袋里取出了那封信。她展开信纸递给了佐伊。

"就是这封。"

有片刻的工夫，佐伊没说话，只是怔怔地望着玛丽安娜。没有情绪化的反应，只有一片空白的眼神。

"你读了？"

"我不是故意找到的，是个意外——"

"你读没读过？"

玛丽安娜点点头，低声说道："读了。"

佐伊眼神中闪过一丝暴怒："你没有权力这么做！"

玛丽安娜望着她："佐伊，我不理解，这——这该不会说明——这不可能代表——"

"什么？不可能代表什么？"

玛丽安娜努力搜寻合适的字眼："不可能代表你跟这些凶杀案有关……代表你和他……有某种关系——"

"他爱我，我们彼此相爱——"

360

“不，佐伊，这一点至关重要。我是因为爱你才会这样说。你才是这件事当中的受害者。无论你心里怎么想，这都不是爱——”

佐伊想打断她的话，但玛丽安娜不给她插话的机会，她继续说道。

“我知道你不愿意听见这些话，我知道你认为这段感情浪漫至极，但无论他给予你怎样的感情，那都不是爱情。爱德华·福斯卡不具备爱人的能力。他受伤太深，过于危险——”

“爱德华·福斯卡？”佐伊诧异地望着她，“你以为那封信是爱德华·福斯卡写的？你以为我是因为这个才会把信藏在房间里？”她轻蔑地摇摇头，“不是他写的。”

“那是谁写的？”

太阳忽然隐没在一朵云背后，时间仿佛变得爬行般缓慢。玛丽安娜听见雨点开始落下，敲打着神亭的石砌窗台，一只猫头鹰在远处发出凄厉的叫声。在这片没有时间存在的空白里，玛丽安娜忽然意识到了某件事：她已经知道佐伊即将说出口的话，而且在某种层面上，或许她一直都知道。

这时太阳忽然再次出现，时间猛然一跃，追上了自己原本的脚步。玛丽安娜重复了一遍问题。

“佐伊，那封信究竟是谁写的？”

佐伊望着她，眼里噙满泪水。她用呢喃般的声音低声说道：

“当然是塞巴斯蒂安。”

第六部

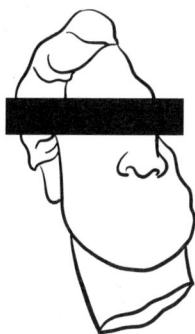

PART VI

我常听说忧伤使人心软

使它充满恐惧，使它萎缩，

所以想想复仇的事，停止哭泣吧。

　　　　　——威廉·莎士比亚《亨利六世》中篇①

---

① 引自《亨利六世（中）》，［英］莎士比亚著，梁实秋译，中国广播电视出版社。

1

玛丽安娜和佐伊静默地彼此对视。

外面下起了雨，玛丽安娜能听见雨点砸在外面泥地上的声音，闻到雨散发出的气息。她看见瑟瑟发抖的树木在河面映出的倒影被雨滴砸碎。最后，她终于打破了沉默。

"你在说谎。"她说。

"没有，"佐伊摇摇头，"我没有。那封信是塞巴斯蒂安写的，是他写给我的。"

"这不可能，他——"玛丽安娜竭力搜寻着字眼，"塞巴斯蒂安——他没有写那封信。"

"当然是他写的。醒醒吧，你太盲目了，玛丽安娜。"

玛丽安娜看看手里的信，无助地望着它。"你……和塞巴斯蒂安……"她无力说出剩下的话，她绝望地抬起头望着佐伊，希望她能对自己抱有同情之心。

然而佐伊唯一会同情的人是她自己，她眼里的泪光闪闪发亮：

"我爱他，玛丽安娜。我爱他——"

"不，不——"

"这是真的，自从有记忆以来我就爱着塞巴斯蒂安——从我还是个小女孩的时候起。而且他也爱我。"

"佐伊，住口。求你了——"

"现在你应该面对现实了，睁开眼睛看看吧，我们才是彼此相恋的人。自从那次希腊之旅以后我们就是恋人了。我十五岁生日的时候，在雅典，记得吗？塞巴斯蒂安带我去了橄榄树园，就在房子旁边——他跟我做爱，就在那座园子里的地上。"

"不。"玛丽安娜不禁想笑，但这些事太令人作呕，让她笑不出来。这太可怕了。"你在撒谎——"

"不，是你在撒谎，对你自己撒谎，所以你才活得这么糟糕。因为在你内心深处，你是知道真相的。这一切都是假象，塞巴斯蒂安从没爱过你，他爱的是我——从头到尾都是我。他之所以跟你结婚只是为了接近我……当然了，还有你的钱……你是知道的，不是吗？"

玛丽安娜连连摇头："我——我不想听这些。"

她转身走出了神亭，脚步不停地往前走。

接着她跑了起来。

2

"玛丽安娜,"佐伊在她身后高声呼唤,"你要去哪儿?你不能逃避现实,不能继续逃避下去了。"

玛丽安娜没理会她,继续往前跑。佐伊追了上来。

霎时间,一道巨大的闪电劈过,天空几乎被映成了绿色。雷声在她头顶轰鸣,接着,天幕裂开,大雨倾盆而下,不断地撞击着大地,翻搅着河面。

玛丽安娜跑进了树林,树木掩映,漆黑幽暗,潮湿黏滑的地面散发着潮味。彼此交错的树枝被错综复杂的蜘蛛网覆盖,丽蝇和其他昆虫仿佛木乃伊般被蛛丝悬起,挂在她头顶的半空中。

佐伊追随着她走进树林,不断地讥讽她,声音在树林里回荡。

"有一天,外公在橄榄树园里撞见了我们,他威胁说要告诉你,于是塞巴斯蒂安就把他杀了,用他那双大手当场掐死了他。后来外公把钱都留给了你……那么多钱——塞巴斯蒂安看得晃眼睛,他必须把钱搞到手。他想搞到那些钱,为了我和他,为了我们。可是有你在中间碍事⋯⋯"

玛丽安娜奋力跋涉，身边的树枝不时纠缠住她，撕扯、划破了她的手臂。

她听见佐伊在身后越追越近，仿佛一个复仇的女神。她一边走一边不停地说着话，穿过树林时发出撞击树枝的哗啦声。

"塞巴斯蒂安说假如你出事，他肯定是首要嫌疑人。'我们必须转移大家的注意力，'他说，'就像变魔术那样。'还记得小时候他为我变的魔术吗？'我们必须让所有人把注意力集中在错的东西和地点上。'我把福斯卡教授和少女学社的事情告诉了他，他就是从这里得到了启发。他说这个念头在他头脑中生根发芽，像一朵美丽的花——他说话总像写诗一样，你还记得吗？他计划好了每一个细节，这是个绝美的计划，堪称完美。可就在这时——你带走了他，他再也没回来。塞巴斯蒂安根本不想去纳克索斯岛，是你逼他去的，他的死全是你的错。"

"不，"玛丽安娜低声说，"这么说不公平——"

"公平得很，"佐伊恶狠狠地说，"是你杀死了他，你也杀死了我。"

前方的树突然变得稀疏起来，她们来到了树林里的一片空地。沼泽在她们面前延伸开来，开阔的池塘里是一汪绿水，周围杂草和灌木丛生。一棵树倒在地上，裂开的树干正在慢慢腐烂，黄绿色的苔藓爬满树干，四周长满带斑点的蘑菇。

空气中弥漫着一种奇怪的腐朽气味，是腐败变质散发出的恶臭——是污水散发出的臭气吗？

抑或是——死亡？

佐伊盯着玛丽安娜，手握着尖刀气喘吁吁。她双眼通红，噙满了泪水。

"他死了以后，我的五脏六腑仿佛被人用刀子捅过。我不知道该如何应对这么多的怒气，这么多的痛苦……然后，有一天，我明白了，我看清楚了。我必须替塞巴斯蒂安完成他的计划，就像他设想的那样。这是我能为他做的最后一件事。缅怀他，纪念他——同时也为他复仇。"

玛丽安娜难以置信地望着她，几乎说不出话来。她的声音宛若耳语。

"佐伊，你究竟做了什么？"

"不是我做了什么，是他。全是塞巴斯蒂安做的……我只是按照他告诉我的话行动，这是源自爱的行动。我抄下了他选出来的引文，按照他说的方法准备好明信片，又在福斯卡的书里划了线。等到上辅导课的时候我装作去卫生间，把塔拉的头发放在福斯卡的衣柜后面栽赃，还在那里滴了几滴她的血。警察目前还没找到，但他们迟早会发现的。"

"爱德华·福斯卡是无辜的？是你陷害了他？"

"不，"佐伊摇摇头，"是你陷害了他，玛丽安娜。塞巴斯蒂安说，我要做的只是让你相信我害怕福斯卡，其他的事情你自然会去做。这是整件事当中最好笑的部分：看你假扮侦探破案，"她笑笑，"你不是侦探……你是受害者。"

玛丽安娜望着佐伊的眼睛，头脑中的碎片逐渐拼合，她终于看清了自己一直在逃避的可怕现实。希腊悲剧中有个专门的词语来形容这一刻：anagnorisis——发现。主人公终于看清现实，意识到自己的命运，意识到从始至终命运就摆在自己面前。玛丽安娜过去常常好奇那会是怎样一种感受，现在她明白了。

"你杀了她们——那些女孩——你怎么能这样？"

"少女学社从来都无关紧要，玛丽安娜，她们只不过是障眼法。用塞巴斯蒂安的话来说，她们就是红鲱鱼①，"她耸耸肩，"对塔拉下手确实……很艰难。但塞巴斯蒂安说这是我不得不做出的一项牺牲。他说得没错，从某种角度来说，这也是一种解脱。"

"解脱？"

"我终于认清了自己。现在我终于知道我是谁了。我就好比克吕泰墨斯特拉，你明白吗？或者美狄亚。那才是真正的我。"

"不，不，你错了，"玛丽安娜背过脸去，她无法再直视佐伊，泪水顺着她的面颊滚落，"你不是女神，佐伊，你是个怪兽。"

"即便我是个怪兽，"她听见佐伊说道，"我也是被塞巴斯蒂安和你创造出来的怪兽。"

这时，玛丽安娜感到背后被人猛地一推。

她被推倒在地，佐伊骑坐在她背上。玛丽安娜奋力挣扎，但佐伊把全部的重量压在她身上，把玛丽安娜牢牢按在泥地里。冰凉、潮湿的泥土贴着她的脸。她听见佐伊在她耳畔低声说道：

"明天，等他们发现你的尸体以后我会告诉警长，说我试过阻止你，我恳求你不要独自来调查神亭，但你坚持要来。克拉丽莎则会把我说的那些关于福斯卡教授的事情告诉警察——他们会去搜查他的房间，找到我留在那里的证据……"

---

① 红鲱鱼（red herring）源自英文熟语，指文学、戏剧作品中故意用来误导读者思路的诱饵，也被用作公关及政治宣传的手段。——译者注

佐伊从玛丽安娜身上下来，把她翻过来，让她仰面躺着，手里举着尖刀逼近玛丽安娜，眼神狂野而骇人。

"而人人都会以为你是爱德华·福斯卡的又一个受害者。四号被害人。永远不会有人猜到真相……而真相就是，是我们杀死了你——塞巴斯蒂安和我。"

她高高举起尖刀……眼看就要落下——

玛丽安娜突然铆足力气伸手抓住了佐伊的手臂。她们扭打起来，玛丽安娜使出最大的力气甩开了佐伊的手，佐伊松开了刀——

刀从她手里飞了出去，在空中滑过，消失在不远处的草丛里，发出一声钝响。

佐伊惊声尖叫，一跃而起，冲向草丛去找刀。

佐伊找刀时，玛丽安娜爬了起来，发现树后出现了一个人影。

是弗雷德。

他飞奔而来，脸上带着关切的神情。他没注意跪在草丛里的佐伊，玛丽安娜连忙提醒他："弗雷德，快停下，停——"

但弗雷德没有停下脚步，而是飞快地跑到了她身边。"你没事吧？我跟着你们来了——我放心不下你，而且——"

玛丽安娜越过弗雷德的肩头看见佐伊已经站起身，手里拿着那把刀。玛丽安娜尖叫道：

"弗雷德——"

为时已晚……佐伊一把便将刀深深插进了弗雷德的后背。他双眼圆睁，震惊地望着玛丽安娜。

他身子一瘫，倒了下去，静静地躺在地上一动也不动，一摊血泊在他身下漫延开来。佐伊抽出刀，戳了戳弗雷德，查看他是否真的已经死了。看她的神情似乎不大信服。

玛丽安娜未加思索，紧紧握住了一块坚硬、冰冷的石块。

玛丽安娜跌跌撞撞地向佐伊走去，她正弯着腰查看弗雷德的尸体。

就在佐伊再次举刀刺向弗雷德胸膛的那一刻，玛丽安娜对准佐伊的后脑用石块猛地砸了下去。

这一击砸得佐伊侧身跌倒，她在泥地上一滑，向前倒了下去——正落在自己本握着的刀上。

佐伊一动不动地趴了一会儿。玛丽安娜以为她死了。

就在这时，佐伊爆发出一阵野兽般的呻吟声，仰面翻了过来。她躺在地上，宛如一只受了伤的怪兽，眼睛瞪得老大，眼神里满是恐惧。她看见了那把刺进自己胸膛的尖刀——

佐伊放声尖叫起来。

她无休止地尖叫：她已经歇斯底里，尖叫中包含痛苦、恐惧和惊慌——那是受到惊吓的孩子才会发出的尖叫声。

这是玛丽安娜有生以来第一次没有冲过去保护佐伊。她拿出手机，拨通了警察的电话。

与此同时，佐伊依然在尖叫——直到她的尖叫最终与警笛的号叫声融为一体。

3

佐伊被两名佩枪警察押解着上了救护车。

实际上警方几乎没必要派人押着她，因为她倒退回了孩童状态：一个恐惧而无助的小女孩。尽管如此，佐伊依然面临杀人未遂的指控，其他罪行则有待后续调查。之所以杀人未遂，是因为弗雷德死里逃生，遇袭之后命悬一线。他伤情危重，被另一辆救护车送去了医院。

玛丽安娜依然处在震惊当中，她坐在河边的一张长椅上，手里捧着一杯浓浓的甜茶，是桑加警长从自己的保温壶里为她倒的——既是为了给她压惊，也是为了赔罪。

大雨已停，天空放晴，乌云里的雨水已经落尽，苍白的天光中只剩下几缕灰色的薄云。太阳缓缓落在树林背后，为天空增添了几道金粉色的光芒。

玛丽安娜坐在长椅上，把温热的杯子捧到唇边呷着热茶。一名女警过来安慰她，伸手搂住她——玛丽安娜几乎没有察觉。有人把毯子盖在她腿上，她也几乎没注意。她的头脑一片空白，目光飘向远处的河面——她看见了那只天鹅。它正快速游过水面，不断加速。

她正看着，天鹅忽然展开翅膀飞了起来。它飞向空中，玛丽安娜的目光追随着它消失在天幕中。

桑加警长来到她身边，在长椅上坐下。"这个消息想必会让你很欣慰，"他说道，"福斯卡已经被解雇了，原来他跟她们全都上过床。莫里斯也承认了自己勒索过他——所以你是对的。顺利的话，他们两个都会受到应有的惩罚。"

他看了看玛丽安娜，发现她根本没听进他说的话。他向那杯茶点点头，柔声问道："你感觉怎么样？好些了吗？"

玛丽安娜看了他一眼，微微一摇头。她并未感到好转，若要说起她的感受，只怕是更差了……

然而其中似乎掺杂了某些不同的东西。究竟是什么呢？

不知为什么，她感到很清醒——或许"觉醒"这个词才更贴切：一切都变得更加清晰，仿佛迷雾散去，万物的色彩更鲜明，轮廓也更加明晰。世界不再喑哑，不再是一团迷蒙的灰色——不再隔着一层帷幕。

世界重新有了生机，鲜活而充满色彩，被潮湿的秋雨浸润，生与死的循环永无止息地嗡鸣，世界也随之颤动。

尾　声

在那之后很长一段时间里，玛丽安娜依然处于震惊当中。

回家以后，她夜里就睡在楼下的沙发上。她永远无法再睡在那张床上——她曾经与那个男人共用的那张床。她已经无法分辨他究竟是什么人。在她看来，他成了一个陌生人，一个她曾与之共同生活多年的冒名顶替者——一个与她同床共枕却想要设计杀掉她的演员。

这个假扮出来的男人究竟是谁？他美好的面具之下隐藏着什么？这一切都是表演吗？

如今演出结束，玛丽安娜不得不重新审视自己在其中的角色，而这并非一件易事。

每当她闭上双眼，试图回想他的面容，她总是难以看清他的容貌。有关他的回忆渐渐褪色，仿佛是一场梦留下的记忆——玛丽安娜看不见塞巴斯蒂安的脸，反倒会不断看见她父亲的脸、父亲的双眼，仿佛从某些方面来说，他们的本质是同一个人。

鲁思是怎么说的来着——她父亲才是这件事的核心所在？当时

玛丽安娜并不理解她的话。

然而现在，或许她正在逐渐理解这句话。

她没有回去见鲁思，目前还没有。她还没做好痛哭、倾诉、感受的准备。眼下这些事依然令她难以接受。

玛丽安娜也没有重新开设治疗组。她怎么可能再次认为自己有能力帮助他人，为他人提供治疗建议呢？

她很迷茫。

至于佐伊——怎么说呢，那次歇斯底里地放声尖叫之后，她再也没有完全康复。她受的刀伤虽不致命，却引发了彻底的情绪崩溃。佐伊被捕后曾经数次试图自杀，后来又经历了一场严重的精神崩溃。

最后佐伊被认定不适合出庭受审，她被送进了一座精神病隔离诊疗中心——位于伦敦北部的格罗夫诊疗所——也就是玛丽安娜推荐西奥去应聘的那座诊疗所。

原来西奥听从了她的建议，现在他已经开始在格罗夫诊疗所工作了，佐伊正是他的病人之一。

西奥多次试图代替佐伊联系玛丽安娜，但玛丽安娜不肯与他通话，也没有回他的电话。

她知道西奥想干什么，他想让玛丽安娜跟佐伊谈一谈。她不怪他。假如玛丽安娜是他，也会做同样的事。这两个女人之间任何积极的沟通都会对佐伊的康复起到至关重要的作用。

但玛丽安娜也要关心自己的康复。

再次与佐伊对话，这个念头令她难以忍受，反胃。她无论如何也接受不了。

问题的症结不在于原谅。即便真在于此，玛丽安娜也无能为力。

鲁思常说，原谅他人这种事情劝是劝不来的——全靠有感而发，这是一种善行，只有在当事人准备好的时候才会自然而然地发生。

而玛丽安娜并没准备好。她怀疑自己永远也无法准备好。

她极其愤怒，极其心痛。假如她再次与佐伊见面，就连她自己也不确定自己会说出什么话、做出什么事来，她肯定无法对自己的言行负责。还是不要参与其中，让佐伊自己去直面命运比较好。

弗雷德住院期间玛丽安娜倒是去看望过他几次。她对弗雷德的情感掺杂了自责与感激。他毕竟救了她的命，这一点她永远也不会忘记。起初他很虚弱，没法开口说话，但只要玛丽安娜在，他的脸上从始至终都带着微笑。他们亲切地坐在一起，沉默不语，玛丽安娜忍不住琢磨，这可真奇怪啊，她和弗雷德——这个她几乎完全不了解的人在一起，居然感到既融洽又熟悉。若要说他们之间有未来可言，还为时尚早，但她已不再像从前那样坚决反对这种想法了。

近来她对一切事物的感受都有着巨大的转变。

玛丽安娜过去了解、相信、信任的所有事物仿佛尽数消散——只留下一片空洞。她就在这种空虚的混沌状态中度过了几个星期，几个月……

直到有一天，她收到了西奥寄来的一封信。

在信中，西奥恳求玛丽安娜重新考虑探望佐伊的事。他对佐伊的描述颇具洞察力，而且充满了同情心。说完佐伊之后，他把话题转向了玛丽安娜。

我真心认为这对你和她都有益处，而且能够让你释怀。

我无法想象你经历的一切。佐伊正渐渐敞开心扉，而她和你的亡夫共享的秘密世界让我深感忧心。我听到了一些令人极为胆寒的事情。而我不得不说，玛丽安娜，你能活下来实在是非常幸运。

在信的末尾，西奥写道：

> 我知道这并非一件易事。我只求你考虑到这一点：在某种层面上，她也是一名受害者。

这句话令玛丽安娜极其愤慨。她撕碎了那封信，把它丢进了垃圾桶。

然而那天夜里，她躺在床上闭上眼睛，脑海里浮现出了一张面孔。不是塞巴斯蒂安的脸，也不是她父亲的脸，而是一个小女孩的脸。

一个瘦小、惊恐的六岁女孩。

那是佐伊的脸。

她究竟经历了什么？那个孩子究竟遭到了怎样的对待？就在玛丽安娜的眼皮底下——在阴暗处，在羽翼之下，在幕布背后，她有过怎样的遭遇？

玛丽安娜辜负了佐伊。她没能保护好她，甚至对佐伊的经历毫无察觉。她必须承担起相应的责任来。

她怎么会如此盲目呢？她必须搞清这一点，必须弄明白，必须与之对质，必须面对——

否则她会疯掉的。

于是，在二月里某个下着雪的上午，玛丽安娜终于前往位于北伦敦的艾奇维尔医院，来到了格罗夫诊疗所。西奥在接待处迎接她，热情地与她寒暄。

"真没想到有一天我们会在这里见面，"他说，"世事难料啊。"

"确实，我也没想到。"

西奥带着她进入隔离诊疗区，穿过病房破旧的走廊。他一边走一边告诉玛丽安娜，佐伊现在的状态与她们上次见面时已经迥然不同。

"佐伊的状态非常糟糕，玛丽安娜。你会发现她经历了巨大的转变，最好做好心理准备。"

"我明白。"

"你能来我太高兴了，这对她肯定会非常有帮助。她经常谈起你，你知道的。每隔一段时间她就会要求跟你见面。"

玛丽安娜没有回答，西奥斜着扫了她一眼。

"听我说，我知道这对你来说并不容易，"西奥说道，"我没指望你对她笑脸相迎。"

我不会的，玛丽安娜心想。

西奥似乎看穿了她的心思，点了点头："我能理解。我知道她曾经想要伤害你。"

"西奥，她是想杀了我。"

"玛丽安娜，我认为事情没那么简单，"西奥稍有犹豫，"是'他'想要杀你。佐伊只是替他动手，是他的傀儡，完全受他操控。但那只是她内心世界的一部分，你知道的——在她头脑的另一部分，她依然是爱你、需要你的。"

玛丽安娜越发担忧起来。到这里来是个错误，她还没准备好跟佐伊见面，没准备好面对自己的感受——也没准备好要说什么、做什么。

他们来到西奥的办公室门口，西奥朝走廊尽头的另一扇门点点头。

"佐伊在娱乐室里，从那扇门进去就是。她不喜欢跟其他患者互动，不过我们总是鼓励她在空闲时参与其他患者的活动，"他看了一眼手表，眉头微蹙，"真抱歉——你能不能等我几分钟？我办公室里还有一位病人，我必须跟她见一面。然后我就安排你跟佐伊见面。"

不等玛丽安娜回答，西奥朝办公室门外靠墙摆放的木头长椅伸手示意："你先坐一会儿吧？"

玛丽安娜点点头："谢谢。"

西奥打开了办公室的门。透过敞开的房门，玛丽安娜瞥见一个美丽的红发女人，她坐在房间里，透过装有栏杆的窗户望着外面灰色的天空，似乎在等待着什么。西奥进屋时，那女人转过头颇为警惕地看着他，房门在他身后关上了。

玛丽安娜看了一眼长椅，没有坐下。相反地，她继续往前走，来到了走廊尽头的那扇门前。

她在门外站定，略有犹豫。

然后她伸出手，转动了门把手——

她走进了门后的房间。

致　谢

　　这本书的大部分内容创作于新冠疫情期间。当时我独自在伦敦过着隔离生活，在那漫长的几个月里能有机会把精力倾注在这本书上，实在是一件幸事。我很庆幸自己有机会逃离公寓的环境，沉浸在脑海中这个半真实、半想象的世界里，这是一次怀旧的尝试——让我得以重温青春岁月，重返自己热爱的地方。

　　这也是对某种小说类型的一次怀旧尝试，怀念的对象是在我青少年时期令我深深着迷的那些书籍：破案故事、悬疑小说、侦探小说，凡此种种。因此我最先要感谢的人是经典侦探小说作家们，她们无一例外都是女性。在过去的许多年里，她们给予了我无尽的灵感与快乐。这本小说是我对她们的深情致敬：感谢阿加莎·克里斯蒂、多萝西·L.塞耶斯、纳吉奥·马什、玛格丽特·米勒、玛格丽·艾林翰、约瑟芬·铁伊、P.D.詹姆斯以及露丝·伦德尔。

　　创作第二本小说与创作首部作品遇见的困难全然不同，这一点算不上什么秘密。《沉默的病人》在创作时是部完全独立的作品，头脑中没有既定的受众，也不存在风险。那本书改变了我的人生轨迹，极大地拓宽了我的人生道路。《献祭的少女》则不同，在写作时，我感受到的压力更大，但是这一次我并非孤军奋战——有一群博学多识、聪颖过人的人始终陪伴着我，支持我，为我出谋划策。要感谢的人太多了，但愿我没有遗漏。

我要首先感谢我的经纪人兼密友，萨姆·科普兰，他是我坚实的后盾，也是智慧、幽默与善意的源泉。同样地，我还要感谢才华横溢又富有责任心的罗杰斯-柯勒律治-怀特事务所团队——包括彼得·斯特劳斯、斯蒂芬·爱德华兹、特里斯坦·肯德里克、萨姆·科茨、凯塔琳娜·沃尔克、霍诺尔·斯普雷克利以及其他诸多团队成员。

在创造性方面，创作并编辑这本书的过程可谓是我职业生涯中最愉快的体验，我从中收获良多。在此我要衷心感谢美国Celadon出版社了不起的编辑瑞安·多尔蒂，以及伦敦Orion出版社同样富有才情的伊马德·阿赫塔尔和凯蒂·埃斯皮纳。与你们共事令我乐在其中，衷心感谢你们对我的巨大帮助。希望我们能够永远合作下去。

我还要感谢哈尔·詹森提供的巨细无遗、裨益良多的反馈意见以及你的友谊，谢谢你忍受我围绕着这本破书没完没了的唠叨。感谢尼蒂·安东尼阿德斯，你永远对我全力相助，一次又一次地鼓励安慰我，我深深地信任你，也发自内心地感激你。同样要感谢的还有伊万·费尔南德斯·索托——谢谢你关于圣露西的建议，以及其他的许多好主意，也谢谢你在过去的三年里帮我为这些夸张的情节转折点把关。我还要好好感谢乌玛·瑟曼高明的意见和建议，以及她在纽约亲手烹制的美食，对此我将永远心怀感激。还有黛安娜·梅达克，谢谢你的友谊与支持，让我随心所欲地住下去。我已经等不及回去了。

至于我有幸遇见的最棒的教授——阿德里安·普尔，感谢你提出的实用的反馈意见，以及有关古希腊的帮助，也谢谢你激发了我对希腊悲剧的喜爱。我还要感谢剑桥大学三一学院热情地欢迎我返校，为我创造圣克里斯托弗学院提供了灵感。

感谢Celadon出版社所有了不起的朋友们，我实在无法想象假如没有你们，我的生活会怎样。杰米·拉布和德布·富特——我将永远感谢你们给予我的帮助。雷切尔·周和克里斯廷·梅克蒂欣——你们的才华何其出众，上一本书的成功要极大地归功于你们。谢谢你们。还有塞西莉·范布伦-弗里德曼——你的建议切实地改进了这本书，我非常感激。同样来自Celadon的还有安妮·图米、詹妮弗·杰克逊、杰米·诺文、安娜·贝尔·辛顿朗、克莱·史密斯、兰迪·克雷默、希瑟·奥兰多-耶扎贝克、丽贝卡·里奇和劳伦·杜利。还要感谢威尔·施特勒设计的绝妙封面以及在最短时间内处理了诸多繁杂事务的杰里米·平克。我还要感谢Macmillan的销售团队——你们是最棒的！

在Orion和Hachette[①]，我要感谢大卫·谢利的鼎力相助，和你在一起我总能受到鼓舞和支持。我还要谢谢萨拉·本顿、毛拉·怀尔丁、林希·萨瑟兰、珍·威尔逊、埃丝特·沃特斯、维多利亚·劳斯——多亏了你们非凡的工作成果！还要感谢艾玛·米切尔和FMCM所做的宣传工作。

---

① 法国出版公司，Orion的上级公司。

我要特别感谢身在马德里的玛丽亚·法谢——谢谢你深刻的见解与实用的反馈意见，也谢谢你为我加油鼓劲。

感谢克里斯蒂娜·麦克利兹提供的一些相关描写的帮助，尽管最终有百分之九十都没能收入这本书当中，但我至少收获了很多！感谢艾米丽·霍尔特提供的反馈意见和对我的鼓励，以及维基·霍尔特和我父亲乔治·麦克利兹对我的支持。

我要好好谢谢了不起的凯蒂·海恩斯。与你合作一如既往地愉快，我已经等不及再次跟你同去剧院了。

感谢蒂法尼·加索克让我在巴黎写作时感到宾至如归，并且热情洋溢地激励我。我还要感谢托尼·帕森斯鼓舞人心的谈话和对我的鼎力支持，真的非常感谢。还要谢谢安妮塔·鲍曼、艾米丽·科克和哈娜·贝克尔曼的勉励与建议。以及我的好友凯蒂·马什对我的不断鼓励。还要感谢国家肖像馆允许我参观丁尼生年轻时代的画像。谢谢甘·桑加让我借用了你的姓氏。感谢大卫·弗雷泽——虽然排在最后，但我的谢意同样发自肺腑。

关于作者

亚历克斯·麦克利兹在塞浦路斯出生并长大。他获得了剑桥大学三一学院的文学硕士学位以及美国电影学会的编剧方向艺术硕士学位。他的首部小说《沉默的病人》曾经占据《纽约时报》畅销书榜单长达一年多，畅销50个国家，创下了销售纪录。他目前居住在伦敦。

读客®
悬疑文库
认准读客悬疑，本本都是大师级。

专注出版英、美、日、意、法等世界各国各流派的顶尖悬疑作品。

为读者精挑细选，只出版两种作品：
经过时间洗练，经典中的经典；以及口碑爆表、有望成为经典的当代名作。

跟着读客悬疑文库，在大师级的悬疑作品中，
经历惊险反转的脑力激荡，一窥人性的善恶吧。

打开淘宝，扫码进入读客旗舰店，
下一本悬疑更惊奇！